屏山晚学集续集

汪晨曦 著

海峡出版发行集团 | 海峡文艺出版社

图书在版编目(CIP)数据

屏山晚学集续集/汪晨曦著. —福州:海峡文艺出版社,2019.10(2024.3重印)
ISBN 978-7-5550-2037-0

Ⅰ.①屏…　Ⅱ.①汪…　Ⅲ.①诗词—作品集—中国—当代　Ⅳ.①I227

中国版本图书馆CIP数据核字(2019)第215150号

屏山晚学集续集

汪晨曦　著

出 版 人　林　滨
责任编辑　陈　瑾
编辑助理　张琳琳
出版发行　海峡文艺出版社
经　　销　福建新华发行(集团)有限责任公司
社　　址　福州市东水路76号14层
发 行 部　0591—87536797
印　　刷　三河市兴博印务有限公司
厂　　址　河北省廊坊市三河市杨庄镇大窝头村西
开　　本　850毫米×1168毫米　1/32
字　　数　350千字
印　　张　19.5
版　　次　2019年10月第1版
印　　次　2024年3月第2次印刷
书　　号　ISBN 978-7-5550-2037-0
定　　价　98.00元

自　序

自从我学习写诗以来，读诗写诗已然成为生活的新常态，成为生命中不可或缺的一部分，融入血液之中。写诗虽无关功利，但正如我耽诗近十年的体会：诗者有“无为之乐，陶冶之功，养身之效”，并常常以此十二字箴言自许。人生的喜怒哀乐都可以通过诗歌的形式来表达，这给我带来了许多快感，也增加了生活的色彩和生命的张力。不管是忙碌还是闲暇，每有所思所感，都汇聚成一首首小诗，并记录下来。我的这首小诗《雨后》：“雨后清茶坐对山，劳生偷得半天闲。诗情不解其中味，又入搜肠刮肚间。”恰好说明了诗是如何融入我的生命的过程。

中国从古至今都是诗歌的国度，历代文人墨客留下大量辉煌灿烂的篇章，传诵不息，弦歌不辍，给人们带来美的享受的同时，也起到教化和陶冶情操的作用。不论是文人墨客，还是村夫野老，一开口都能咏出几首唐诗宋词。这种闲情逸趣从来都是传统文化生生不息的源泉。我从小也在这种环境中长大，或寄情山水，或怀古思贤，爱诗写诗成为近几年执着的追求。

2014年，拙作《屏山晚学集》出版后，我曾短暂离开屏山大院。2015年，又重新回到大院工作，这也是我和屏山的不解之缘。所以，继续将这几年习作结集定名为《屏山晚学集续集》。

几年学诗得到了许多方家的热情鼓励和指教，续集能够顺利付梓亦得到许多友人无私的帮助，在此一并表示衷心的感谢！

因文学素养和学识有限，习作肯定存在许多不足之处，敬请读者批评指正。是以为自序。

2019年立夏于福州屏山

目录

卷一

卷六

卷七

卷八

卷九

卷十

卷十一

卷十二

卷十三

卷十四

卷十五

卷十六

卷十七

卷十八

卷十九

卷二十

卷二十一

卷二十二

卷二十三

卷二十四

卷二十五

卷二十六

卷二十七

卷二十八

卷二十九

卷三十

卷三十一·诗钟、对联

卷一

又传腊鼓

逼近年关味渐传，城乡腊鼓竞争妍。
佳园欲放花千树，华屋先开酒百筵。
民富安居歌吉日，国强乐业颂尧天。
荧屏已备迎春会，祝福声中过瑞年。

乙未新春

澄清玉宇万家门，丝素羔羊盛世尊。
垂钓严光空换姓，任人祁子岂留痕。
无须挂角开安泰，脱却缠藩报惠恩。
乙未堪书青史册，明时维德众心存。

【注释】

［丝素羔羊］《诗经·召南·羔羊》："羔羊之皮，素丝五紽。"

［祁子］祁奚（前620—前545），姬姓，祁氏，名奚，字黄羊，春秋时晋国人，因食邑于祁，遂为祁氏。

［挂角］羚羊挂角。《埤雅·释兽》："羚羊夜眠以角悬树，足不着地，不留痕大迹，以防敌患。"

［缠藩］羝羊触藩，进退两难。出自《周易·大壮》："羝羊触藩，羸其角。不能退，不能遂。"

丁屋岭

耕耘岁月稠，凫集白苹洲。
古井连村道，新萝蔓土楼。
晚归童戏闹，晨起鸟啁啾。
疑入桃源境，汀江最上头。

寿山

北岭与谁争，清风扑面行。
鸣禽天外没，翠竹路边生。
草舍荒坡见，轻舟野渡横。
仙源何处是，正好理秦筝。

春望

东君从不遗时节，争艳芳菲满地春。
才赏梅花枝上放，又观桃蕊树头新。
轻吟一首春光好，浅酌三杯腊酒醇。
常忆南薰曾预曲，当今解愠赖扶贫。

【注释】

［“南薰”二句］语出唐李商隐《咏史》：“几人曾预南薰曲，终古苍梧哭翠华。”南薰，南风。《南风歌》，相传为虞舜所作，歌中有“南风之薰兮，可以解吾民之愠兮”句。

咏水仙花

岁有报春心，含香擎翠临。
借君澄净水，花发玉镶金。

乙未元夕

上元春雨蒙蒙，佳节灯笼辉辉。

举头齐望焰火，不见月儿来归。

重读《鲁迅文集》

弃医挈笔亦医人，抗世持戈案剑瞋。
久溺无魂需呐喊，不从积毁见精神。
文坛秋肃多魑魅，字里春温只蚁民。
长夜闻鸡兴奋起，东方欲晓正侵晨。

【注释】

［抗世］救世。明唐寅《与文征明书》："甚厚鲁连先生与朱家二人，为其言足以抗世，而惠足以庇人。"

［积毁］众口不断毁谤。清杨深秀《狱中》："久拼生死一毛轻，臣罪偏由积毁成。"

［蚁民］犹小民。指老百姓。梁启超《中国积弱溯源论》："今试还视我国人，蚁民之事官吏，下僚之事长官，有一不出于此途者乎?"

祝贺美西好友新年

三藩不夜天，灯火庆新年。

蜀地如何想，安康好梦圆。

【注释】

［三藩］即旧金山，又称圣弗朗西斯科，是美国西部最大的金融中心。当地气候温和，风景秀丽，具有丰富的文化旅游资源。

怀友（二首）

建业早莺啼，梧桐嫩叶齐。
春风时带雨，拂面使人迷。

其二

闻看钟山月，偏听闽海吟。
如何今日意，还是故乡心。

【注释】

［建业］南京的古称，三国时吴国建立都城的地方。公元229年，孙权在武昌称帝，9月即迁都于此，时称建业，为南京建都之始。

重访古田会议旧址

旧址重来淘党性，历程艰苦眼前真。

工农割据人民主，土地斗争星火存。
百战开基抛热血，千秋继业铸灵魂。
采桑更喜重阳曲，战地黄花胜似春。

【注释】

［“采桑”二句］语出毛泽东《采桑子·重阳》：“人生易老天难老，岁岁重阳，今又重阳，战地黄花分外香。一年一度秋风劲，不似春光，胜似春光，寥廓江天万里霜。”

二十年后再次重逢南京赠梁兄

犹忆金陵雨后山，春风倾盖识君欢。
廿年契阔存深意，千里重逢道近安。
应喜故人还故我，岂伤多困亦多难。
青衿与汝同怀梦，迟暮回头笑起冠。

闽江远眺

三派东流气势雄，梅花航道浪排空。
山分旗鼓群峰断，水汇闽台两岸通。
罗塔伤心船政泪，苍霞极目海门风。

先行先试期承续，丝路扬帆世界同。

【注释】

［三派东流］指闽江在南台岛分流成白龙江和乌龙江，在马江汇合流入东海。

［梅花航道］闽江下游入海口古航道，位于长乐境内。

［旗鼓］指闽江南北两岸的旗山和鼓山。

［罗塔］罗星塔，位于闽江下游的福州马尾港。

［苍霞］位于福州市台江区南部，闽江北岸，古为冲积洲，后淤成陆地。相传由观赏仓山晚霞倒映在江中而得名。“苍霞晚照”为古代南台十景之一。

高山

云拥数青峰，崔嵬不可逢。
只从高处想，难与小山容。

次韵赠维江兄

守责凭心岂敢轻，宜居生态总关情。
青山绕郭春江澈，榕树当门翠鸟鸣。
袖里新书惊变化，卷中逸事笑峥嵘。

漫将白发陪芳草，闲把茶瓯慢慢烹。

端午节观龙舟竞赛

竞发龙舟千桨动，喧天锣鼓荡江波。
似弓出箭穿蛟室，如耜翻田搅浦河。
悬艾每怀湘累恨，夺标齐唱赛船歌。
争先年少谁甘后，老去观摩感慨多。

腌菜

瓮里演春秋，含酸美味留。
青黄逢不接，度日已无忧。

三坊七巷雅集

曲巷通幽藏窈窕，芙蓉别径泊红船。
窥花淡月墙前影，浮水疏星井里天。
美馔丰餐烹海味，高朋满座说乡贤。
畅心堪试闲情笔，也染书香过瑞年。

海船沉木家具

深山蓄育千龄树，怒海沉浮百岁身。
昔日跨洋豪气见，如今入室伴佳人。

森林公园早春

惠风淑气荡春融，映日桃花别样红。
雨洗北峰无限碧，绝超陶令武陵中。

题淑秀梨树摄照

老树春风又放花，未容桃李占年华。
殷勤呵护无由报，结出金黄献故家。

乙未清明祭南京大屠杀遇难同胞纪念馆

又到清明冷雨频，踏青都是断肠人。

国殇白下无穷恨，咒向东魔不忍真。

【注释】

［白下］南京别称。因沿江旧有白石陂，晋陶侃于此筑白石垒，后人又筑白下城，故名。《北齐书·颜之推传》：“经长干以掩抑，展白下以流连。”

三十年后重游秦淮河寄梁兄

乌衣巷口夕阳在，朱雀桥边野草稀。
一样繁华人涌动，寻常不见燕来归。

读淑秀《登锣鼓山——儿时的记忆》

堂在山前石鼓猜，登临几次梦中回。
小儿欲饱垂涎计，呓语奇花一路开。

【注释】

［堂］学校，俗称学堂。

［“登临”句］此句或作：“也曾梦里几来回。”

题淑秀仙岩杜鹃花摄照

娉婷姊妹扮红纱，阿母偏心此处家。
姹女娇泥新嫁态，山中郎婿莫伤她。

吊长江沉船事件

涛涛楚水隔阴阳，不测人间欲断肠。
如血残晖江面上，忍听船笛久低昂。

【注释】

［长江沉船事件］2015 年 6 月 1 日 21 时 30 分，隶属于重庆东方轮船公司的东方之星轮，在从南京驶往重庆途中突遇龙卷风，在长江中游湖北监利水域沉没，遇难 442 人。

烟台山

暮秋寒雨到烟台，犹忆当年五口开。
言语风闻番域调，舰船云集异邦桅。

千般建筑沿街立，万国衣裳过海来。
多少繁华梅坞泪，斑斑都是越人哀。

【注释】

[烟台山] 位于福州市区南台岛北端仓前山梅坞（亦名藤山）顶，北临滔滔闽江。据《藤山志》载："自元末迨清初，中洲设有炮台、炮城，因于隔江藤峰绝顶，设立烟墩，以为报警之用。"故名烟台山。旧时有屯盐仓数十间，因而又称仓前山。山上有天宁寺（天安寺）故又名天宁山。

[梅坞] 古时藤山程埔头一带，盛植梅花，有"琼花玉岛"之称，故称为梅花坞，简称梅坞。据志书载，"梅岭冬晴"是南台十景之一。明徐熥《藤山观梅》诗，有"十里花为市，千家玉作林"的佳句。

咏菊

众艳和时次第开，春芳岂可独居来。
莫忧秋肃伤心事，看尽黄花更不哀。

感遇

因时尘世故多端，迥异如茶识暖寒。
曾几本心能杀价，何由怀梦到邯郸。

【注释】

［邯郸］邯郸梦。唐沈既济《枕中记》载：卢生在邯郸客店中遇道士吕翁，用其所授瓷枕，睡梦中历数十年富贵荣华。及醒，店主炊黄粱未熟。后因以“邯郸梦”喻虚幻之事。宋王安石《中年》：“中年许国邯郸梦，晚岁还家圹埌游。”

乙未咏怀

枯荣草木水流东，倦鸟樊笼怵落红。
苦海何时航彼岸，灵台几处悟皆空。
风波起伏人堪老，世路崎岖志不穷。
幸有故园梅讯息，横斜疏影月明中。

赠曹兄

豪情频举酒千觞，侠义忠贞演武场。
齐鲁名邦奇汉子，当今鲍叔是曹郎。

【注释】

［鲍叔］鲍叔牙的别称。春秋时齐国大夫。以知人并笃于友谊称于世。后常以“鲍叔”代称知己好友。唐元稹《寄乐天》

诗："惟应鲍叔犹怜我，自保曾参不杀人。"

老友嫁女

良缘巧会成天作，鸾凤和鸣夙愿酬。
香岛归来婚嫁日，喜极老父涕横流。

晓行过欧冶池即事

幽塘静水可凉风，绿衬香沉立小红。
一曲采莲歌细细，含情绕过剑池东。

【注释】

［欧冶池］俗称剑池，位于福州市鼓楼区中山路冶山北麓。相传为春秋时期越王允常聘欧冶子铸剑处。

闻倭馆七七事变日做七夕活动

七七妄言成七夕，盗铃掩耳欲藏奸。
卢沟桥上依然月，犹记豺狼掠九寰。

卷二

山居

门对南山田稼秀，清泉绕牖入厨居。
草堂试茗三杯后，竹榻安眠一枕余。
披卷坐残良月夜，持笤扫净绮庭除。
杖藜蹑屐烜霞去，檀板金尊总不如。

【注释】

［檀板金尊］美好事物的统称。比喻喝着美酒、听着音乐的悠闲生活。宋林逋《山园小梅》：“幸有微吟可相狎，不须檀板与金尊。”

南京明孝陵

雾迷紫陌隐明楼，草木纷披石兽幽。
千亩园林空看鹿，一朝霸主只遗丘。

祸开孙子烽烟起，劫遇功臣社稷休。
难管神仙身后事，孤茔唯合伴田畴。

【注释】

［“祸开”二句］指靖难之役，又称靖难之变。

友人在旧金山湾钓鱼发来微信题赠

金湾水势渺无涯，俯仰扁舟逐浪花。
钓得鳟鱼欣不尽，银屏先晒后回家。

岁暮题友人《微言短语》

搜尽天南地北材，烹成百味小肴来。
灯前对酒当闲酌，雪夜犹如访戴回。

岁晏寄语

柴米油盐较必铢，一生以沫做相濡。
须知开落寻常事，堕溷飘茵道不孤。

盼雪

黯黯冬云化未开，朔风凛冽扫窗台。
可怜鼓岭山头雪，踯躅曾经几度来。

问雪

黯黯寒云冻不开，朔风卷叶扫苍苔。
寄言北岭梅居士，可见飞龙仗阵来。

【注释】

［飞龙仗阵］喻雪。语本宋张元《雪》：“五丁仗剑决云霓，直取天河下帝畿。战罢玉龙三百万，败鳞残甲满天飞。”

喜晴

丙申开正喜逢晴，许是天公亦有情。
如织游人临后海，似梭车盖出鹏城。
省言病齿冗多事，溢景良辰更雅声。

和煦春风应得意，街头巷尾舞升平。

【注释】

［后海］位于深圳蛇口半岛的东北端。

［鹏城］深圳别称。明洪武二十七年，在深圳大鹏湾修建有大鹏所城，深圳今天的简称“鹏城”即源于此。

郊游

栈道新铺野岸通，春波滉漾景无穷。
桃红柳绿阳和气，燕紫莺黄浩荡风。
戏水鸳鸯情脉脉，赏花翁媪意融融。
平居日久心情少，何不流连待晚红。

忆莆田支教

漫漫黄沙石屋知，海风瑟瑟贯堂时。
少衣缩食谁家子，寡欲微薪我尔师。
坚守讲台承展望，奔波世路为筹资。
脱贫扶智须书读，大考当年誓夺旗。

忆往

故乡岁月自蹉跎，梦绕魂牵夜起波。
小路老房今可在，邻家阿姊竟如何？
青山易种花千树，白发难逢靥两窝。
提笔涌泉言欲止，深情忆往百般多。

不寐

唤出姮娥慰独醒，赏心自在步闲庭。
一花逞艳非成趣，百草争荣是为青。
天上岂知烟火事，人间却盼女牛星。
幸能不复苍穹问，默诵南华静夜听。

【注释】

［南华］《南华经》，亦称《庄子》，道家经典之一，为庄周及其后学的著作集。

农家乐

闻说南坡已著花，佳人邀我到农家。
春浮大地娟娟翠，林秀枝头灼灼华。
燕子翻飞身掠影，凫雏嬉闹浪冲沙。
先生莫负芳菲意，汲取山溪共煮茶。

有寄

插竹编篱亦乐哉，十年厚积已成材。
根盘沃土千般秀，身立高丘万景开。
意志本从锤炼出，信心原自践行来。
凛然一股精神气，任凭风折与雨摧。

【注释】

［“插竹”句］鲁迅《惜花四律之三》：“堕裀印屐增惆怅，插竹编篱好护持。”语本此。

夜起

中夜悲怀感不才，求人每到总徘徊。
灵台无计逃千矢，贱骨何堪化十灰。
人有旧情人易老，事成今日事当哀。
起燃烟卷遥看处，渐觉繁星点点来。

玉尺山

光禄台吟玉尺山，楼阁水榭夕阳闲。
徜徉鹤磴林公迹，每忆生平总忘还。

【注释】

［玉尺山］光禄坊东侧的闽山，又名玉尺山。福州民谚说“三山藏、三山现、三山看不见”。闽山是“三山藏”之一的一座小山，但山上却“石亚如尺”。熙宁初，郡守光禄卿程师孟游此，僧为题“光禄吟台”于石。数百年来，地以人重，沦为民居，犹以“光禄”名坊。

［鹤磴］在闽山光禄吟台西。所称鹤磴，乃道光庚戌夏日，林文忠公则徐在叶廉访敬昌亭台放鹤之所，后人以重其人者纪其

地，署“鹤磴”二字，题诗曰：“吟台四鹤舞蹁跹，引吭齐鸣立几前。似欲长叨廉吏俸，不思比翼上青天。”

探梅

破颜幽谷嫣然出，蕊冷香清雪满柯。
只是寒烟开不彻，迷离倩影舞婆娑。

见老友在美西小镇小休又题

帆影椰风爽朗天，美西小镇享春妍。
一杯啤酒穿肠后，纵使无鱼亦忘筌。

读友人忆儿时文章有感

勤工俭学暑寒时，地瘠家贫少小知。
来往塔头山上路，松针耙尽扫相思。

【注释】

［塔头山］也称塔斗山，位于枫亭镇东北面，其山形似螺，

亦称青螺峰。山上多长松树和相思树。山顶矗立一座建造于宋代初期的石塔，名天中万寿塔，俗名青螺塔，也叫望海塔，塔形像阿育王王冠，名闻海内外。山下古村落名塔头村。

投老

投老山林旧有缘，抽簪自在伴青莲。
除忧学法香严地，消业听经梵辅天。
朝灌圃园花簇簇，夕眠禅舍体拳拳。
人来每问凡尘事，笑指灵文四谛篇。

书感

三十余年弃置身，风波江上太愁人。
趋炎阿附寻常事，命蹇诃谁岂有因。

【注释】

［“三十”句］唐刘禹锡《酬乐天扬州初逢席上见赠》：“巴山楚水凄凉地，二十三年弃置身。”语本此。

咏电梯（二首）

离地三千脚不空，云端直上快如风。
九天但使能摘月，不教人间屡梦中。

其二

三载频开万紫花，洋洋洒洒满天涯。
电操上下平安路，梯入云端玉宇家。

香皂

看似柔纤强碧玉，除污涤垢若神闲。
还君清白还君瘦，留得芳香满世间。

【注释】

［碧玉］年轻貌美的婢妾或平常人家的女儿。东晋孙绰《碧玉歌》：“碧玉小家女，不敢攀贵德。”

钢笔

遥思鹅管是当初，凤舞龙飞我不如。
但少胸中一点墨，任教横竖不成书。

番薯

瞒天蹈海缆绳藏，遍植神州解馑荒。
丰裕犹思先祖业，地瓜腔领亦沾光。

非洲珍果

奇珍出自黑人家，苦涉重洋万里涯。
总惜芬芳遗远者，故乡赤热遍黄沙。

重登镇海楼

姹紫嫣红拥翠台，闽中气象眼前开。

一江分合通丝路，数嶂参差护市垓。
四海潮流千载遇，三山日出万形催。
兹楼盛世重光后，闻说狂风不敢来。

【注释】

［三山］福州别称，因城内于山、乌石山、屏山三山鼎立，故名。

抗战胜利日阅兵（二首）

振奋夜难眠，精兵现眼前。
壮哉腾起路，雄也复兴篇。
屹立依强国，前行靠铁肩。
中华神采奕，早日梦同圆。

其二

英姿十里列长安，军纪森严细柳团。
胜利常思殇耻日，和平勿忘战争观。
八年抗战民方勇，万里征程路更宽。
猎猎旌旗扬志气，雄师亮剑百千般。

【注释】

［细柳］地名。在今陕西省咸阳市西南渭河北岸，汉周亚夫屯军处。

咏教师节

芬芳桃李满花枝，恰是金风浩荡时。
传授真诠师解惑，探寻奥秘子求知。
杏坛挥洒千辛汗，苗圃浇来百业基。
教育优先民族梦，复兴指日展英姿。

中秋怀友

又是中秋佳节日，阴晴离合两难休。
携将李白诗仙酒，来上东坡望月楼。
左海岸边愁似海，莫愁湖畔海同愁。
滔滔不绝闽江水，载我思情到蒋州。

【注释】

［蒋州］隋文帝在今南京置蒋州，此处代指南京。

田园

四野溢秋芳，回峰接翠冈。
炊烟迷倦鸟，稻谷绕山庄。
笑语桑榆景，书声小学堂。
田园风日好，疑是武陵乡。

忆旧赠小学同学聚会

垂髫相识十余初，加减才知又乘除。
陋巷弹珠争胜负，野塘分草摸虫鱼。
晨携泔水唯思肉，晚进萱堂不为书。
最是老来堪忆处，青梅竹马戏言渠。

卷三

五十三初度

老眼昏花笑尚童，枯荣随分付天公。
尚平婚嫁心期许，陶令田园路盼通。
题照吟诗犹有兴，著书立说渐无功。
但求饭饱衣裳暖，颐养天年入梦中。

【注释】

［尚平］指东汉尚长，字子平，为子嫁娶毕，即不复理家事（见三国魏嵇康《高士传》）。后用为不以家事自累的典实。唐许浑《村舍》诗之一："尚平多累自归难，一日身闲一日安。"

无题

误听樵子唱谣歌，青史污名可奈何。
米蔡苏黄堪再议，木兰陂水漾清波。

【注释】

［米蔡苏黄］即苏黄米蔡，“宋四家”，宋人苏轼、黄庭坚、米芾、蔡襄的合称。也有学者认为“蔡”应为北宋末年的书法家蔡京。从古人十分看重的“年齿”排辈而言，“蔡”若为蔡襄，则“蔡”应当排在“苏”之前。“苏、黄、米”皆按年齿排列，作为北宋末年人的蔡京是为“蔡”，应当毫无争议。而后人认为蔡是指蔡襄，是因为蔡京的名声不好，导致徽宗亡国，历史地位无法与前几位相提并论，故后人更加喜欢认为蔡指蔡襄。

［木兰陂］位于福建省莆田市区西南的木兰山下，木兰溪与兴化湾海潮汇流处，是世界灌溉工程遗产。木兰陂始建于北宋治平元年（1064），是著名的古代大型水利工程，全国五大古陂之一，至今仍保存完整并发挥其水利效用，是北宋政权实行变法图强所获得的一件重要历史见证。木兰陂筑成与蔡京的个人作用极为关键。宋方天若《木兰水利志》：“时蔡公兄弟京、卞，感涅之灵谶，念梓里之横流，屡请于朝，乃下诏募筑陂者。”

游金山寺

大江浩浩向闽东，琳宇超然坐浪中。
危塔映江秋水碧，洪桥照影夕阳红。
檐铃梵语花柔媚，香火钟声景洽融。
沙白渚清鸥聚处，洲头独钓一渔翁。

【注释】

［金山寺］位于福州市西郊洪塘村附近乌龙江上，建于宋代，是福州唯一的水中寺，因为很像镇江的金山寺，故取名小金山寺。据《洪塘志》记载：“金山江心矗起，形象印浮水面，似江南镇江，故曰小金山。有塔七级，故曰金山塔寺。”

观闽剧《甘国宝》

戏剧神奇演武威，如何局促入京畿。
拜师学艺痴迷赌，渡海投军锦玉归，
父认母妃成姊弟，子攀皇帝更腾飞？
原来苦练能科举，夺得宫前侍卫肥。

【注释】

［甘国宝（1709—1777）］字继赵，号和庵，福州府屏南县人。曾官至台湾总兵、福建陆路提督、水师提督，兼闽阅操大臣，为清代名将，得到乾隆皇帝召见，赐花翎顶戴，加授荣禄大夫。

戊戌六君子之林旭

预归晚翠愿难酬，二十三年命已休。

臣赏文章终许嫁，帝闻才识始招留。
满腔热血维新法，一片忠心为国谋。
拼尽眼中无限恨，万千遗憾更何尤。

【注释】

［林旭（1875—1898）］字暾谷，号晚翠，福建侯官（今福州）人，清朝末年维新派人士，出身贫苦家庭。1898年参与戊戌变法，9月28日，被杀害于宣武门外菜市口，时年二十三岁，为“戊戌六君子”之一，遗著有《晚翠轩集》。

答诘

辩证睽违任意何，岂因孤直枉然多。
沽名过后来牢狱，吾辈丹心已不波。

过正心禅寺

纷繁世界觉身孤，欲访禅林置贱躯。
坡下桃花园上寺，隔墙听得梵音无。

福州首届青运会感兴

闽郡金秋丽日长，南台岛上国旗扬。
香茶丹桂迎佳客，俊彦青衿聚锦堂。
比出精神齐喝彩，从来拼搏自当强。
市民助阵啦啦队，健将争先运动场。

首届青运会闽巾帼冠军榜（八首）

孔意佳

福州小女山东汉，苦练擒拿壮志怀。
压制绝招无敌手，转翻一刹夺金牌。

福州女子蹦床队

谁敢空中舞不休，名师高足显风流。
群芳羡煞三仙女，摘得金牌夙愿酬。

林丽凤、林伟红

人家有女作娇痴，林氏姑娘学剑时。

不是疆场才报国，赛场搏击见英姿。

徐婷

空中只见碟双飞，屏气凝神望自威。
一击瞬间惊四座，弹无虚发夺金归。

黄瑰芬

冲天欲作离弦箭，呼啸如风掠耳生。
一骑绝尘终点处，回眸望尽众芳惊。

沈沐含

沈姓姑娘字沐含，全能七项胜儿男。
年青不为成名累，再夺金牌证体坛。

魏小菁、施玉婷

渡海扬帆追梦去，京华苦练两年回。
家乡一战成名日，岚岛亲人助阵来。

厦门女子短跑队

姐妹争先誓夺金，传承接力最惊心。
家乡圆得魁元梦，无悔青春泪满襟。

【注释】

[岚岛] 平潭岛，位于省境东部海上，素有“千礁岛县”之称，是著名的渔业基地。1912 年置县，现为平潭综合实验区。

老境

樊笼习惯久居时，不觉经年鬓有丝。
老境思归清素味，少时忆夺小红旗。
情闲大可书行楷，尘杂无妨作古诗。
寒露到来天冷快，出门须防北风吹。

岁月

世事乖违取次过，韶光不耐早蹉跎。
山深林密难防阱，心杂人多易起波。
聊以小诗求点赞，已无高论伴销磨。
尚能善饭堪欣慰，朝夕西湖好放歌。

饮茶山中

闲品禅茶坐翠微，清香缕缕沁心扉。

煎熬方可知真味，苦涩才能悟妙机。
身外纷繁因欲望，壶中宁静自芳菲。
人生难得和君伴，岁月如烟入梦归。

晚晴

泥巴墙根细语，桃花村头浓情。
夕照无穷暖意，人间不尽晚晴。

赠郭、陈二君，观其女书法绘画有天赋

郭女鸾翔凤翥姿，陈娃巧绘亦称奇。
凭谁生女弗如子，二女将来胜仲姬。

【注释】

［仲姬］管道升（1262—1319），字仲姬，浙江德清茅山人，元代著名的书法家、画家、诗词创作家，嫁书画名家赵孟頫为妻，封吴兴郡夫人，世称管夫人。

《屏山晚学集》出版自题

东隅已逝未言迟，莫虑桑榆晚可追。
清梦终留凝墨里，且将寂寞付情思。

咏松

凌云超众木，直干立危崖。
不学低眉态，从来昂首姿。
岁寒凋后句，高洁化时诗。
多少沽名客，常思傲雪枝？

【注释】

［“高洁”句］语本陈毅《青松》诗：“大雪压青松，青松挺且直。要知松高洁，待到雪化时。”

题雨后友人山居

群山清晓静，岚气绕崆峒。

水迸溪声外，崖迷鸟语中。
推门摇竹翠，扫径落花红。
缓步移空院，飘然涧壑风。

【注释】

［崆峒］此处指仙山，比喻友人居住环境宛如仙境。《杨家将演义》：“此去定教扶圣主，将军真可倚崆峒。”

怀梁兄

高卧钟山麓，低徊莫武滨。
儒冠多自乐，利禄少相亲。
昔日曾怀器，今时试隐沦。
依依白下柳，春到几回新。

【注释】

［莫武］指南京的莫愁湖和玄武湖。莫愁湖位于南京秦淮河西，是一座有着一千五百年悠久历史和丰富人文资源的江南古典名园。玄武湖位于南京市城中，古名桑泊、后湖，已有一千五百多年的历史，当代仅存的江南皇家园林，江南三大名湖之一。

咏竹

削玉追修美，青琼造化成。
终生持亮节，四季送风清。

【注释】

［“削玉”二句］语本唐李贺《昌谷北园新笋四首》。削玉，形容新竹像碧玉削成似的。青琼，形容新竹翠绿如碧玉。

做客山中（二首）

三乐斋炉火正红，燃香品茗主宾融。
绿荫鸟语梅争目，已觉春情满院中。

其二

好友相邀聚乐斋，梅花又见抵寒开。
品茶赏画留清影，一曲高歌尽畅怀。

【注释】

［三乐斋］友人北峰山中小筑。

山村

版筑芭蕉静掩扃，凸凹石道伴阴晴。
古樟不语依江绿，回首山村百媚生。

咏落叶

凉潮来朔漠，霜雨又侵侵。
绿似随衰草，黄如缀北岑。
萧萧风扫地，槭槭响难禁。
寒蟀鸣声彻，秋蝉抱树吟。
脱枝培嫩叶，肥土布佳音。
莫叹时光替，多忧损素心。

倦鸟

碌碌归林鸟，终将入网罗。
伤心应有泪，感岁已无歌，
仄径笼中食，鹏程梦里过。

且听风大小，不问夜如何。

【注释】

［夜如何］唐杜甫《春宿左省》诗："明朝有封事，数问夜如何？"语本此。

岁暮

渐暮久难堪，逢人不可谈。
世缘皆幻相，尘事竟泥潭。
吠犬天临日，缠丝茧作蚕。
聊将歌一曲，换得醉如酣。

【注释】

［"吠犬"句］指蜀犬吠日。意思是四川多雨，那里的狗不常见太阳，出太阳就要叫。比喻少见多怪。唐柳宗元《答韦中立论师道书》："屈子赋曰：'邑犬群吠，吠所怪也。'仆往闻庸、蜀之南，恒雨少日，日出则犬吠。"

重逢赠友人

故人十载喜相逢，岁暮寒风转暖风。

浅酌漫吟皆往事，题诗祈愿与君同。

早春西湖漫步

寒雨连绵冷未消，烟迷湖水苇荻凋。
秋华已退东篱菊，春韵初滋北岭蕉。
羁旅方怜归倦客，严霜最畏践青苗。
凭栏衰老听弦管，思入红尘不自聊。

丙申二月火车站即事

墨面纷纷涌海门，故山寒冷想春温。
东南未必黄金地，糊口艰辛往返奔。

【注释】

［墨面］脏黑的面容。《淮南子·览冥训》："美人挐首，墨面而不容；曼声吞炭，内闭而不歌。"鲁迅《无题》诗："万家墨面没蒿莱，敢有歌吟动地哀。"

无题

雌黄岂可漫相容，百劫难修忍辱功。
若不折腰谋五斗，归园看尽小鸡虫。

咏落花

三月芳菲半，风来昨夜惊。
青陂随处满，红雨最多情。
身委黄泥染，魂归绿叶萌。
年年春事好，怕见杜鹃鸣。

【注释】

［红雨］此处比喻落花。唐李贺《将进酒》诗：“况是青春日将暮，桃花乱落如红雨。”

天池

天际微云万里开，临池照影独徘徊。

真疑天上银河水，来作人间玉镜台。

题友人玫瑰花摄照

得人怜处最分明，不在芬芳在泪莹。
著雨玫瑰犹似火，临风玉树更多情。

乡村即事（二首）

农隙田夫懒且慵，茶余饭后享东风。
新春对子家常见，点缀衡门别样红。

其二

亭午郊游叩竹扉，春风小院客如归。
村姑野老多情甚，烹出鲢鱼鸭子肥。

丙申清明

百花带泪雨纷纷，又踏青山鸟语闻。
一种春声听不得，清明此日寸心焚。

卷四

五绝（二首）

五凤半云腰，湖山气寂寥。
沉天愁潦雨，急景看虹桥。

其二

一水闽台隔，天涯咫尺遥。
罗星堤外柳，时拂马江潮。

【注释】

［罗星］指福州马尾罗星塔。

登福道

寻幽临胜境，积翠草虫鸣。
市嚷车声远，风和鸟步轻。

路从山脊转，人在树梢行。
脚力无须健，榕城不了情。

【注释】

［福道］是福州连接多个公园、长约19公里，跨山越岭，供人游玩、健身的一处空中走廊，供人行走的“桥”面由钢格栅板铺设而成。

读《己亥杂诗》

携卷离京独怆神，无门报国发吟呻。
只因揽得佳人伴，清句温柔最可人。

【注释】

［《己亥杂诗》］是清代诗人龚自珍（1792—1841）创作的一组自叙诗，写了平生出处、著述、交游等，题材极为广泛，共315首。

无题（五首）

瀛海无槎耗尽神，分明万事在求人。

三生萧瑟因迷路，六合苍茫底问津。

其二

半生悔极作诗翁，老树枯藤瑟瑟风。
乞向东山求一醉，酣然独卧月明中。

其三

头白沉浮路不遥，人生总有奈何桥。
但看白鹭横秋浦，喜见青林映起潮。

其四

衰年精力九分殚，世事沉浮久自寒。
不昧良心人罔顾，可堪白眼我难安。

其五

故山岁月老销磨，梦绕魂牵几奈何。
昼夜涌泉如不舍，深情忆往百般多。

【注释】

［东山］指会稽东山，谢安隐居之地，后亦代指隐者居住的地方。《晋书·谢安传》：“隐居会稽东山，年逾四十复出为桓温司马，累迁中书、司徒等要职，晋室赖以转危为安。”

咏瓷砖（三首）

千锤万凿出深山，烈火焚烧若等闲。
碎骨脱胎全不惜，要留方正在人间。

其二

捣粉成泥再塑身，脱胎换骨认难真。
焚烧缘为留刚硬，正正方方好示人。

其三

于谦诗句认前身，任尔千锤不为尘。
浴火重生才本色，焚烧过后更精神。

【注释】

［于谦诗句］明于谦《石灰吟》：“千锤万凿出深山，烈火焚烧若等闲。粉身碎骨全不怕，要留清白在人间。”

梁兄来榕

鲲鹏方展翅，倏忽莅榕城。

钟阜三年别，闽山又见兄。

【注释】

［钟阜］指紫金山。唐唐彦谦《金陵九日》诗：“九重天近瞻钟阜，五色云中望建章。”

老友在家中摆弄假山戏题

真个老翁如稚子，泥盆堆石说成山。
小榕种上君休笑，绿叶浓阴似等闲。

题友人霍童溪摄照

扁舟一叶霍乡情，两岸青山碧水明。
万古沧洲渔叟梦，怎消柔橹一声声。

【注释】

［沧洲］古洲名，隐者所居。南朝齐谢玄晖《之宣城出新林浦向版桥》：“既欢怀禄情，复协沧州趣。”

苏皖纪游诗（十七首）

苏皖行

苏北优游又皖南，绿杨深处便停骖。
抚今追昔诗人事，问祖寻根付笑谈。

【注释】

［骖］辕车所驾的三匹马。《诗经·小雅·采菽》：“载骖载驷。”

南京中华门

闾里长干依旧在，神州第一尚存门。
十三万万应须记，丁丑当年满弹痕。

【注释】

［长干］长干里。遗址在今内秦淮河以南至雨花台以北。唐崔颢《长干曲》：“家临九江水，来去九江侧。同是长干人，生小不相识。”唐李白《长干行》：“郎骑竹马来，绕床弄青梅。”

［丁丑］丁丑年，1937年。

扬州

李注昭明成就多，春江花月夜如何？
烟花三月扬州梦，杜牧青莲一代歌。

【注释】

[李注昭明] 指李善注六十卷《昭明文选》。《昭明文选》又称《文选》，是现存的最早一部汉族诗文总集，由南朝梁武帝的长子萧统组织文人共同编选。萧统死后谥“昭明”，所以他主编的这部文选称作《昭明文选》。李善为扬州人。

[春江花月夜]《春江花月夜》是唐代诗人张若虚的作品，被公认为最好的一首唐诗，素有“孤篇盖全唐”之誉。张若虚为扬州人。

[“烟花”二句] 指唐李白《黄鹤楼送孟浩然之广陵》：“故人西辞黄鹤楼，烟花三月下扬州。孤帆远影碧空尽，惟见长江天际流。”和唐杜牧《遣怀》：“落魄江湖载酒行，楚腰纤细掌中轻。十年一觉扬州梦，赢得青楼薄幸名。”青莲，李白，字太白，号青莲居士。

运河

京口瓜洲一望中，邗沟大业济渠通。
运河国脉承千载，莫往江都觅隋宫。

【注释】

[京口] 地处长江下游，北临大江，为江南运河的北口，过

长江与江淮运河相连。京口汉称京口里，东吴孙权筑铁瓮城，置京口镇。晋时置晋陵郡，南朝宋置南徐州，隋置润州，宋升润州为镇江府，并一直沿用至今。辖区内焦山、北固山沿长江分布，有着“天下第一江山”的美誉。

[邗沟] 南起扬州以南的长江，北至淮安以北的淮河，是联系长江和淮河的古运河。

[济渠] 通济渠，始建于隋朝大业元年（605），隋朝之后又称其为“汴河”，是隋唐大运河的首期工程，连接了黄河与淮河。据《大业杂记》记载，通济渠水面阔四十步，通龙舟，两岸为大道，种榆柳。自东都至江都两千余里，树荫相交，每两驿置一宫，为停顿之所，自京师至江都，离宫四十余所。

[江都] 扬州古称，隋大业元年（605）置，隶属江都郡。

史可法纪念馆

四月芜城落尽花，北风萧瑟满尘沙。
史公笃定成仁后，十日扬州自可嗟。

【注释】

[芜城] 即广陵城，今扬州，故址在今江苏省江都县境。西汉吴王刘濞建都于此，筑广陵城。南朝宋竟陵王刘诞据广陵反，兵败死焉，城遂荒芜，鲍照作《芜城赋》以讽之，因得名。唐李商隐《隋宫》诗：“紫泉宫殿锁烟霞，欲取芜城作帝家。”

瘦西湖

芜城西畔聚豪家，点石成金各擅华。

如画绿杨烟水处，小舠轻晃荡湖沙。

【注释】

［瘦西湖］原名保障湖。清乾隆年间，扬州的盐业兴盛，瘦西湖由于年长日久，湖心淤塞，盐商便出资疏浚，并在东西岸兴建起许多亭台楼阁。“瘦西湖”之名最早见于文献记载为清初吴绮《扬州鼓吹词序》：“城北一水通平山堂，名瘦西湖，本名保障湖。”乾隆元年（1736），钱塘诗人汪沆慕名来到扬州，在饱览了这里的美景后，与家乡的西湖做比较，赋诗道：“垂杨不断接残芜，雁齿虹桥俨画图。也是销金一锅子，故应唤作瘦西湖。”

何氏园

山水回廊庭院深，盐商豪掷起园林。
游人都道江南富，不解茅檐尽苦音。

【注释】

［何园］坐落于江苏省扬州市的徐凝门街，又名“寄啸山庄”，由清光绪年间任湖北汉黄德道台、江汉关监督、曾任清政府驻法国公使的何芷舠所造，被誉为“晚清第一园”。

高邮文游台

秦置邮亭千载身，盂城人物一时新。
文游胜景依然在，不见当年载酒人。

【注释】

［高邮］史称江左名区、广陵首邑，为帝尧故里、尧文化发祥地，是江淮文明、邮文化重要区域。秦王嬴政于公元前223年在此筑高台、置邮亭，故名高邮，别称秦邮。又称盂城。

［文游台］始建于北宋太平兴国年间（976），原为东岳行宫。据《高邮州志》载："宋苏轼过高邮，与寓贤王巩、郡人孙觉、秦观载酒论文于此。时郡守以群贤毕集，曰文游台"。

邵伯镇

甘棠遗爱至今延，筑埭真如召伯贤。
斗野铁牛留胜迹，运河划地走千船。

【注释】

［邵伯镇］地处江苏省扬州市江都区，古称甘棠和邵伯埭，因东晋谢安于此筑埭而得名，唐宋以后日益兴盛，是京杭运河线上闻名遐迩的繁华商埠。

［召伯］也称召康公、召公，是周文王姬昌的庶子，周武王姬发、周公姬旦的异母兄弟。《诗经·召南·甘棠》云："蔽芾甘棠，勿剪勿伐，召伯所茇；蔽芾甘棠，勿剪勿败，召伯所憩；蔽芾甘棠，勿剪勿拜，召伯所说。"

瓜洲渡

连江漕运入瓜洲，星火绵延夜泊舟。
说到繁华商埠地，沉箱亭外水悠悠。

【注释】

［瓜洲］是扬州市的一个历史文化名镇，与长江对岸镇江的西津渡同为古代航运交通要点。宋王安石《泊船瓜洲》："京口瓜洲一水间，钟山只隔数重山。春风又绿江南岸，明月何时照我还。"

［沉箱亭］为纪念杜十娘怒沉百宝箱而建的亭。

金山寺

重光废寺宿缘深，天赐黄金燃指心。
看破红尘三万丈，何时人世不谐音。

【注释】

［金山寺］位于今江苏镇江市区西北的金山上，始建于东晋，清朝时期与普陀寺、文殊寺、大明寺并列为中国的四大名寺。

［"看破"二句］据说法海是唐朝宰相裴休之子，裴休笃信佛教，便送子出家，取名法海。他尊重父意，立志向往佛学，为创建金山寺历经了千辛万苦，立下了不可磨灭的功勋。然而，《白蛇传》中的"水漫金山寺"神话故事却把法海说成是阻碍破坏一对青年男女自由恋爱和美满婚姻的罪魁祸首，深遭世人谴责。当然，千秋功罪，历史自有评论。正如宋朝张商英诗云："半间石室安禅地，盖代功名不易磨。白蟒化龙归海去，岩中留下老头陀。"

北固楼

辛词唤起试登楼，一派茫茫豪气收。

左右金焦青两点，大江万古向东流。

【注释】

［辛词］指辛弃疾《南乡子·登京口北固亭有怀》和《永遇乐·京口北固亭怀古》。

甘露寺

当窗山色翠浮光，演绎招亲百世芳。
真假联盟先不说，今宵甘露属刘郎。

【注释】

［甘露寺］坐落在镇江市长江之滨的北固山，《三国演义》“吴国太佛寺看新郎，刘皇叔洞房续佳偶”的故事就发生在这里。

西津渡

西津渡口古金陵，铁马当年踏雪冰。
击楫中流人不见，云台突兀石嶒崚。

【注释】

［西津渡］位于镇江城西的云台山麓。三国时叫“蒜山渡”，唐代曾名“金陵渡”，宋代以后才称为“西津渡”。张祜《题金陵津渡》：“金陵津渡小山楼，一宿行人自可愁。潮落夜江斜月里，两三星火是瓜洲。”

焦山

大江浮玉晓烟开，扑面山光水气回。
霞蔚云蒸如画里，江枫岸柳入诗来。

【注释】

［焦山］位于镇江市东北面，是万里长江中唯一的一座四面环水的岛屿，犹如中流砥柱，满山苍翠，宛若碧玉浮江。东汉末年，焦光隐居在此，汉献帝曾三次下诏书请他出山做官，拒不应召，在山上采药炼丹，治病救人，后人为了纪念他，改樵山为焦山。

宏村

真似桃花源里村，家家户户水连门。
粉墙黛瓦井然立，影入荷塘伴月魂。

【注释】

［宏村］位于徽州黟县东北部，因“扩而成太乙象，故而美曰弘村”，清乾隆年间更名为宏村。

渔梁坝

新安水接浙江潮，两岸青山影里摇。
送别渔梁茶卖去，橹声急急雨潇潇。

【注释】

［渔梁坝］位于徽州歙县城南的练江中，是新安江上游最古老、规模最大的古代拦河坝，始建于隋朝，距今已有近1400年的历史。是徽州古代最知名的水利工程，被称为“江南第一都江堰”。唐孟浩然《与诸子登砚山》：“水落鱼梁浅，天寒梦泽深。”

苏幕遮

栈桥东，芦苇渚。戏水鸳鸯，时并头私语。湖上夕阳初过雨。柳影轻摇，钓叟渔竿举。

烦愁长，消不去。何奈多言，无限伤心旅。暑往冬来期几许，盼得天晴，依旧襟怀予。

念奴娇　登北峰

晓烟幽谷，有鸣鸟，山道斑斓颜色。飞瀑流泉传耳际，人没青岚静谧。浥露山花，摇枝树影，岭表俱澄碧。闽中仙境，北峰佳处谁悉。

遥忆年少时光，小灯昏暗，读书颇丰获。及壮苍凉追逐迫，胥梦前程另册。世路崎岖，人情冷暖，万事真为客。登高回首，几多尘念俱寂。

望海潮　马江怀古

海蒸云气，三流会处，马江自古兵家。船政首开，宗棠大略，海军从此无涯。四海共欣嘉，八方延教席，豪气堪佳。宝岛扬帆，威震倭寇竟谁夸。

鸥飞艇乱桅牙，倒江强虏急，十丈涛花。哀苟且生，求和媚外，王公玉食豪奢。樯橹俱沉沙，填作鱼龙腹，将士雄娃。角黍端阳魂寄，江水映红霞。

【注释】

［宗棠］左宗棠（1812—1885），字季高，湖南湘阴人，晚清重臣，洋务派代表人物之一，与曾国藩、李鸿章、张之洞并称“晚清中兴四大名臣”。

永遇乐　端午

竞棹平湖，繁钲急鼓，浪翻无限。悬草安康，囊香袪病，旧屋双归燕。包金角黍，泛琼蒲草，玉臂彩丝又见。江头水，潇湘旧俗，年年故园重现。

怀沙倦客，天问归路，兰佩荷衣醒眼。千古冤魂，沈湘人去，悲楚辞传遍。回肠哀郢，汨罗无处，空把清尊新怨。诵离骚，海榴花发，莫相笑叹。

【注释】

[怀沙]《怀沙》是战国时期楚国伟大诗人屈原的作品，一般认为此诗作于屈原临死前，是诗人的绝命词。此诗历述作者不能见容于时的原因与现状以及南行的心情，为自己遭遇的不幸发出了浩叹与歌唱，希望以自身的死亡来震撼民心、激励君主。

[天问]《天问》是屈原除《离骚》之外的另一篇长诗，收录于西汉刘向编辑的《楚辞》中。《天问》通篇是屈原对于天地、自然和人世等一切事物现象的发问。

[哀郢]《哀郢》是屈原的代表作之一，为《九章》之一。诗篇真实地记叙了诗人离别郢都和流亡途中的沉痛心情，生动地抒发了诗人热爱祖国、思念故乡和同情人民的深厚感情，深刻地描写了诗人不得不出走逃亡而又满怀依恋、不忍离开祖国的复杂矛盾的心理活动。

[离骚]《离骚》是屈原创作的一首政治抒情诗。《离骚》可分为前后两部分，前一部分描写屈原对以往生活经历的回顾。后一部分主要描写屈原对未来道路和真理的探索与追求。作品中含有大量的比喻和丰富的想象，表现出积极浪漫主义精神，并开创

了中国文学上的骚体诗歌形式，对后世有深远影响。

[海榴] 海石榴的简称。唐李德裕《草木记》：“凡花木名‘海’者皆从海外来，如海棠之类是也。”在《辞源》中，“海榴”条更明确地释为：“即石榴，以自海外移植，故名。”元贝琼《己酉端午》：“风雨端阳生晦冥，汨罗无处吊英灵。海榴花发应相笑，无酒渊明亦独醒。”

临江仙　晚登大腹山步道

独上福山收晚景，金黄一片相思。年年花发竟谁知。夕阳无限好，怕见亮灯时。

步道和鸣多眷侣，呢喃细语繁枝。婆娑更有舞风姿。望斑斓远处，灯火聚瑶池。

【注释】

[相思] 相思树，又名台湾相思，花金黄色，闻起来有轻淡的香味。

如梦令　忆北戴河观日出

渤海潮声和奏，戴水风光灵透。相约看朝辉，趋步伊人同走。回首，回首，总忆纤纤素手。

【注释】

[戴水] 戴河，位于河北省秦皇岛市北戴河区的最西部，横跨秦皇岛市的抚宁县和北戴河区，是北戴河区与抚宁县的界河，是冀东沿海独流入海河流之一。

红情绿意　咏荷

塘前月色，映婆娑倩影，玉人吹笛。小立风中，徐拂清香可堪摘。频忆濂溪爱说，争忘却、深情词笔。犹记得、朱自清文，精选入教席。

如画，正奕奕。叹也寄污泥，不染淤积。叶珠露泣，红萼尖尖总相忆。长咏《西洲曲》处，望湖上、万千流碧。荡小艇、呼伴侣，藕花又值。

【注释】

[濂溪] 周敦颐（1017—1073），字茂叔，谥号元公，北宋道州人，因定居庐山时为纪念家乡而给住所旁的一条溪水命名为濂溪，并给自己的书屋命名为濂溪书堂，后终老于庐山濂溪，所以世称濂溪先生，是宋朝儒家理学思想的开山鼻祖，著有《周元公集》《爱莲说》。

[朱自清文] 朱自清散文《荷塘月色》。

[《西洲曲》] 乐府《杂曲歌辞》："开门郎不至，出门采红莲。采莲南塘秋，莲花过人头。低头弄莲子，莲子清如水。置莲

怀袖中，莲心彻底红。”

唐多令 思秋

无处可生愁，炎方焉有秋。纵星移、不雨何求。都道近中秋月好，还闷热，怯登楼。

好事此中休，时空逐水流。雁南归，何地淹留。呵壁问天天不语，盼霜降，兆年头。

【注释】

［呵壁问天］出自汉王逸《楚辞·天问序》。喻指失意、愤感。唐李贺《公无出门》：“分明犹惧公不信，公看呵壁书问天。”

卷五

罗星塔

旗鼓水门开，惊涛脚下来。
都传中国塔，谁识念夫台。
一柱中流屹，千帆海上回。
今看潮汐处，丝路尽樯桅。

【注释】

［罗星塔］为国际公认的航标，闽江门户标志，有“中国塔”之誉。据《闽都记》载，罗星塔是宋朝岭南柳七娘为纪念亡夫所建。

题友人海边摄照（二首）

古城崇武海茫茫，碧水蓝天一色长。
童子不知渔女苦，低头也学一般忙。

其二

只筹一网百斤多，细算持家可奈何。
呀许君听声势壮，那知讨海苦栽禾。

【注释】

［呀许］集体劳动歌呼声。这里指渔夫拉网之口号声。《二十年目睹之怪现状》第五一回：“顿时乱纷纷，呀许之声大作。”

尔玉老友枉临

六月山城木槿天，重逢喜出话无边。
高山流水君居处，一别匆匆又两年。

【注释】

［木槿］花如小葵，淡红色，五叶成一花，朝开暮敛。李时珍《本草纲目》曰：“此花朝开暮落，故名日及。曰槿曰，犹仅荣一瞬之义也。”

山村夏日（五首）

绿意浓浓野色繁，白云低护翠篱园。

一塘清碧蛙鸣处，莫道人间只梦存。

其二

山色浮青六月时，沙溪高柳意迟迟。
鸣蝉不解芳菲歇，却唤篱花放满枝。

其三

夏日寻芳水岸凉，湖滨十里柳荫长。
去年玉立亭亭处，又觉荷花阵阵香。

其四

蝉唱蛙鸣夜未凉，传书黄耳已闻香。
品茶况且佳人伴，山里时光滋味长。

其五

山村盛夏少人烟，葱岭阴崖别有天。
坦腹房檐三野老，挂藤瓜果半洋田。

【注释】

［传书黄耳］《晋书·陆机传》："初机有俊犬，名曰黄耳，甚爱之。既而羁寓京师，久无家问……机乃为书以竹筒盛之而系其颈，犬寻路南走，遂至其家，得报还洛。其后因以为常。"

咏蝉

流响吟高树，清声自不同。
何言怜蜕壳，为唤荔枝红。

【注释】

［蜕壳］犹蜕皮。元方回《初夏》诗之四："新蝉初蜕壳，稚菊始分桠。"

赠同事

难顾孩童忤世情，昏花老眼再前行。
初心不改来时路，踏遍青山不计程。

听打击乐会（二首）

敲磬击鼓疑天籁，骤雨疾风似迅霆。
马作的卢飞样快，低昂缓急抵苍冥。

其二

马作的卢飞样快，声如霹雳势如霆。
晶宫槌碎鱼龙泣，遏月停云入杳冥。

【注释】

［“马作”句］的卢，三国时期刘备的坐骑，其奔跑的速度飞快。南宋辛弃疾《破阵子·为陈同甫赋壮词以寄之》：“马作的卢飞快，弓如霹雳弦惊。”语本此。

南海

中华自古开疆地，南海明珠是故乡。
万顷碧波歌岁月，千艘钓舸待朝阳。
跳梁小丑多痴梦，蕞尔微邦尽白狼。
丝路当今扬盛世，惠风凭借往来商。

闽清抢险救灾

军民协力胜洪峰，抢险除灾聚坂东。
大爱不分先与后，精诚团结对天公。

【注释】

［坂东］位于闽清县境南部。自古以来这里是闽中地区的商贸、文化重镇。中国现存最大的古民居宏琳厝和书香深宅四乐轩就坐落在这里。

金水湖遇雨

乌云拨不开，电闪挟风雷。
气势蛟龙出，横斜柳陌来。
远山烟叠雾，近岸水腾埃。
鸟散游人尽，衰红集绿苔。

【注释】

［金水湖］位于闽侯竹岐乡竹西村，小穆溪下游处，水从村头汇入闽江。

游五仙寺

野寺藏阴木，仙人半岭居。
白云晨缭绕，紫气晚扶疏。

石磴连今古，松萝漫卷舒。
清凉茶一碗，闲话坐阶除。

【注释】

［五仙寺］位于闽侯竹岐乡竹西村，全称五谷仙洞广寺，建于清乾隆年间，至今已有200多年历史。站在寺前可远眺闽江、俯览金水湖全景，是金水湖旅游景区的一大观光胜地。

读筱陈《梦境穿过时光》诗集有感

时光隧道开，梦境数重来。
岁月匆匆过，街坊逐逐回。
小窗看世界，老屋出人才。
每有高怀意，乡愁亦醉哉。

【注释】

［逐逐］奔忙貌；匆忙貌。唐胡皓《奉和圣制送张尚书巡边》：“棱威方逐逐，谈笑坐怡怡。”宋范仲淹《送郧乡尉黄通》诗：“争先尚逐逐，致远贵徐徐。”

贺中国女排里约奥运会夺冠

十二金花怒放时，马拿卡纳卷红旗。

飞身扑救愁看客，举臂挥开笑惧谁。
境界精神无限量，排球你我最相思。
巅峰铸就凭拼搏，今晚姑娘谱出奇。

【注释】

［“马拿”句］中国女排继2004年雅典之后，时隔12年在里约奥运会的马拿卡纳体育馆重新夺得奥运会冠军。

观《海棠依旧》电视剧有感

少年崛起读勤书，远涉重洋奋起予。
历劫千辛聊暇整，鞠躬尽瘁岂萧疏。
海棠依旧人间念，公仆于今世上誉。
解语花应能解语，回眸青史总难如。

【注释】

［起予］出自《论语·八佾》：“子曰：‘起予者，商也，始可与言《诗》已矣。’”何晏集解引包咸曰：“孔子言子夏能发明我意，可与共言《诗》。”后用为启发自己之意。

［聊暇整］聊以暇整。形容事情虽然繁多，但又有序不乱。或形容情势虽然紧迫，但又从容不迫。

［解语花］西府海棠引称。西府海棠花姿潇洒，花开似锦，

自古以来是雅俗共赏的名花。

赠同仁

贵庚约略与兄同，共事经年各已翁。
欲附星轺嗟不及，应怜身在后尘中。

丙申中秋

有茶无月怎中秋，相伴狂风骤雨愁。
眼下心情谁寄语，天宫二号恰能酬。

【注释】

[天宫二号]是继天宫一号后中国自主研发的第二个空间实验室。2016年9月15日22时04分，天宫二号空间实验室发射任务取得圆满成功。

中秋高原月

雪域高原月，何人共此时。

莫惊莹洁者，佛国慰相思。

值班遇台风偶题

乱云飞渡北山陂，黯黯苍穹转四垂。
风劲树摇犹可直，雨豪水退总能期。
不妨衰朽安心境，何必消沉起酒卮。
君见樵渔之野老，粗茶淡饭久相宜。

【注释】

［台风］指 2016 年第 14 号台风“莫兰蒂”。

题友人山居

亭馆依山景绝佳，四时园色映明霞。
清阴满院虚怀竹，蔬果成畦原态瓜。
逸兴从来画兰草，怡然唯有品闽茶。
闲情野趣陶陶日，蝉响蛙鸣到月斜。

绿洲杂咏（五首）

晨起除荒秽，雎鸠伴我鸣。
躬耕辛且苦，但可去虚名。

其二

乌云遮蔽日，野旷失其情。
落木微风下，林梢雀鸟鸣。

其三

朝汐江河浅，渔舟岸畔斜。
绿阴浓远处，鸡犬出农家。

其四

夕照明秋浦，河汉起暮烟。
渔人归去急，鸥鹭岸边眠。

其五

天净家山近，闽江左岸边。
此生如有事，归梦是何年。

【注释】

[绿洲] 绿洲位于闽侯剥溪，闽江北岸。

题友人崇武古城墙摄照

外侮已无关，忧心在久安。
海门留旧迹，睹物泪然潸。

【注释】

[崇武古城] 位于惠安崇武半岛上，是我国古代东南海疆的一座抗倭名城。崇武的意思就是崇尚武备，至今已有六百多年历史。

夜读灵犀美文

然脂欣逢萼绿华，饮茶倍觉梦无涯。
可怜一夜秦楼客，阅尽吴王苑内花。

【注释】

[萼绿华] 中国古代专说中道教女仙名，简称萼绿。南朝梁陶弘景《真诰·运象篇第一》："萼绿华者，自云是南山人，不知

是何山也。女子年可二十上下，青衣，颜色绝整，以升平三年十一月十日夜降羊权。”唐李商隐《重过圣女庙》诗：“萼绿华来无定所，杜兰香云未移时。”

忆竹岐渡

千年流淌行商地，总角灯黄忽二毛。
暑往寒来江上水，朝潮夕汐海中涛。
汽声笛里西阳暮，火灶台前白粿糕。
行藏匆匆今又是，夜阑魂梦尚滔滔。

【注释】

[竹岐渡] 地处闽侯县中南部，闽江南岸。据史料记载，闽江航运年代久远。三国孙吴曾在闽江下游建立造船基地，闽江也曾出现“宏舸连舳，巨舰接舻”的景象。唐宋以来，闽江上木帆船运输就很发达，到清末民国初盛极一时。明末清初，甘蔗巡检司由甘蔗迁往竹岐后，竹岐码头就开始发展。民国期间，竹岐码头被称为竹岐关，岸上设有税馆，闽江上、下行的船只都要在此靠岸报税。新中国成立后，竹岐先后建立了均可供50吨级客船停泊的闽江航运公司轮船客运码头、竹岐渡口和竹西渡口等三个客运码头。作为闽江航运的一个重要组成部分，竹岐码头凭借着其独有的地理位置，扮演了航运的管理职责，也见证了水路运输的辉煌历史。

观电视剧《长征》有感

八十年前泣鬼神，徐徐道出拂封尘。
聆听更觉长征险，成就从来伟业辛。
赤脚单衣千里跃，围追堵截万兵陈。
前行无畏豪情满，信念如钢主义真。

观汪秀华油画作品有感

浓情重彩玉良才，追梦天真缓缓来。
黄绿青蓝橙赤紫，碧间红处用心裁。

【注释】

［玉良］潘玉良（1895—1977），中国著名女画家、雕塑家。曾任上海美专及上海艺大西洋画系主任，中央大学艺术系教授。1937年旅居巴黎，曾任巴黎中国艺术会会长，为东方考入意大利罗马皇家画院之第一人。

咏桂

三秋桂子溢清香，不怯西风擅自芳。
菊有高名因五柳，输她传说不寻常。

【注释】

［五柳］指陶渊明（约365—427），字元亮，又名潜，号五柳先生，世称靖节先生，浔阳柴桑人。陶渊明爱菊，宅边遍植菊花。其诗“采菊东篱下，悠然见南山”，至今脍炙人口。

［“输她”句］指吴刚伐桂的传说。

咏菊

世知佳卉韵，爱菊自渊明。
抱蕊迟迟意，含香耿耿情。
既怜秋露润，岂拒晚霜迎。
摇落浑无识，留枝过一生。

戏题友人夜半赏月

玉人睡起堂堂去，心满情佳缓缓归。
若为婵娟今夜足，何愁霜露浥罗衣。

同学来榕

游子天涯忽已翁，重来此地又江枫。
潮声渔火榕城阔，海色飞鸿粤嶂空。
北岭烟销茶对月，西湖舟泛酒迎风。
共回康乐青春意，况是桃花潭水同。

【注释】

[康乐] 指中山大学南校区康乐园。

[桃花潭水] 比喻友情深厚。语出唐李白《赠汪伦》诗："桃花潭水深千尺，不及汪伦送我情。"

戴云山

德化山高鸟断行，蓬壶传说九仙情。

人间莫道多沟壑，一跃云峰望海平。

【注释】

［蓬壶］即蓬莱，古代传说中的海中仙山。这里也指永春县蓬壶镇。因其山清水秀、风光如画、民风淳良，酷似蓬莱仙境而得名蓬壶。

咏岵山荔枝

岵山古镇四时春，五百年来乌叶新。
一自蔡公图谱后，东坡不作岭南人。

【注释】

［岵山镇］是永春的南大门，全镇有350多座明代至近代的闽南传统民居和2000多棵百年荔枝树，是闽南地区遗存较为完整的古村镇。

［“一自”句］蔡襄出任泉州太守时，曾到永春乐山的“圣泉”为民祈雨。生长在荔乡兴化府（今福建仙游县）的蔡太守，尝到乌叶荔枝，觉得其味较之兴化荔枝尤佳，且籽核比花生米还要细小（即所谓焦核），不禁连声称赞。后来，蔡襄就把永春乌叶荔枝列为名种，载入他的专著《荔枝谱》。

［“东坡”句］宋苏轼《惠州一绝》：“日啖荔枝三百颗，不妨长作岭南人。”语本此。

二十年后再回东峤

海怜曾渡处，山忆再回时。
田瘠谋生路，家贫变化思。
黎民如有盼，天地更无私。
直道争朝夕，沧桑复不疑。

【注释】

［东峤镇］位于莆田市秀屿区南部，地处平海湾半腰部，东与平海、埭头相连，西邻笏石镇，北与北高镇相接，境内有盐田2000多公顷，是我省最大的海盐生产基地。

访仙游红木家具园

木兰溪水远，何岭古风存。
仙作千年树，天工万户门。
徐霞游记地，陶令咏桃源。
再见神仙处，又添红木园。

【注释】

[木兰溪] 发源于仙游县西苑乡黄坑村，横贯莆田市中、南部，自西北向东至三江口注入兴化湾，干流全长105公里。

[何岭] 位于仙游县城东北隅，汉以前号“虎岭”，因山顶一巨石似虎而得名。汉代何氏九兄弟往九鲤湖隐居，登上虎岭，故改称为“何岭”。

[仙作] 语义双关，与天工相对，也指“中国古典工艺家具之都”仙游制作的红木家具及其工艺和风格。

[徐霞] 徐霞客。明代大旅行家徐霞客把九鲤溪与武夷山、玉华洞并称福建“三绝”。徐霞客《游九鲤湖日记》：“循山屈曲行，平畴荡荡，正似武陵误入桃花源，不复知在万峰顶上也。”

感怀

伤往悲来只自知，渐衰容易发如丝。
同行鹓鹭江湖隔，混杂鱼龙道路疑。
过雨园篱偏勃勃，临霜岸柳故垂垂。
常嗟乌鹊天寒苦，要为栖迟奋绕枝。

卷六

寿宁西浦村

笔架山横竹抱门，犀溪水绕状元村。
云浮碇步鱼龙乐，霞映廊桥鸟雀喧。
久定传家耕与读，常怀立德孝兼尊。
农人更有雄心志，月下灯前自课孙。

登高盖山远眺

草树纷披绿意浓，畅游都在鸟声中。
乌龙江阔情还远，五虎山高气更雄。
井邑繁华楼错落，烟波浩渺水西东。
南台大美风光丽，已放襟怀任晚风。

罗源飞仙岩

四季尽和风，山花啼血红。
岩藏晨雾里，溪染晚霞中。
林密时传鹿，峰高更见鸿。
仙槎来海上，谁可与天通。

生命礼赞——题春芽石缝破土图

植根大地待春风，万险千难破土中。
不畏前头岩石阻，十年还看郁葱葱。

过五溪

五溪荆楚地，喜上木兰舟。
梦也桃花逐，心还柳絮浮。
龙标情独到，怀化意全收。
太白题诗后，千年碧水流。

【注释】

［五溪］指湖南省怀化市。其境内重要的支流有巫水（雄溪）、渠水（满溪）、酉水（酉溪）、潕水（沅溪）、辰水（辰溪）等，古称“五溪”，因此怀化自古便称“五溪之地”。唐李白《闻王昌龄左迁龙标遥有此寄》：“杨花落尽子规啼，闻道龙标过五溪。”

冬日登森林公园

冬日陟跻暖，山亭坐望时。
拏空枝竞绿，覆地草犹迟。
倚槛茶消渴，搜肠句组诗。
浑然无一事，渐觉入禅思。

咏竹岐上墩村

小穆溪源最上头，当年商贾见风流。
行舟一日都门到，山货曾经向玉楼。

【注释】

［上墩村］上墩村位于闽江南岸，小穆溪上游。

[都门] 这里指省会福州，古时称闽都。

探访冶山

岁月登临感不休，元和古迹至今留。
望京料想前人意，观海难温往岁游。
石遗老人犹有字，海军耆旧尚存楼。
怅然莫作回眸望，榕树阴浓易染愁。

【注释】

[冶山] 福州内城的一座小山丘，属于屏山的余脉，因古代匠人（传说是欧冶子）曾在此冶炼得名。汉高祖五年（前 202），无诸封闽越王，治东冶，筑冶城，为福建省第一个城郭。

[元和] 唐宪宗李纯的年号。

[“望京”“观海”] 均为冶山上的题刻遗存。

[石遗老人] 陈衍（1856—1937），近代文学家，福建侯官（今福州市）人，字叔伊，号石遗老人，晚清“三大诗人”之一。

[海军耆旧] 萨镇冰（1859—1952），字鼎铭，原籍雁门，世居榕城朱紫坊，近代著名海军将领，先后担任过清朝海军统制（总司令）、北洋政府海军总长、还曾代理过国务总理、福建省省长。

屏山玉兰（三首）

玉立寒烟向夕晨，含情欲放辨前身。
东君若教繁枝发，赏艳依然是故人。

其二

解意春风脱翠裳，洁白素雅泛祟光。
花开绿叶无须伴，一样妖娆傲众芳。

其三

冰心玉色略含愁，春日多情映画楼。
最爱屏山园里树，年年花放旧风流。

丁酉春节

佳酿共行樽，丰年气渐温。
全家迎过节，盛世庆临门。
彩胜民风在，窗花雅兴存。
红包传祝语，微信贺新元。

咏蒲草

微生自许雅风存，命运可堪天壤分。
不蔓不枝唯坦荡，若无若有是清芬。
登堂入室君邀我，泼墨弹琴我伴君。
小草终能成远志，灯前月下感耕耘。

【注释】

［远志］多年生草本植物。茎细，叶子互生，线形，总状花序，花绿白色，蒴果卵圆形。根入药，有安神、化痰的功效。又名小草。明李时珍《本草纲目·草一·远志》："此草服之能益智强志，故有远志之称。"

丁酉年咏鸡

凤凰敢说是身前，十二轮回一记年。
彩羽缤纷苏锦秀，丹心耿介峨冠妍。
范阳起舞中流击，昌谷吟诗后世传。
一唱豪情天下白，人间正道又新篇。

【注释】

[“范阳”句]《资治通鉴·晋纪十》：“初，范阳祖逖，少有大志，与刘琨俱为司州主簿，同寝，中夜闻鸡鸣，蹴琨觉曰：‘此非恶声也！’因起舞。……逖将其部曲百余家渡江，中流，击楫而誓曰：‘祖逖不能清中原而复济者，有如大江！’”

[昌谷]唐代诗人李贺别号，其《致酒行》：“我有迷魂招不得，雄鸡一声天下白。”

[“一唱”两句]化用毛泽东《浣溪沙·和柳亚子先生》：“一唱雄鸡天下白，万方乐奏有于阗，诗人兴会更无前。”和《七律·人民解放军占领南京》：“天若有情天亦老，人间正道是沧桑。”

赠友人

横眉不敌画眉柔，莫为朱颜想白头。
何拟小楼成一统，南山采菊意悠悠。

【注释】

[“何拟”句]化用鲁迅《自嘲》：“躲进小楼成一统，管他冬夏与春秋。”

[“南山”句]晋陶渊明《饮酒·其五》：“采菊东篱下，悠然见南山。”语本此。

岁感

爆竹声中又岁除，侧身渐久愧空虚。
一生负气成今日，四载先机失起初。
歌舞升平窗外事，风花写韵梦中书。
瞑思屈指归林壑，不道苍颜意气疏。

丁酉年元夕

无雨无风澹澹天，玉兰初发竞增妍。
春光顿觉来新岁，情形还如泛濑船。
闲倚亭台看逝水，漫吟诗赋枕流年。
张灯结彩鱼龙夜，帘外云开月正圆。

【注释】

［泛濑］泛，漂浮；泛舟。濑，从沙石上流过的急水。屈原《楚辞·九歌·湘君》："石濑兮浅浅，飞龙兮翩翩。"王逸补注："濑，湍也。"

改丁酉年元夕诗用东坡韵

无雨无风澹澹天，玉兰初发竞增妍。
春光已觉逼新岁，境况还如渐泊船。
慢世风怀随逝水，缘情诗赋枕流年。
鱼龙灯火喧腾夜，曾记人生几上元。

【注释】

［东坡韵］苏东坡《二月三日点灯会客》：“江上东风浪接天，苦寒无赖破春妍。试开云梦羔儿酒，快泻钱塘药玉船。蚕市光阴非故国，马行灯火记当年。冷烟湿雪梅花在，留得新春作上元。”坡翁此律押一先韵，末句换十三元，乃“孤雁出群”格也。

次韵老友维江兄花甲自寿

度曲裁诗韵事新，老夫喜发少年声。
英雄已是何堪羡，儿女深怀最动情。
山野幽幽迎缓步，清风恰恰忆征程。
闻鸡起舞尤怜处，耿耿忠心答圣明。

题友人油菜花摄照

油菜花开景色柔，闻香蜂蝶立枝头。
故乡春事无穷尽，游子心情醉垄畴。

赠汪秀华林阳寺探梅

探梅古刹看梅开，疏影幽姿傍榭台。
不为迎春争艳放，只应得气美人来。

【注释】

［“只应”句］明柳如是《西湖八绝句》之一：“垂杨小院绣帘东，莺阁残枝未思逢。大丘西冷寒食路，桃花得气美人中。”语本此。

桂枝里

带水长廊半面开，清香一缕出亭台。
里中滋味知谁晓，问尽行人不肯回。

【注释】

［桂枝里］在福州市区安泰河畔，连接八一七路与南街。

金字塔

法老胡夫俱可嗟，千年大漠对孤霞。
王陵虽固无人祀，一片荒凉万顷沙。

金陵

金陵金粉地，短命六朝天。
若说风光异，秦淮玄武连。

阿布辛贝神庙

尼罗河畔越千年，中有桑田沧海连。
物是人非无可说，西斯挚爱至今传。

赠灵犀

异域新风采，倾城古国妍。
王妃如有幸，应妒五千年。

贺屠呦呦女士获诺奖

期许诗经在，中华国学深。
百年如菊草，一剂似甘霖。
芳泽传千里，精诚抵万金。
德音临旷宇，玉洁自冰心。

【注释】

［屠呦呦］药学家，中医研究院终身研究员，青蒿素研究开发中心主任，是第一位获得诺贝尔科学奖项的中国本土科学家、第一位获得诺贝尔生理医学奖的华人科学家。2015 年，因发现青蒿素治疗疟疾的新疗法获诺贝尔生理学和医学奖。

［“期许”句］意谓其名“呦呦”语出《诗经·小雅·鹿鸣》：“呦呦鹿鸣，食野之苹。我有嘉宾，鼓瑟吹笙。”呦呦，指鹿鸣声。

［“百年”句］中药青蒿，为菊科植物。

戏和吾友六十翁情人节诗，用其韵

梦回银汉双星度，恼彻癫狂白发人。
总有艳妆奢望少，凭多红粉侈看频。
熏香昵枕经年美，破萼疏梅老岁新。
赋得鸳鸯君莫笑，好诗谁并玉台春。

【注释】

［玉台］《玉台新咏》，是一部东周至南梁的诗歌总集。《玉台新咏》是继《昭明文选》之后，于公元六世纪编成的一部上继《诗经》《楚辞》下至南朝梁代的诗歌总集，历来认为是南朝徐陵在梁中叶时所编。内容多收录男女感情的记述表达，以及日常生活的方方面面，刻画出古代女子丰富的感情世界，也展示出深刻的社会背景和汉族文化内涵。

同窗从美西发来风光照顿觉眼熟，口占一绝寄赠

云淡风轻天欲曙，艳桃秾李散芬芳。
玉兰竞放争春早，一种风光似吾乡。

蔡襄

万安济众施政，四谏经邦立名。
谱荔录茶惠世，忠廉孝悌终生。

【注释】

［蔡襄］蔡襄（1012—1067），字君谟，兴化仙游县枫亭人。北宋著名书法家、政治家、茶学专家。

蔡京

玉殿五回命相，彤庭十度宣麻。
功过千秋任说，兰陂万代犹夸。

【注释】

［蔡京］蔡京（1047—1126），字元长，北宋权相之一、书法家，兴化仙游县枫亭人，尚书左仆射，受封太师、鲁国公，为官57年，执掌国政19年，曾推行茶法、盐法、钱法、漕运、方田改革；兴学重教，施行扶贫救助；兴修水利，倡建木兰陂，造福万民。一生功过，任人评说。蔡京死后，由“蔡京门人吕川卞醵钱以葬”，并为蔡京作了墓志，写下“天宝之末，姚、宋何罪”句。

天宝是唐玄宗盛世年号，姚崇和宋璟是天宝年间的贤相，天宝末年，安禄山叛乱，不能归罪于贤相姚、宋二人，吕川卞认为蔡京为相时天下也是盛世，人称蔡京为“太平宰相”，后来金兵入侵造成的国难不能全归罪于蔡京。这句话十分巧妙，多少是肯定与同情蔡京。

［宣麻］唐宋拜相命将，用白麻纸写诏书公布于朝，称为“宣麻”。后遂以为诏拜将相之称。

琉球馆

闽人渡海拓荒时，自古琉球汉蔓枝。
朝贡虽然成典制，难防歹计暗中窥。

【注释】

［琉球馆］位于福州南台河口，也称为柔远驿。琉球群岛在历史上曾有琉球国，古琉球国与中国建立长久的朝贡关系。1372年，明太祖朱元璋给琉球的中山王察度下达诏谕后，琉球的北山、中山、南山三王遂开始向明政府朝贡。从此琉球成为我国的藩属。1392年，明太祖鉴于琉球来华使节海上航行的困难，特赐闽人善于造船航海技术的三十六姓人家移居琉球。明治维新后，日本出兵占领琉球群岛，于1871年先强制“册封”琉球国王为藩王，使琉球成为日本的令制国，1872年改置琉球藩，1879年琉球藩被废除，先编入鹿儿岛县，又改置冲绳县。清政府虽对此于1877年至1880年提出交涉，但随着清朝国势的衰弱，交涉无疾而终。这段日本琉球合并的历史被称为“琉球处分”。

卷七

读杜诗

少陵诗浩荡，仰止望尘中。
人世慈悲在，文章造化工。
石壕凄老泪，茅屋惨秋风。
忧国情真切，登高气自雄。

【注释】

［石壕］《石壕吏》，是杜甫五言古诗中著名的“三吏三别”之一。

［茅屋］《茅屋为秋风所破歌》，是杜甫旅居成都草堂期间创作的一首古体诗。

［登高］《登高》是杜甫于大历二年（767）秋天在夔州所作的一首七律。

钓龙台怀古

残台破寺儿时戏，拥塞民居市井人。

谁信钓龙言不得，始知沧海几扬尘。

【注释】

[钓龙台] 在福州大庙山上，其名来源于古时钓白龙传说。

与尔玉君联句

我欲邀杯呼友醉，奈何饮者静无声。
如今娱乐江湖改，点击三千便出名。

【注释】

[点击] 指在网络或手机上发帖点击率，点击越多，知名度越高。

有感

象入名瓷店里头，乒乓一阵响华楼。
丛林鬼怪因持久，纵是天王也有愁。

咏张厝

古厝源流小穆张，择居卜筑始流芳。
植桑学礼家风远，载道传经岁月长。
远戚近亲多互助，弟兄姐妹总相匡。
青年才俊绵延出，勤勉传承永世昌。

【注释】

［张厝村］位于闽侯县竹岐乡，闽江南岸。“永世学礼传经”为张厝男性成员辈分用字。

咏张厝老榕树

幼林见证自开荒，根植村前古渡场。
课后河边童戏水，农闲树下叟乘凉
惯看稚子父牵手，忍对征人母断肠。
护嗣深怀谁识得，剖心孑影立斜阳。

【注释】

［老榕树］张厝老榕树为张姓始祖所植，见证了村子的沧桑

巨变和村民的悲欢离合、喜怒哀乐。现老榕树裂开，土岸崩塌，有的沉入水中。

题画

青林群鸟集，白水大鱼奔。
岂负春光里，居人一片魂。

芦花

不忌芬芳不妒红，固沙护岸不争功。
孤怀不语青黄事，独立蒙蒙细雨中。

丁酉春乡间即事

烟迷汀浦漾清波，浮鼻耕牛欲渡河。
雨霁青山云卷幔，春回老厝燕穿梭。
鸟声窗外神情远，花影园中香气多。
农事节时来去急，年丰无不趁春和。

福州花海公园

人流如织赏花艳，花海芳菲样样新。
水满风繁两岸阔，桃红柳绿一江春。

【注释】

［福州花海公园］位于南江滨东大道，有着一年四季可供游客欣赏的超大型花海。

访廉村

传家千载仰甘棠，一脉绵延古道肠。
三月韩城风日好，廉村油菜正花黄。

【注释】

［廉村］位于福安市溪潭镇，原名石矶津，“开闽第一进士”薛令之的故乡。唐肃宗为嘉许他的廉洁清正，敕封他所在村为“廉村”，水为“廉水”，岭为“廉岭”。

［韩城］福安别称。

雨中顺访万安桥

闻说长廊卧水遥，由来佳构梦中邀。
平生所得非人力，风雨声中第一桥。

【注释】

［万安桥］位于福建省屏南县长桥镇长桥村。据《玉田至略》记载，该桥始建于宋朝，距今已有917年历史。

访厦地村

村落扬名柿子红，土墙泥瓦百年功。
梨花一树撩人发，别有浓情满眼中。

【注释】

［厦地村］位于福建省屏南县屏城乡东南部，傍山结居，小溪流从中贯穿。此处山高水秀，古木参天，有人间仙境之称。近年，因一幅“柿子红了”摄影作品而扬名海内外。

访南漈寺

南漈林荫处处苔，暂闲访得有缘来。
清香丈室才随入，一见绳床妙谛开。

【注释】

［南漈山］位于福建宁德市城关西南面。它最早开发于宋代，建有飞泉寺、龙湫寺和南峰寺。南漈山是以这三个寺庙为中心，并以其特有的山光水色，成为宁德知名的旅游胜地。

赠友人

墨妙丹青手，闲情画为心。
幽幽闽水静，婉婉楚山阴。
雨霁群峰秀，烟迷众壑深。
挥毫如写意，山水有清音。

伍子胥

谗言自古狞，反复疾难平。

鬓发昭关白，渔翁宝剑轻。
至诚终雪耻，隐忍就功名。
可叹鸱夷子，胥涛此后生。

【注释】

［伍子胥（前 559—前 484）］名员，字子胥，楚国椒邑人，春秋末期吴国大夫、军事家。

［鸱夷子］此处指伍子胥。《战国策·燕策二》："昔者伍子胥说听乎阖闾，故吴王远迹至于郢。夫差弗是也，赐之鸱夷而浮之江。"《史记·伍子胥列传》："吴王闻之大怒，乃取子胥尸盛以鸱夷革，浮之江中。"明高启《行路难》诗："钩弋死云阳，鸱夷弃江沙。"

［胥涛］典出《吴越春秋》卷五《夫差内传·十三年》。传说春秋时伍子胥为吴王所杀，尸投浙江，成为涛神。后人因称浙江潮为"胥涛"。亦泛指汹涌的波涛。宋鲁应龙《闲窗括异志》："伍子胥逃楚仕吴，吴王赐以属镂之剑，自杀，浮其尸于江，遂为涛神，谓之胥涛。"元黄伯厚《蜡社歌余》诗："应是钱塘醉未醒，翻海胥涛骋游戏。"

戴胄

折狱秋毫明律令，不唯上品万年崇。
祭丧真觉房粗陋，立庙方知帝泽隆。

制敕已分权法大，奖惩能否贵贫公。
明君循吏人人盼，今古相承岂不同。

【注释】

[戴胄（? —633)] 字玄胤，相州安阳（今河南安阳）人，唐朝宰相，生性忠直，数次犯颜直谏。

杨业

犹思鹰犬追鸠兔，九剑孤芳一败求。
怯勇契丹惊胆去，嫉贤边将诽言流。
奋身力战应当死，逆耳良谋岂可羞。
肯学李陵夷九族，堪留青史满神州。

【注释】

[杨业（? —986)] 原名重贵，戏说中又名杨继业，并州太原人，北宋名将。官至云州观察使、判代州，赠太尉、大同军节度使。

[李陵（? —前74)] 字少卿，陇西成纪人，西汉名将，李广之孙。

愚人节戏题

北国三传似等闲，美人南国坐江山。
登台唱戏何容易，谁料除妆转瞬间。

题友人清明春山图

山居掩映百花间，叠巘飞流叩石关。
为恋春山颜色好，临风画取半天闲。

丁酉清明

清明无雨亦无风，野果山花一路同。
老泪数行魂断处，追怀又入故山中。

咏扶桑花

三季花开只乘冬，夏春秋发烂殷秾。

叶深恰似青春碧，蕊艳犹如少女彤。
何羡诗人吟芍药，岂欣杜集失芙蓉。
伤心每叹黄昏去，却喜芳菲次日逢。

【注释】

［“岂欣”句］杜甫母亲名芙蓉，为避讳，一生不作芙蓉诗。

［“伤心”二句］清吴震方《岭南杂记》卷下：“扶桑花粤中处处有之，叶似桑而略小，有大红浅红黄三色，大者开泛如芍药，朝开暮落，落已复开，自三月至十月不绝。”

园圃春日

百草园中嫩叶齐，阳光树影野花低。
早莺最喜春风暖，亭午拚飞不住啼。

读《柳如是别传》

两难才貌落红尘，个性追求有几人。
不授千金搏一笑，只寻名士托孤身。
绮怀咏出鸳湖草，妆面思来柳影春。
笑对须眉难专擅，诗丛芒角细堪论。

【注释】

［两难］指中国古代“女子无才便是德”以及“红颜多薄命”这样一种社会环境和氛围造成的一种困难局面。才貌双全要不出自个别富贵人家，但绝大多数出自青楼，而勇敢追求个性自由的多为青楼女子。

春笋

笋尖破土可怜春，百草花园散策人。
老杜诗中寻稚子，几天不见长精神。

丁酉读书日

残躯只读书，一事已无余。
浅语开心好，微言闭目舒。
悠然当自乐，老矣不思鱼。
梦合江湖远，情知伎俩疏。

赴闽南督查口占

民生项目八方期，任务优先未敢迟。
四地奔波虽说苦，旅箱擎了便相随。

附友人和诗："四时暗访十方期，一路倾听百种辞。但使运行高效在，好教零距与民宜。"

赴闽西北督查行

峻岭崇山路不通，滑溜道险一般同。
艰辛创业心头热，泪水曾经汗水融。

岚岛督查返回榕城过平潭海峡大桥

万丈霞光天地间，驱驰平坦往乡关。
双桥横碧连孤岛，两岸何须半日还。

夜登大腹山步道

兴来登步道，灯火照青萝。
路转高低树，人随上下坡。
三山城不夜，五凤月如何。
不觉神清爽，虫鸣亦是歌。

题友人山水画

乾坤颜色净，草木素心纯。
白水清连郭，青山绿到门。

重回闽清后佳

偶回僻地曾求学，世事艰危山水前。
归路盘纡千万竹，旧情缠绕四三年。
村夫朴素嘘寒暖，稚子天真喜乐颠。
收拾桑榆身厌老，悠悠岁月意茫然。

傍晚登大腹山步道见相思树花开口占

树名宝岛不多奇，两岸青山共蔓枝。
恰似夕阳无限好，金黄一片慰相思。

戏题灵犀南京鸡鸣寺照片

鸡鸣山麓鸡鸣寺，风雨六朝如晦时。
最是江南颜色好，灵犀一幅也相思。

【注释】

[鸡鸣寺] 位于南京市玄武区鸡笼山东麓，始建于西晋，是南京最古老的梵刹之一，自古有“南朝第一寺”，“南朝四百八十寺”之首寺的美誉，是南朝时期中国南方的佛教中心。

卷八

丁酉端午

角黍香囊五彩丝，菖蒲似剑艾如旗。
唯将哀郢沈湘泪，化作龙舟竞渡时。

阎立本《历代帝王图》

世识丹青手，谁知治世臣。
师承家学厚，人物画传神。
染翰缘情好，操觚诫子嗔。
纵观青史册，应喜有奇人。

【注释】

［阎立本（约 601—673）］唐代画家，官至宰相，雍州万年人。

融和兄定西结对帮扶有许公铁堂先贤风范

百里千家起塞尘，扶贫济困促昏晨。
定西无限春风意，总是先贤故里人。

【注释】

［许铁堂（1614—1671）］名珌，字天玉，号铁堂，福州侯官人，崇祯十二年（1639）中乡试，康熙四年（1665）二月选授安定县知县，六年（1667）十二月解组。康熙十年（1671）卒，时贫不能归榇，葬于定西东山之麓。许铁堂官居清廉，关心百姓的疾苦，关注民间教育，倡导文人学士创办学坊，定西各乡于是有了私塾学坊。此举与先朝名宦杨继盛齐名，在陇上广为流传。

读《再生缘》有感

绝尘奇女写奇书，千载须眉叹不如。
天竺西洋陈老说，南缘北梦郭公誉。
自由思想难能贵，独立精神岂可虚。
彤管声名终睹快，恢宏巨制脱虫鱼。

【注释】

［“天竺”句］陈寅恪《论再生缘》：“再生缘之文，质言之，乃一叙事言情七言排律之长篇巨制也。弹词之作品颇多，鄙意再生缘之文最佳，微之所谓‘铺陈终始，排比声韵，属对律切’，实足当之无愧，而文词累数十百万言，则较‘大或千言，次犹数百’者，更不可同年而语矣。世人往往震于天竺希腊及西洋史诗之名，而不知吾国亦有此体。外国史诗中宗教哲学之思想，甚精深博大，虽远胜于吾国弹词之所言，然止就文体立论，实未有差异。”

［“南缘”句］郭沫若《〈再生缘〉前十七卷和它的作者陈端生》：“陈端生的确是一位天才作家，她的《再生缘》比《天雨花》好。如果要和《红楼梦》相比，与其说《南花北梦》，倒不如说《南缘北梦》。”

读苍蔆堂《暗合庄子》有感

个体难传语，唯书不出神。
我言同与异，七十老斤轮。

【注释】

［七十老斤轮］出自《庄子·天道·轮扁斫轮》。《说文》：“斤，斫木斧也。”段注：“凡斫物者皆曰斧，斫木之斧，则谓之斤。”

夏荷

十里乡村碧玉中，晓来香气晚来风。
夏荷才露尖尖角，已是千塘万点红。

读《柳如是别传》再题

瞑写然脂感苦辛，因缘笺释见精神。
引经据典寒来暑，辨伪存真夜与晨。
付梓不期当世出，盖棺只好后生陈。
以诗证史无前例，国学先生第一人。

【注释】

［瞑写然脂］陈寅恪《笺释钱柳因缘诗，完稿无期，黄毓祺案复有疑滞，感赋一诗》："然脂瞑写费搜寻，楚些吴歈感恨深。"南朝陈徐陵《〈玉台新咏〉序》："于是然脂瞑写，弄笔晨书，选录艳歌，凡为十卷。"然脂，泛指点燃火炬、灯烛之属。

消夏（二首）

知了声声初夏长，蜻蜓点点水莲香。
高吟寂寂轮番意，都作诗翁梦里乡。

其二

神州何处访仙源，南国骄阳似炭燔。
凉屋难闻窗外事，荧屏却是地球村。

忆杨梅洲古廊桥

十载杨梅洲已赋，河山如画世难求。
廊桥暌隔曾留梦，知了声中忆旧游。

《夜读杂咏一百首》题后诗

然脂历揽感精深，百首微言赋此心。
沃土植根千万载，传承代代有良箴。

题友人《暑天早晨图》

六月农家欲曙天，悠闲父子坐塘前。
鸟思笼外间关事，猫睇盆中口角涎。
书有黄金千两坠，人无青竹一丝悬。
华胥自得终成梦，鱼影沉浮戏小莲。

丁酉八一阅兵

沙场肃点兵，威武再前行。
铁甲强军梦，蓝天勇士情。
安民担使命，保境为和平。
九十初心在，三军细柳营。

【注释】

［九十］1927年八一南昌起义至2017年，刚好九十周年。

答谢某君寄诗

晚学屏山似梦中，如今古韵少人同。

南窗寄傲无多意，恐使先生冀望空。

题友人西湖晚照（二首）

晚霞日暮满湖滨，何事华灯欲早巡。
水态云容争出彩，邀来树影共铺陈。

其二

闰月榕城苦热中，追凉独步晚来风。
夕阳好在西门上，犹照湖天一色红。

夏日急雨

才作敲窗雨打声，旋开云幕又天晴。
残红败绿随他去，留得新枝满树明。

立秋杂兴

三伏炎蒸苦，惊闻已立秋。
骚人多善感，稚子却无愁。

一样期凉意，千般想自由。
茫然知夏尽，又负老年头。

立秋后读义山“扇风淅沥簟流离”诗步其韵

何物秋来慰别离，南云怅望起相思。
手持红豆西厢下，细数几回门闭时。

【注释】

［义山诗］唐李商隐《到秋》：“扇风淅沥簟流离，万里南风滞所思。守到清秋还寂寞，叶丹苔碧闭门时。”

［南云］南飞之云。常以寄托思亲、怀乡之情。晋陆云《感逝》诗：“眷南云以兴悲，蒙东雨而涕零。”

观山城广场舞

一水绕城东复东，老翁足蹈小姨中。
铿锵曼妙翩跹舞，疑是钧天广乐同。

纪梦

公斋镇日事营营，梦逐清风野旷轻。
黄鸟时栖枝上闹，青溪长照岸边明。
已知天命心无挂，未解诗经韵易成。
世事如棋无定处，山洋卜筑了平生。

观路边弈棋戏题（二首）

街边早晚做专场，尾气埃尘汗渍香。
弈者无声围者跃，十之八九瞎操忙。

其二

项庄舞剑摆鸿门，海量刘邦欲把尊。
若不张良招数出，沛公酒债要翻番。

观电视剧《南侨机工》有感

纾难救国出南洋，子弟三千赴战场。

滇缅奔波生死路，器材抢运夕朝忙。
忍饥挨饿精神足，车毁人亡血气刚。
烽火南侨悲壮史，功勋不朽永留芳。

【注释】

［南侨机工］1939 年，3200 名风华正茂的南洋华侨子弟放弃优越生活回到祖国，加入了一支特殊的部队成为汽车司机和修理技工。他们通过抗战生命线——滇缅公路抢运了 50 万吨物资，为中国人民抗日战争和世界人民反法西斯战争的胜利做出不可磨灭的贡献，以汗水、鲜血和生命谱写了海外中华儿女爱国主义的光辉篇章。

题闻涛兄紫薇花摄照

一丛百朵簇枝繁，浅紫深红细作团。
满树火红明似帜，半年锦绣绚如纨。
晓迎秋露香难尽，天降甘霖泪不干。
灿烂廿旬花最久，任翁拍摄任翁看。

丁酉七夕

乞巧年年定有期，天家云路尚迷离。

金瓯岂缺痴心也，银汉能填妄想之。
星际明朝伤别恨，人间今夜解相思。
已分牛女还归后，不道神京正弈棋。

孟尝君

命运天授予，门户岂高居。
误解愧刎颈，宾客无亲疏。
子孙何堪用，所重在栎樗。
狗盗狐裘见，鸡鸣函谷虚。
扬名止过失，悬门可受鱼。
冯谖歌弹铗，狡兔三窟余。
烧债契市义，寒士倍酬渠。
介甫出新见，不足百字书。
见仁见智者，雕虫小技如。

【注释】

［“介甫”二句］王安石（1021—1086），字介甫，抚州临川人，北宋文学家。《读〈孟尝君传〉》是王安石的一篇驳论文。作者在此文中别出新见，通过对“士”的标准的鉴别，驳斥了“孟尝君能得士”的传统观点，指出孟尝君非将士之人，只不过是鸡鸣狗盗之雄而已，而贤明之士是指治国安邦的人，正因为孟

尝君门下尽是一些雕虫小技之士，所以真正的贤明之士是不肯投靠他的。

丁酉白露再访山洋

白露山洋道，青岚旧有缘。
四时多稻黍，三径少风烟。
搭木修鸡舍，挖渠灌阪田。
劳生幽静地，长有在山泉。

【注释】

［在山泉］唐杜甫《佳人》：“在山泉水清，出山泉水浊。”

屏山苔泉井

朝夕见山隈，观天拥绿苔。
擦肩长寂寞，顾影独徘徊。
黄叶亭前落，清泉地底回。
劝君多汲取，常饮涤尘埃。

【注释】

［苔泉］又称龙舌泉，立于屏山北麓龙腰村，现福飞路旁。据《闽书·万域志》载，“有曲水苔泉，郡第一泉也”。宋代大书法家蔡襄亲书“苔泉”二字。泉水从龙腰山（屏山，古称越王山，当地人也称龙腰山）石壁探出，犹如龙舌，亦称“龙舌泉”，自古被认为是福建品茶第一泉。

丁酉中秋

长空今夜一轮满，两地离人多少愁。
幸自全家闽海住，劳生剩得几中秋。

卷九

访寿山乡丁山寺遗址，原址上重建菩提寺

古寺丁山宋代开，重光石枥有缘来。
山门迎住频倾语，引入僧房话劫灰。

白露过后一旬，天仍苦热，秋意难寻偶作长句

酉月未凉犹赤膊，晨昏一样处炎蒸。
尘寰麻乱天无语，玉宇鳞伤地不凝。
偶作秋怀难尽兴，敢添愁绪又何凭。
高温漫漫长如此，纵有才华叹少陵。

【注释】

［少陵］唐朝诗人杜甫，自号少陵野老，世称杜少陵。大历元年（766）秋，杜甫在四川夔州作《秋兴八首》。

游永泰

花园美誉享榕城，百里樟溪试一行。
赤壁乐峰汤水腻，天门云顶草场平。
福山仙境青云绕，农舍田庄翠色盈。
若是逃禅无去处，不妨此地与鸥盟。

和诗友公子大婚自题诗

耕读传家姓氏长，笙歌今夜属檀郎。
绛纱绣毯帘垂地，红枣花生被竞床。
盖布刚掀尤可忆，洞房一入最难忘。
齐眉举案应如是，从此犀溪双叶香。

【注释】

[姓氏长] 指叶姓，中国姓氏之一，源自芈姓，颛顼为其远祖，尊叶公沈诸梁为始祖。

[叶] 通“协”字，和洽之意。诗友自题贺诗：“叶心叶力两欣然。”

永泰葛岭赤壁村

葛洪疑是还丹处，岭对夕阳松有声。
万籁沉沉堪入梦，科头六十了平生。

【注释】

［葛洪］葛洪（284—364），字稚川，自号抱朴子，晋丹阳郡句容人，东晋道教学者、著名炼丹家、医药学家，著有《肘后方》等。

［科头］谓不戴冠帽，裸露头髻。晋葛洪《抱朴子·刺骄》：“或乱项科头，或裸袒蹲夷……此盖左衽之所为，非诸夏之快事也。”《资治通鉴·汉献帝建安元年》：“布将河内郝萌夜攻布，布科头袒衣，走诣都督高顺营。”胡三省注：“科头，不冠露髻也。”

无题

优孟衣冠不自持，聚光灯下尽窥私。
英雄枯骨无人识，戏子丑闻天下知。

赠金陵友人

南洋风雨困难多，岁月峥嵘消与磨。
度尽劫波兄弟在，植根故土又繁柯。

【注释】

［“度尽”句］用鲁迅《题三义塔》：“度尽劫波兄弟在，相逢一笑泯恩仇。”成句。

游罗洋邓氏将军山林

青藤栎木蔓横溪，漏叶流光亦自迷。
突兀巉岩无一字，石梁静跨水东西。

【注释】

［罗洋］位于闽侯县竹岐乡，闽江南岸。

秋夜

河汉星稀月色清，高楼灯火映重城。

已无砧杵授衣事，宁有人间促织声。

重阳

重阳又到登高去，寥廓江天万里赊。
最是秋光今日胜，一尊泛菊祝桑麻。

上班遇雨

秋雨横空润物华，农人只道喜桑麻。
城中城外不同调，却指通衢堵又加。

咏枫叶（四首）

万山红遍烂如霞，造化丹枫此一家。
不畏风霜颜色染，敢教秋意胜春华。

其二

十月秋风意渐浓，寒虫声急暮砧同。
寂寥天气如何好，为雁来时叶恰红。

其三

不惧萧疏先灿烂，将残犹扮美人看。
莫夸落日红如火，岭上枫林已尽丹。

其四

帘外秋风日暮云，萧疏衰柳最销魂。
销魂更有丹枫是，谁识脂痕是泪痕。

【注释】

［暮砧］傍晚捣衣的声音。唐杜甫《秋兴》之一："寒衣处处催刀尺，白帝城高急暮砧。"

［日暮云］唐杜甫的《春日忆李白》："渭北春天树，江东日暮云。"

赠南京友人寄书

三分巧作七分思，谈薮笺言出大师。
为续长干桥上约，金陵千里寄酸枝。

【注释】

［谈薮］指多人聚谈之所。南朝宋刘义庆《世说新语·赏

誉》:“裴仆射时人谓为言谈之林薮。”后因以“谈薮”指知识渊博,对答如流。宋胡继宗《书言故事·谈论》:“称人谈论不竭为谈薮。”友人所寄的书为杨金荣著作《红木文化谈薮》。

[长干] 长干里,古建康里巷名,故址在今南京市南。清郑泽《桃花》诗:“莫问长干旧时事,半弯眉月印天涯。”今长干桥在南京中华门外。

[酸枝] 酸枝木。

和尔玉秋日陪插友重访漈头

上山逐梦下乡同,携手溪源访旧栊。
借问青春遗梦处,村人遥指白云中。

【注释】

[插友] 插队的朋友。插队,通常是指1980年以前中国城市知识青年“上山下乡”的一种模式。顾名思义就是安插在农村生产队,和普通社员同吃、同住、同劳动,一样挣工分、分红分口粮。

秋

闽中景色淡于秋,落叶清溪逐水流。

为供寂寥长放眼，晴空博得片云留。

独坐

细雨霏霏始见凉，层云黯黯失秋光。
无聊天气风霜客，独忆豪情入五羊。

【注释】

［五羊］代指广州。传说广州府五仙观初有五仙人，皆持谷穗，一茎六出，乘五羊而至。仙人衣服，与羊同色，五羊俱五色，如五方。既遗穗与广人，仙忽飞升而去。羊留，化为石，广人因即其地祠之。五羊传说表现了古代汉族劳动人民开拓岭南的历史。

改郭沫若成句咏福建生态

幽兰生谷香生径，翠竹连山绿满溪。
覆盖森林全第一，风光海岸你来题。

【注释】

［郭沫若成句］《游武夷泛舟九曲》："九曲清流绕武夷，棹歌

首唱自朱熹，幽兰生谷香生径，方竹满山绿满溪。”

游九日山

流落麒麟岂有因，孤忠直道犯龙鳞。
南安九日山头冢，却是安南避世人。

【注释】

［麒麟］南安九日山东峰形似麒麟，原名麒麟山，后因姜公辅隐居此处，又称姜相峰。姜公辅，唐朝左相，字德文，爱州日南（今越南中部）人。建中四年十月，朱泚率叛军进攻奉天，姜护驾，献策有功，升为谏议大夫，同中书门下平章事。后因言忤德宗，罢为太子左庶子、右庶子，再贬泉州别驾。贞元二十一年，顺宗即位，起用为吉州刺史，未及到任而卒于九日山。

友人来访送至屏山栈道

罗袜生尘栈道行，屏山景色气尤清。
相思林下无多语，为有迎风树叶声。

题浦城仙霞岭赠汤明府

插天浮盖列仙班，古道苍苍第一关。
梦笔生花元不易，蟾宫折桂可登攀。

【注释】

［仙霞岭］绵亘在浙、闽茫茫群山之间。1000 多年前黄巢起义军入闽，沿仙霞岭开山伐道 700 里，成为当今著名的仙霞古道，并设仙霞关、枫岭关等九处。仙霞关被誉为“东南锁钥”“八闽咽喉”。

［浮盖］浮盖山，又名盖仙山，是仙霞岭山脉与武夷山脉结合部，是闽浙两省界山。

［折桂］折桂岭，也称三显岭，古代由闽入中原的咽喉要道。唐贞元元年（785）前后，闽人林披的儿子林藻、林蕴进京赶考，途经浦城县折桂岭，在岭亩步高亭墙壁上，林藻作诗《折桂岭》言志。诗中云：“弟兄各折一枝桂，还向岭头联影飞”。结果兄弟先后中举，史称“郡人举进士自藻始”。

建阳

书香建本泽犹存，绿水青山弦诵村。

闽北洗冤留集录，道南立雪仰程门。
曾经理窟承贤学，从此儒风惠子孙。
若问考亭何处是，只言群玉有遗痕。

【注释】

［建本］福建建阳历代雕版印刷。其萌芽于五代，繁荣于两宋，延续于元、明和清初。南宋时，是全国的三大刻书中心（蜀、浙、闽）之一，刻印书籍的数量居全国之冠，有“图书之府”的美誉。

［集录］《洗冤集录》是中国古代法医学著作，南宋宋慈著，刊于宋理宗淳祐七年（1247），是世界上现存第一部系统的法医学专著。

［程门立雪］比喻求学心切和对有学问长者的尊敬。出自《宋史·杨时传》：“至是，游酢、杨时见程颐于洛（今洛阳），时盖年四十矣。一日见颐，颐偶瞑坐，游酢与时侍立不去。颐既觉，则门外雪深一尺矣。时调官不赴，以师礼见颢于颍昌，相得甚欢。其归也，颢目送之曰：‘吾道南矣。’”

［理窟］义理的渊薮。谓富于才学。唐陆龟蒙《麈尾赋》：“理窟未穷，词源渐吐。”元侯克中《挽姚左辖雪斋》诗：“深探理窟得心传，洞彻先天与后天。”

［考亭］考亭村位于建阳市西郊，是南宋理学家、教育家朱熹晚年著述讲学之地，考亭书院是南宋时全国最有影响的书院之一。朱熹在此创立了考亭学派，成为“闽学”之源。

［群玉］朱熹参加科举考试填报的户籍为建阳县群玉乡三桂里（考亭）。《王佐榜进士题名录》记载：“第五甲，第九十人，

朱熹。本贯建州（府）建阳县群玉乡三桂里，父为户。”道光《建阳县志》记“绍兴十八年《御试同名录》：“第五甲第九十名朱熹……本资贯建州建阳县群玉乡三桂里。父为户。”

南平（二首）

半纪重来水见清，宜居生态系民情。
虹桥两岸花无数，彩路新铺罨画行。

其二

城郭临流景色新，双溪合处一江春。
冲天龙气张华梦，神物延平化剑津。

【注释】

［双溪一江］指建溪、西溪在延平汇合成闽江。

［“冲天”二句］典出《晋书·张华传》。“神剑化龙”的传说即由此而来，南平因此又名“剑津”。

观李泽云练太极

玉屏松影练功勤，太极高人李泽云。

招式源流陈氏后，延平画阁手曾熏。

【注释】

［玉屏］南平玉屏山，山上建有玉屏阁。

环保

环保攻坚责任挑，克难真似霍嫖姚。
横流污垢人人恨，弥漫尘埃事事凋。
经济稳增诚可贵，宜居生态更多骄。
金山理念银山树，绿水青山路不遥。

【注释】

［霍嫖姚］西汉抗击匈奴名将霍去病，以其受封嫖姚校尉，故名。后亦借指守边立功的良将。嫖姚，劲疾貌。

老家村头的苦楝树

蟠根虬干已成才，朴质贞心郁未开。
最是多情红豆子，可知苦楝盼人回。

题贤侄抽象画作

毕叟与芬奇，泉台应有知。
后生多可畏，我辈竟无疑。

【注释】

［“毕叟”句］毕加索，西班牙画家、雕塑家，是现代艺术的创始人，西方现代派绘画的主要代表。达芬奇，文艺复兴时期人文主义的代表人物，著名画家，与米开朗基罗和拉斐尔并称文艺复兴三杰。

南京大屠杀死难同胞八十周年祭

八十周年卅万魂，人间最惨史重温。
南京城上今宵月，犹记豺狼入此门。

访瑞云寺与野老闲话

卿云纠缦久徘徊，岩寺祥和紫气来。

野老何时知地火，劫灰熄尽洞门开。

【注释】

［瑞云寺］在三明市西北的陈大镇大源村，因山中常有彩云缭绕得名。寺建在火山岩洞之下。

晨起步出驿所

晨起微凉出驿门，鸡鸣远处是源村。
园田无限渊明意，行尽黄茅没脚跟。

【注释】

［源村］三明市西北的陈大镇大源村。

登瑞云山（二首）

老藤缠树互牵连，乱石横空一线悬。
峰转岩回疑失路，一丘一壑一重天。

其二

午后霜林倍觉清，有缘再向瑞云行。

青山我见多柔媚，料是青山为我迎。

【注释】

［“青山”二句］化用宋辛弃疾《贺新郎》：“我见青山多妩媚，料青山见我应如是。”

宁化

风俗中原播撒地，葛藤创业至今传。
定生开镇黄连记，毓政流芳宁化延。
七圣梅山傩社戏，五登石壁闹春田。
南迁点落八方聚，祖认宗归四海联。

【注释】

［葛藤］葛藤坑。《客家源流考》记载：在昔，黄巢造反，隔山摇剑，动辄杀人。时有贤妇带男孩两人，出外逃难，路遇黄巢。怪其负年长者于背，而反携幼者以并行，因问其故。妇人不知所遇即黄巢也，对曰：“黄巢造反，到处杀人，旦夕且至；长者先兄遗孤，父母双亡，惧为贼人所获，至断血食，故负于背；幼者固吾生子，不敢置侄而负之，故携行也。”巢嘉其贤。因慰之曰：“毋恐！巢等邪乱，惧葛藤，速归家，取葛藤悬门首，巢兵至，不厮杀矣。”妇人归，急于所居山坑径口，盛挂葛藤，巢兵过，皆以巢曾命勿杀悬葛藤者，悉不敢入，一坑男子，因得不

死。后人遂称其地曰葛藤坑，今日各地客家，其先人，皆葛藤坑居民。

[定生] 巫罗俊（582—664），字定生，号青州。唐贞观三年（629），“罗俊自诣行在上状，言黄连土旷齿繁，宜可授田定税。”朝廷嘉之，唐太宗封巫罗俊为镇国威武侯，并在唐乾封二年（657）有了镇的建置，名为“黄连镇”。为五十年后建县奠定了基础。

[毓政] 罗令纪（688—777），字毓政，号维纲。唐武后垂拱四年（688），生于黄连镇。开元十三年（725）黄连镇升镇为县，天宝元年（742）黄连县更为宁化县。罗令纪是升镇为县的开县功臣，首任县令。

[傩] 又称跳傩、傩舞、傩戏，是一种神秘而古老的原始祭礼。戴柳木面具的演员扮演传说中的驱除瘟疫的神——傩神，用反复的、大幅度的程式舞蹈动作表演，多在固定的节日演出。

[登] 谷物成熟。五登，五谷丰登。《孟子·滕文公》：“五谷不登，禽兽逼人。”《淮南子·览冥训》：“风雨时节，五谷登熟。”

品沙县农家小吃

琳琅满目巧张罗，一席佳肴不厌多。
食客试论谁第一，不辞长住是东坡。

【注释】

[东坡] 苏东坡，苏轼，字子瞻，不仅是我国宋代杰出的政

治家、思想家、伟大的诗人，而且是我国历史上最伟大的一位美食家，号称“饕翁”。

空山

返照深林暗复明，飞禽不见两三鸣。
寂寥愈我山还静，怪尔斜阳更远行。

冬日农家百香果

冬日悠闲享暖阳，也须早晚斗严霜。
百香果挂虽独秀，却是农家满院香。

冬至日车上作

冬至阳辰动，寒归日影长。
心情时反复，人事又沧桑。
羁旅凭车楫，安居是故乡。
明朝梅放处，与汝共幽香。

远行

极速车轮动远行，人如雁断一般情。
香江此去无多路，却望南云倍觉清。

卷十

题萝岗香雪节赠小梅

南国飞传雪满山，萝岗喜上睹真颜。
非关远足筋肌健，只在童心未泯间。

【注释】

［萝岗］位于广州市的东北部，最高峰为油麻山，有羊城旧八景之一的“萝岗香雪”。所谓萝岗香雪，是指萝岗地区“十里梅林”开花时节的美丽景观。

无题

妄念深时梦已真，可怜盆水不醒人。
洞明世事行难易，又向南墙祈转身。

咏农家互联网（二首）

数字乡村助振兴，平台际会展才能。
千山万水等闲越，北国南疆唤即应。

其二

敲键触屏千里到，行商坐贾万人胜。
愁心哪要需交托，乡月同看两地升。

【注释】

［“愁心”二句］化用唐李白《闻王昌龄左迁龙标遥有此寄》：“我寄愁心与明月，随风直到夜郎西。”

菖蒲

顺手寻来废石材，菖蒲巧植养青苔。
此生若得闲如许，只合陪君共把杯。

定西扶贫

安定因缘自许公，黄沙迎客斗寒风。
扶贫结对出精品，时代新篇谱火红。

【注释】

［安定］安定区，今隶属于甘肃省定西市，位于甘肃中部。金朝时置定西县，元惠宗至正十二年（1352），改定西为安定州。历史上曾有“陇中苦甲天下”之说。

［许公］许铁堂。参见《融和兄定西结对帮扶有许公铁堂先贤风范》诗注。

次韵尔玉兄咏红梅

红梅斗雪出天真，开自凌寒倍有神。
若似百花争暖日，谁来报得最初春。

附友人原玉：“寒蕊初红纯又真，仰天气节长精神。凭谁问询芳华处，喜看荷园第一春。”

咏茶花

灵花娇放碧重重，犀甲扶持爱意浓。
不与牡丹争北国，江南香色小家容。

【注释】

［犀甲］指茶花叶厚有棱似犀甲。宋苏轼《开元寺旧无花，今岁盛开》诗：“叶厚有棱犀甲健，花深少态鹤头丹。”明沈周《白山茶》：“犀甲凌寒碧叶重，玉杯擎处露华浓。”

［三、四句］又作：“不与牡丹争国色，南华风韵小家容。”

寒日又见屏山大院玉兰著蕊（二首）

不日奔波西复东，萧疏双鬓感霜蓬。
玉兰匆见又萌蕊，始觉天人共化工。

其二

寒日到时才著蕊，好花犹待美人归。
侬心不道君知否，君若来迟梦已非。

无题

退食终须半亩田，夕阳亦是可怜天。
万般无奈何由说，只有诗情似旧年。

岁暮有怀示金陵梁兄

梧桐八月尚繁枝，千里优游会故知。
钟阜殷勤鸡黍具，维扬杯触茗壶随。
渡江瓜埠连京口，入皖芜湖过贵池。
追忆此情成可待，纪游诗后再题诗。

【注释】

[鸡黍具] 语出唐孟浩然《过故人庄》诗："故人具鸡黍，邀我至田家。"

[维扬] 扬州。唐杜荀鹤《送蜀客游维扬》诗："见说西川景物繁，维扬景物胜西川。"

[瓜埠] 瓜洲，位于扬州最南端古运河下游与长江交汇处，为古渡口，与镇江栖霞渡隔江相望。京口，镇江。宋王安石《泊船瓜洲》："京口瓜洲一水间，钟山只隔数重山。"

[贵池] 安徽池州别称。

过杭州西湖刘庄

当年闱姓果灵光，国父曾经许为王。
物是人非今又是，湖光山色看刘庄。

【注释】

[刘庄] 位于杭州西湖西南的西里湖畔，丁家山南麓，原名“水竹居”，为晚清广东香山县富豪刘学询所建的别墅，故称“刘庄”。

[闱姓] 本意科考中试者的姓氏，后指清末盛行于两广，以猜科举考试中榜者的名字的一种赌博活动。又称榜花。最早的“闱姓”由广东人刘学询在光绪六年北京会试时发行，规则是将应试者每人的名字印在纸上，定价出售，由购买者填选可能中榜者的名字，发榜后，按猜中的多少兑奖。

[“国父”句] 孙中山在致刘学询的信中说：“主政一人，或称总统，或称帝王，弟决奉足下当之，故称谓由足下裁决。”国父，指民主革命先行者孙中山先生。

苏州大雪老同学发来雪景美图遂成二绝

芳华未见近隆冬，昨夜姑苏闻寺钟。

飘絮撒盐差可拟，纵然谢女不从容。

其二

天女迎春散翠微，平添意趣弄芳菲。
犹怜天上居然作，暂别人间几是非。

【注释】

［“昨夜”句］唐张继《枫桥夜泊》：“姑苏城外寒山寺，夜半钟声到客船。”语本此。

［谢女］谢道韫，东晋女诗人，是谢安大哥谢无奕的女儿、左将军王凝之的妻子，世称“咏絮才”。“柳絮因风起”使谢道韫名垂千古。

［“平添”句］唐韩愈《春雪》：“白雪却嫌春色晚，故穿庭树作飞花。”语本此。

又见屏山大院玉兰花开

庭院深深岁岁惊，天寒弥见故人情。
老枝缀玉无萌蘖，雏鸟调音有稚声。
惭愧衰颜终别去，欢欣新蕊又相迎。
无须烧烛东坡似，愿托冰轮满树明。

【注释】

［“无须”句］宋苏轼《海棠》诗：“东风袅袅泛崇光，香雾空蒙月转廊。只恐夜深花睡去，故烧高烛照红妆。”语本此，而反其意。

颂年

抟土成人始蔚然，神蛇伊甸自绵延。
东西南北无区别，黑白红黄各向前。
流域两河留遗迹，文明华夏得加年。
五千上下知何事，旭日东升直道贤。

2018年1月31日晚，相隔152年，“超级月亮、红月亮、蓝月亮”三合一亮相夜空

碧落无穷浩瀚深，百年天意几人临。
嫦娥无悔偷灵药，今夜乾坤共此心。

【注释】

［“嫦娥”二句］语本唐李商隐《嫦娥》诗：“嫦娥应悔偷灵药，碧海青天夜夜心。”

雪峰春雪

雪峰本是琼瑶乡，黄口传言白玉堂。
半世沉浮今又见，玲珑一树透梅香。

【注释】

［雪峰］雪峰山，又名象骨峰，山脉绵亘，与鼓山、旗山三山鼎峙，环抱福州，合称福州“三绝”。山上有雪峰崇圣禅寺，唐咸通十一年（870）建，现存殿宇多为光绪年间重修。

传丝公主画版

冕冠手指恍然猜，东国传丝西域来。
斯坦因言虽附会，桑蚕画版出龙堆。

【注释】

［“冕冠”句］二十世纪英国探险家斯坦因在中国新疆境内进行考古盗掘时，在和阗（今和田地区）附近的丹丹乌里克遗址中发现了一块“传丝公主”画版。在这块画版上有一头戴王冠的公主，旁边有一侍女手指公主的帽子，似乎在暗示帽中藏着蚕种的秘密。

[龙堆] 白龙堆的略称。古西域沙丘名。汉扬雄《法言·孝至》:“龙堆以西,大漠以北,鸟夷兽夷,郡劳王师,汉家不为也。”

四季桂

一年绽放思无涯,总有清香透碧纱。
虽说桃花红一阵,不如四季木樨花。

【注释】

[木樨花] 桂花。桂花是中国木樨属众多树木的习称。

见屏山大院山樱先放

不是深红是浅红,开时不与百花同。
繁英独向祁寒放,先领春光满苑中。

【注释】

[祁寒] 大寒。《唐书·郭崇韬传》:“陛下顷在河上,汴寇未平,废寝忘食,心在战阵,祁寒溽暑,不介圣怀。”

[三、四句] 又作“繁英先向祁寒放,独领风骚满苑中”。

山东曹兄闭门谢客专心山水盆景制作发来照片嘱题，诗中需含“隐、美、羞”，聊成一绝

去岁华筵与酒亲，今朝闹市思隐沦。
红尘难敌蓬莱美，不是嵇康羞向人。

【注释】

［嵇康（223—262）］字叔夜，谯国铚县（今安徽省濉溪县）人。三国时期曹魏思想家、音乐家、文学家，“竹林名士”之一。官至中散大夫，世称“嵇中散”。后隐居不仕，屡拒为官。

过年

剁肉刮鳞手脚忙，纷飞细末乱粘墙。
弱冠至此知辛苦，幸有高堂身尚强。

西部扶贫捐款感赋

艰辛创业古稀劳，赤子情怀德望高。

又向扶贫捐善款，人间大爱仰英豪。

总书记凉山访贫感赋

蜀水巴山温暖地，访贫问苦贴心人。
千年伟业争朝夕，华夏腾飞别样春。

【注释】

［“蜀水”句］唐刘禹锡《酬乐天扬州初逢席上见赠》：“巴山楚水凄凉地，二十三年弃置身。”语本此，这里反其意。

［千年伟业］指脱贫攻坚战。

守岁

喧声盈耳复盈屏，人醉屠苏酒未醒。
歌舞升平如梦里，迎新爆竹起身听。

岁朝清供

近年寡味梦渔樵，采撷天然伴寂寥。

元日闲居重蕊放，岁朝清供淡香飘。

汪明荃罗家英夫妇同唱鹊桥仙

当年空巷为明荃，万水千山家喻篇。
天上牛郎同织女，人间共绎鹊桥仙。

【注释】

［明荃］汪明荃，1947 年出生于上海，演员、歌手、节目主持人、香港人大代表。1980 年在电视剧《万水千山总是情》里因饰演热血爱国女学生形象，并主唱电视剧的插曲《勇敢的中国人》，而家喻户晓。2007 年，汪明荃获得世界杰出华人奖。

咏古刹梅花

古刹千年著此身，岂同桃李混芳尘。
清香一树随心放，不似人间着意春。

【注释】

［“古刹”二句］化用元王冕的《白梅》：“冰雪林中著此身，不同桃李混芳尘。”

纪念王孟杰君

自小英雄夸四邻，直言枉道是他人。
佛州枪响胸膛上，舍己人间又一春。

【注释】

［“佛州”二句］综合ABC、《华盛顿时报》等多家媒体2月18日报道，当地时间14日（中国农历大年三十，第二天就是春节），美国佛罗里达州一所中学突发枪击案，致使至少17人死亡。15岁的华裔少年王孟杰竭尽全力帮助其他同学安全离开，自己却不幸中枪死亡。据目击现场的学生说，王孟杰本来已经在教室的出口，可以很快离开危险的现场，但为了能帮更多的同学争取到逃离的时间，他选择留了下来为大家抵住大门，结果被赶来的枪手打中身亡。一些同学事后表示，如果不是他抵住了门，或许会有更多的人丧生。

戊戌雨水偶题

雨水如期天佑我，沛然润泽入山河。
也知万物思图报，看取年丰不厌多。

戊戌人日过屏山顶遇雨

人日今年如旧岁，相思松影两依然。
薄寒渐暖无多日，也要经风见雨天。

贺诗

艾叶留馨护一方，尚书祖上有余香。
宝光溢彩风华美，马到成功不可量。

【注释】

［“艾叶”句］艾草，其叶有香气，有避邪袪毒之说，亦有养护之意，故言护一方。

［“尚书”句］指曾国藩，晚清名臣，谥曰文正。

卷十一

戊戌元夕

娟娟桂影上阶除，却觉风情岁见疏。
蛮子伤人犹为国，城门失火总殃鱼。
劳生几问君平卜，行役还留陶令居。
今夜华灯花似海，阑珊何处觅裙裾？

【注释】

［君平］严遵，字君平，西汉蜀郡人，好老庄思想，隐居不仕，在成都以卜筮为生，专心研究《老子》。扬雄少时以严遵为师，他称赞严遵“不作苟见，不治苟得，久幽而不改其操，虽随和无以加之”。唐李白《送友人入蜀》诗：“升沉应已定，不必问君平。”

纪念周总理诞辰一百二十周年

高风亮节仰清芬，华夏千年唯此君。

家国有幸苍生幸，鞠躬尽瘁感奇勋。

友人比邻而居门前共植一株玉兰发照片嘱题

卜筑比邻居，晨昏赏不虚。
阳光同洒处，花影满阶除。

赠张俊德君

与君幸会自分携，聚首屏山旧事提。
陋巷孤舟无碌碌，安贫守拙岂栖栖。
半生巧手磨油彩，一颗丹心造语迷。
看淡百年言笑足，晓风苦守品云泥。

【注释】

［“半生”二句］张俊德原是福州一家油漆厂职工，从小爱好谜语，现为福州灯谜协会会员，多次代表福州在全国大赛上获奖。曾代表福建省参加全国比赛，并屡获冠军，连续三期获《文虎摘锦》“十虎头”之一。

［“晓风”句］晓风，福州晓风书店。《福州新闻频道》和

《今日头条》以“晓风书屋的六旬店员张俊德：十载守望书屋，习惯书香陪伴”为题多次报道其事迹。

山西宗艾古镇

半瓢承继戒贪泉，一撮撑开信誉天。
烧饼寻常能载道，吃亏是福至今传。

【注释】

［“半瓢”二句］半瓢，借指“半碗水”；一撮，指“添一撮”，均是宗艾古镇代代相传的淳朴古民风。

［“烧饼”二句］烧饼载道和吃亏是福，也是宗艾古镇代代相传的淳朴古民风。

父亲八秩大庆寄怀

喜庆欣能献一觞，八旬椿寿寄衷肠。
青衿难解慈心永，白首方知教泽长。
今日且祈安与乐，明年还颂寿而康。
更除旧岁迎新岁，莫道黄昏共夕阳。

北国

北国三传鬼也愁，平昌一笑泯恩仇。
还看博弈谁来主，爱恨从今照例收。

【注释】

［“平昌”句］语本鲁迅《题三义塔》诗：“度尽劫波兄弟在，相逢一笑泯恩仇。”

北国公主

梨涡一笑便倾城，胜却人间百万兵。
漫说北方秋肃地，如今南国送春声。

办公室绿萝（二首）

乐事在攀爬，瓷盆喜作家。
不知天地厚，自始不开花。

其二

攀爬唯本事，日日要人浇。
绿意常夸好，时时还露娇。

【注释】

［“时时”句］也作“无时不露娇”。

纪念霍金先生

琴弦拨动越星球，浩瀚长天竞自由。
黑洞悖论缘不见，光阴简史却回流。
苍冥极限无休止，生命难穷还再求。
思想先驱瞻慧眼，当今真罕见其俦。

【注释】

［黑洞悖论］指1976年，霍金称自己通过计算得出结论，黑洞一旦形成，就开始向外辐射能量，但这种辐射并不包含黑洞内部物质的“信息”。最终黑洞将因为质量丧失殆尽而消失，而那些黑洞内部的信息也就不知去向，这便是所谓的“黑洞悖论”。

［光阴简史］指《时间简史》，霍金著。

［罕见其俦］意为很少见到能与之相匹敌的。

春到屏山

屏山三月道，风暖嫩芽新。
天上叽喳切，枝头嬉闹频。
贪看啅实鸟，错认擦肩人。
万类皆灵性，欣欣自本真。

雨中访三沙古镇村

港湾盘曲访渔家，风雨兼程急转车。
才见沿山临海屋，前头传语到三沙。

逆旅

欲采蘋花不自由，将残无意乱闲愁。
寂寥逆旅知诖会，聊把吟诗作小休。

赠龙岩汤洪泉

老汤见面便心开，一路欢声笑语来。
回首东行多趣事，诙谐睿智感君才。

【注释】

［东行］指闽东之行。

重访政和与友人话旧忆熊老当年陪同游赏

昨日春分今邂逅，暌违半纪又如何。
品茶坑涧千杯少，忆友椿庭七秩多。
佛子山中欣共往，云根院落喜相过。
杖朝乐趣留余热，岁月悠悠亦是歌。

瞻仰政和石圳村廖俊波事迹馆

香樟不语立村头，版筑民居岁月流。
却是悠悠千载后，感人事迹说难休。

【注释】

［廖俊波］福建浦城人，因公殉职，年仅四十九岁。中共中央追授廖俊波同志“全国优秀共产党员”称号，中宣部追授廖俊波“时代楷模”荣誉称号。

市井人生（二首）

终生辛苦为君劳，放眼河山何处逃。
却有高人欣不尽，华楼一住便骄豪。

其二

一生不忍为房仆，可惜江湖无处逃。
频卷珠帘频换客，酒楼也觉价奇高。

崇安柴头会

九曲溪流弯复弯，四时家什聚城关。
农人购物狂欢节，热闹非凡不一般。

【注释】

［柴头会］起源于明末，至今有400年的历史。每年的二月初六，

三山五岭间的百姓都会聚集在城里，进行竹制、木制、铁制的农业生产用具，种子、耕牛等生产资料和生活用品的交易活动。2008年武夷山市将柴头会列为第一批市级生产商贸习俗非物质文化遗产。

题榕城春季枫叶

胜似香山瑟瑟秋，榕城红叶不知愁。
等来春暖花开后，万绿丛中才出头。

题友人江月摄照

万寿桥头倍有神，一江灯火照冰轮。
春潮明月年年是，曾否相逢不寐人。

【注释】

［万寿桥］位于福州台江区中亭街（楞严洲）至中洲，俗称“大桥”（大桥实际上是万寿桥、江南桥的总称）。宋元祐间，郡守王祖道造浮桥通行。崇宁二年（1103）王祖道第二次知福州，置田四十一顷七十二亩，以备修桥。元大德七年（1303）万寿寺头陀王法助主持建造。历时19年，于至治二年（1322）竣工，是横跨闽江第一座大石桥。

［“曾否”句］此句也作“记否曾逢不寐人。”

读山野清风《写在春风里》组诗

造化春风谁得知，农人甘拜写情思。
桃红李白随其后，梅俏冰融第一枝。
山野踏青长放眼，清风拂绿好吟诗。
一年谋画终须早，万物催生不较私。

改王融诗咏梨花

从不惧凋零，无心上画屏。
芳春欺冷雪，深夕映繁星。

【注释】

［咏梨花］南朝王融《咏池上梨花》：“翻阶没细草，集水间疏萍。芳春照流雪，深夕映繁星。”

黄乃裳

一生矢志立潮头，十邑诗巫新福州。

广布德音乡里泽，投身辛亥壮怀酬。
星洲主笔维新手，民国元戎助远舟。
海外故山多胜迹，英华已过百春秋。

【注释】

［诗巫］也称西布、泗务、新福州，是马来西亚一个以华人为主要人口的城市，当地人讲福州（闽清）话。

［英华］指福州英华学校。黄乃裳在美以美会中积极推动创建英华、福音、培元三所新学校及教授新知识。

戊戌清明作

绿阴浓处鸟翻飞，春老乡山花渐稀。
此日清明无雨色，成全泪水独沾衣。

题诗词大会董卿女士

蒙郦康王各擅长，银屏灿烂竞春光。
漫言饱学谁能比，更有佳人压众芳。

【注释】

［蒙郦康王］指蒙曼、郦波、康震和王立群四位教授。

读山野清风《忆母亲河》组诗戏题

门前流过母亲河，岁月悠悠往事多。
昔日云帆思济海，今时霜鬓照寒波。
捣衣少妇传私语，下课儿童学广播。
山野寄情潮落处，清风拂面忆梨涡。

【注释】

［“昔日”二句］也作“昔挂云帆思济海，今闻霜鬓辨推波。”

［“山野”句］也作“山野杖藜闲步处”。

与某公司董事长屏山镇海楼下饮茶得句即赠

植根沃土是儒商，名实如今相益彰。
更上屏东楼上望，隐山隔水未能量。

题作文先生沙溪映山红摄照

嫣红无语倚春风，娇韵浓妆照水中。

映水映山殊有别，乐山乐水便相同。

三通桥

月到圆时江有潮，曾闻渔火万枝箫。
危楼鳞次堪怜处，还是双杭旧板桥。

【注释】

［三通桥］位于福州市台江区的“上下杭历史文化街区”内的三捷河上。

读书日杂题

上下任遨游，时空竞自由。
了然千载事，来解百年忧。
映雪知辛苦，悬梁感泪流。
营营真乏味，苟苟岂无休。

【注释】

［营营苟苟］形容人不顾廉耻，到处钻营。李大钊《现在与未来》：“就是那最时髦的政客，成日价营营苟苟。”最后一句又作：“苟苟欲何休”。

题苍蔆堂非遗大师精品展

三年酝酿始开皮，采出精材方适宜。
撒墨浑成教鬼泣，泼金造化岂人为。
斫轮遗产承庄子，技艺传人靠大师。
守住千秋文化在，金陵犹是汉家仪。

嘉年华会口占

金子从来会发光，三山有幸竞芬芳。
洋洋喜气嘉年夜，预祝来年更鼎昌。

卷十二

鹿

旷野呦呦园圃鸣，新茸初长弄阴晴。
已无追逐中原日，再也逢人不用惊。

次韵诚斋三月二十七日送春绝句

春来冬往夏秋和，花尽林阴果实他。
还有冬藏涵养日，君看春事更如何。

【注释】

［诚斋］宋杨万里《三月二十七日送春绝句》："只余三日便清和，尽放春归莫恨他。落尽千花飞尽絮，留春肯住欲如何。"

纪念吴石将军

六八年前责太深，应知会有虎狼擒。
舍身渡海无旁贷，为国分忧只爱心。
孤岛忠魂期未就，九州憾事恨难禁。
金瓯收拾愁何日，莫使泉台泪满襟。

【注释】

［吴石（1894—1950）］字虞薰，福州螺洲吴厝人；1916年毕业于保定陆军军官学校；1924年为国民革命军第四师处长，后任北伐军总参谋部作战科科长；1929年赴日本留学，回国任参谋本部第二厅处长；抗战中任第四战区参谋长、军政部主任参谋兼部长；1948年参加民联，与中共华东局直接建立联系，提供重要军事情报；1948年底调任徨州绥靖公署副主任；1949年6月去台湾，后任“国防部”参谋次长；1950年，因中共台湾省工委书记蔡孝乾叛变而被秘密逮肯；同年6月10日，与陈宝仓、聂曦、朱谌之在台北遇害。2013年6月10日，是吴石将军遇害68周年纪念日。

戊戌端午作（二首）

年年风俗似荆乡，艾叶悬门粽溢香。

天问忍谈湘累恨，端阳先酹酒千觞。

其二

楚韵遗风万载何？难言滋味耐深磨。
忧怀却说多余事，竞渡应思屈子歌。

定西扶贫赞

善缘更喜继前缘，化雨熏风润麦田。
解愠三年图破壁，定西人赞海西天。

贺友人《马坪里微吟》诗集出版

从小枕诗眠，幽怀似涌泉。
弦歌无少暇，袖舞有新编。
故国天天念，乡情夜夜缠。
微吟如吐凤，老幼语争传。

【注释】

［吐凤］典出《西京杂记》卷二。扬雄曾“梦吐凤凰，集《玄》之上”。后因以“吐凤”称颂文才或文字之美。

观《中国影像方志》杂题十八首

河南郏县

门对嵩山汝水长，钧窑自古享荣光。
莫疑苏轼魂归处，此地应知出子房。

【注释】

［钧窑］宋代五大名窑之一，郏县谒主沟钧窑遗址，位于县城西北谒主沟村石湾河畔两侧，是宋、金、元时期的窑址。

［“莫疑”句］“三苏坟”位于郏县城西的小峨眉山东麓，背嵩阳，面汝水，北宋大文学家苏轼、苏辙与其父苏洵衣冠葬此，至今有近900年的历史。建中靖国元年（1101）六月，苏轼在常州病重期间，给其弟苏辙写信说：“即死，葬我于嵩山下，子为我铭。”次年，苏辙遵其遗嘱，与轼之子苏过扶柩将其运至汝州郏城钧台乡上瑞里安葬。

［子房］张良（前？—前185）。关于张良的籍贯，史学界说法不一。《史记》只称“其先韩人也”，《后汉书》则说：“张良出于城父”，因而，留下了后遗症。目前，安徽亳州，河南新郑、禹州、郏县等都认为张良是当地人，造成很大的混乱。

湖南宁乡

安祥乐土命宁乡，重器方尊谓四羊。

四老云山开教席，一湾沩水馈勋章。

【注释】

［四羊方尊］是商朝晚期青铜礼器，祭祀用品。1938 年出土于湖南宁乡县黄材镇月山铺转耳仑的山腰上，现属炭河里遗址。

［四老］“宁乡四髯”，是长沙宁乡籍革命家何叔衡、姜梦周、谢觉哉、王凌波的合称。“五四运动”前后，宁乡旧派人物传言革命者都是年轻人，于是他们四人都把胡子留着，借以掩护革命活动。1926 年大革命期间，他们同在长沙从事民众运动，曾合摄一影，谢觉哉题“宁乡四髯”四字。

［“一湾”句］沩水位于湖南宁乡县，是著名科学家，世界公认的赝矢量流部分守恒定理的奠基人之一，“两弹一星功勋奖章”获得者，曾任中国科学院院长周光召的故乡。2012 年，其向宁乡一中捐赠“两弹一星功勋奖章”。

山东诸城

都君故里古东夷，华夏文明厚积窥。
今有克家乡土赋，谁怜美味板桥诗。

【注释】

［山东诸城］山东诸城市，也指舜的故里。《孟子·离娄》云：“舜生诸冯，盖即此。”明《职方地图》、清乾隆《诸城县志·古迹考》、《中国通史简编》（范文澜著）、《中国史稿》（郭沫若著）皆言诸冯为山东诸城。

[都君] 古称诸侯，这里指舜。《孟子·万章上》："谟盖都君咸我绩。"孙奭疏："都君，即象称舜也。然谓之都君者，盖以舜在侧微之时，渔雷泽，一年所居成聚，二年成邑，三年成都，故以此遂因为之都君。"清顾炎武《日知录·君》："人臣称君，自三代以前有之。《孟子》：'象曰：谟盖都君。'"黄汝成集释引阎若璩曰："是时，舜已为诸侯，故曰都君，非人臣也。"

[东夷] 又称夷，不同时期指不同群体，即早期东夷与之后的东夷所指的群体有所区别。早期东夷是华夏族的一个重要组成部分，是伏羲氏后裔的一个部落族群，分布在今安徽省、山东省、江苏省一带。"夷"，古山东话中音同"人"，原意为"一人负弓"（《说文解字》），与华是同位语。词义性质从地理名词转变成对中国文化起源领域意义上的文化渊源性质的名词。"东"和"夷"字在山东龙山文化时期（距今约 4600 至 3300 年）的东夷骨刻文字中已经出现。

[克家] 臧克家（1905—2004）山东潍坊诸城人，现代诗人，忠诚的爱国主义者，中国诗歌学会会长。曾任《诗刊》主编，被誉为"农民诗人"。

[板桥诗] 郑板桥《潍县竹枝词》："大鱼买去送财东，巨口银鳞晓市空。更有诸城来美味，西施舌进玉盘中。"

江西新干

安阳有幸书华夏，新淦辉煌历史无。
谁为江南争出彩，还看恨水话三湖。

【注释】

［安阳］殷墟是中国商朝晚期都城遗址，古称“北蒙”，甲骨卜辞中又称为“商邑”“大邑商”，是中国历史上第一个有文献可考、并为考古学和甲骨文所证实的都城遗址，位于河南安阳市西北。殷墟出土了大量都城建筑遗址和以甲骨文、青铜器为代表的丰富的文化遗存，系统展现了中国商代晚期辉煌灿烂的青铜文明，确立了殷商社会作为信史的科学地位。

［新淦］1989年在江西省新干县大洋洲镇发现的大洋洲商代大墓举世罕见，震惊中外，共出土青铜器486件，玉器754件，陶器139件，其中国宝级文物5件，国家一级文物23件。其所代表的青铜文化改写了南方历史，使江南文明与黄河文明同辉。新干商墓的发现，被评为中国二十世纪百年百项重大考古发现之一，新干因而被誉为“江南青铜王国”，是继河南安阳殷墟、四川广汉三星堆之后，商代青铜器的又一重大发现。

［张恨水（1895—1967）］著名章回小说家，也是鸳鸯蝴蝶派代表作家。被尊称为现代文学史上的“章回小说大家”和“通俗文学大师”第一人。原名张心远，安徽省潜山县人。曾随在新干县三湖任职的父亲到三湖，并在此地读过书，与桔乡人结下了一段未了的情缘，留下了许多动人的故事，因为一部《北雁南飞》而让三湖古镇名声大著。

吉林集安

王都句丽总纷纷，说梦痴人史未闻。
老岭艰难烽火日，犹怜靖宇抗联军。

【注释】

［集安］集安市位于吉林省东南部，地处长白山南麓，东南与朝鲜隔鸭绿江相望，北与通化县、通化市、白山市毗邻，西南与辽宁省宽甸、桓仁两县接壤。

［老岭］纵贯集安县，是鸭绿江与浑江、头道松花江的分水岭，长约200公里，呈北东走向，山脉走向明显，山脊尖耸，山坡陡峻，是长白山西南部的支脉。

四川洪雅

瓦屋山奇似案平，眉山苏轼未曾行。
青衣江畔铜锣曲，却是羌风楚韵声。

【注释】

［“瓦屋”二句］瓦屋山位于四川盆地西沿的眉山市洪雅县境内，系中国历史文化名山，其山顶宽如平地，是中国最大的“桌山”，道教发祥地之一，被誉为“中国鸽子花的故乡”，“世界杜鹃花的王国”。苏东坡曾有诗忆故乡：“瓦屋寒堆春后雪，峨眉翠扫雨余天。”但未见其到此游览的记载。陆游也曾作诗讴歌“山横瓦屋披云出”。

［“青衣”二句］洪雅瓦屋山地处青衣江流域，秦汉时期的主要居民是羌人。这支羌人因生息在青衣江上游，人们称之为青衣羌。秦灭六国一统天下后，秦始皇将楚国严王的族人强行迁徙到荒芜僻远的西蜀瓦屋山区。在其后的三国时期，为躲避蜀军追杀而逃入瓦屋山区繁衍生息的青羌人进入该地，与楚人长期混居。楚、羌文化经过一千多年的混合交融，形成了现在洪雅独特的“羌风楚韵”人文景观。

山东滕州

鲁班墨子传千古，孟子文公求教时。
若说难忘今夜曲，滕州最爱柳琴词。

【注释】

［文公］滕文公，战国时滕国的贤君，名宏，滕定公之子，世称元公，他与孟子是同时代人。周显王四十三年（前 326），滕文公以太子身份出使楚国，在途经宋国时，两次拜见孟子，向他请教治理国家的办法。文公受到孟子的教诲，增强了将滕国治理为善国的信心。滕文公做国君后，根据孟子的意见，在国内推行仁政，实行礼制，兴办学校，改革赋税制度等。有关滕文公的言论事迹多集中在《孟子·滕文公》上下篇里。

海南文昌

武帝拓疆开紫贝，闽南渡海建文昌。
南洋侨批乡愁重，王兆松楼党有庠。

【注释】

［文昌］古称紫贝，尔后三易其名。西汉元封元年（前 110）为珠崖郡紫贝县地，至今已有二千一百多年的历史，627 年，改为文昌县。海南原为黎族聚居地，宋朝时期汉族从闽南移民文昌，所以文昌属于闽南文化圈。

［侨批］简称作“批”（在福建方言、潮州话和梅县客家话中

"信"为"批"，闽南华侨与家乡的书信往来便是"侨批"。不仅仅是闽南方言，福州一带的方言也是这样指称的，迄今为止仍旧是这般指称），俗称"番批"、"银信"，专指海外华侨通过海内外民间机构汇寄至国内的汇款暨家书，是一种信、汇合一的特殊邮传载体，广泛分布在福建、广东潮汕地区暨海南等地。

［"王兆松"句］王兆松（1875—1955），海南省文昌县清澜镇义门村人，著名侨领、企业家。《仪礼·学记》："古之教者，家有塾，党有庠，术有序，国有学。"上古五百家为一党。古代设学施教，每二十五家的"闾"设有学校叫"塾"，每一"党"有自己的学校叫"庠"，每一"术"有自己的学校叫"序"，在天子或诸侯的国都设立有大学。

浙江龙泉

人传重义百金轻，地命龙渊宝剑名。
哥弟青瓷南宋贵，如今兴业再征程。

【注释】

［"人传"句］典出《吴越春秋》伍子胥与渔夫的故事。

［"地命"句］龙泉剑，又名龙渊剑，始于春秋战国时期，距今有二千六百多年。传说是由欧冶子和干将两大剑师联手所铸。《越绝书》载：春秋时欧冶子凿茨山，泄其溪，取山中铁英，作剑三枚，曰："龙渊""泰阿""工布"。明宋濂《龙渊义塾碑》称："龙渊即龙泉，避唐讳，更以今名。相传其地乃欧冶子铸剑处，至今有水号剑溪焉。"

［哥弟青瓷］指南宋的哥窑和弟窑。其中，哥窑五大名窑之

一。明陆深《春风堂随笔》："哥窑，浅白断纹，号百圾碎。宋时有章生一、生二兄弟，皆处州人，主龙泉之琉田窑，生二所陶青器纯粹如美玉，为世所贵，即官窑之类，生一所陶者色淡，故名哥窑。"

江苏沛县

听罢歌风始见真，吾皇原是布衣人。
御名汤沐碑文在，沛筑犹传两汉神。

【注释】

［碑文］大风歌碑。清光绪三年《重修歌风台记》曰："……沛县自汉高起泗上为亭长，五年成帝业，十二年东征黥布，还过沛，置酒召父老宴，既酣，帝击筑歌大风，遂次沛为汤沐邑。后人建台纪其盛，曰歌风，后汉蔡邕以大篆书歌勒石，迄今二千年，人争重之。"

［筑］是中国古代的一种击弦乐器，形似筝，有十三条弦，弦下边有柱。击筑，左手按弦的一端，右手执竹尺击弦发音。刘邦平黥布还都，经过故乡沛县，召乡亲会饮，酒酣曾击筑而歌，故汉代起筑又称"沛筑"。之后，这种乐器失传，2009年复制成功。

安徽桐城

方姚义法国藩裁，天下文章一代开。
嬉子湖滨青草味，都源六尺巷中来。

【注释】

［“方姚”二句］桐城派是我国清代文坛上最大的散文流派。正式打出“桐城派”旗号的，是道光、咸丰年间的曾国藩，他在《欧阳生文集序》中，称道方、刘、姚善为古文辞。历城周永年书昌为之语曰：“天下之文章，其在桐城乎?”由是学者多归向桐城，号桐城派。方姚，方苞和姚鼐，桐城派代表性人物，为桐城派义法理论的先驱。

［嬉子湖］位于肖店西部，是桐城市唯一的天然内陆湖。

［青草］青草镇旧称青草塥，建镇历史四百余年，位于桐城市西南。

［六尺巷］位于安徽省桐城市的西南一隅，全长100米、宽2米，建成于清朝康熙年间，巷道两端立石牌坊，牌坊上刻着“礼让”二字。“千里家书只为墙，让他三尺又何妨。长城万里今犹存，不见当年秦始皇。”这首“让墙诗”就出自六尺巷一段历史典故。史料记载：张文端公居宅旁有隙地，与吴氏邻，吴氏越用之。家人驰书于都，公批书于后寄归。家人得书，遂撤让三尺，故六尺巷遂以为名焉。

甘肃武威

自古凉州塞外秋，雄浑莫过二王留。
汉家天子今神武，朔漠威加思妇愁。

【注释】

［“雄浑”句］指王之涣和王翰的《凉州词》。凉州，今武威市，古西北首府，五朝古都。元明清时，武威又称西凉。

安徽蒙城

物我真知梦蝶深，庄周故里北冢寻。
最怜还是黄梅韵，一曲天仙配好音。

【注释】

［北冢］安徽蒙城。殷称北冢，周曰漆园，唐天宝元年(742)更名为蒙城，是先哲庄子故里，驰名中外的道家文化圣地。

辽宁兴城

宁远雄关耸海天，当年祖帅镇三边。
汉家天子先前事，谁辨胡人满巷穿。

【注释】

［祖帅］祖大寿（？—1656），字复宇，明末清初辽东宁远(今辽宁兴城）人，明崇祯元年（1628)，因守宁远获得“宁远大捷”而升为前锋总兵官，被派驻守锦州。为表彰祖氏世代镇辽的功勋，明朝崇祯皇帝即位后，特命于宁远城内敕建祖氏四世镇辽的功德牌坊。

宁夏同心

一瓢苦水每难求，沧海桑田竟自由。

商贾羊绒来大食，养生朱果誉神州。

【注释】

［大食］是中国唐、宋时期对阿拉伯人、阿拉伯帝国的专称和对伊朗语地区穆斯林的泛称。

［朱果］枸杞。人们日常食用和药用的枸杞多为宁夏枸杞，而且宁夏枸杞是唯一载入《中华人民共和国药典》（2010年版）的品种，在中国栽培面积最大。

四川纳溪

献贡频繁东复西，激昂粗犷号声齐。
纤夫果腹艰辛甚，怪尔征南命纳溪。

【注释】

［“怪尔”句］《永乐大典·泸州志》：“纳溪，古寨名。……昔诸葛武侯平云南，于溪右立寨［招］降。……纳溪县，县名。古之有溪，上控永宁界首，下注泸江，昔诸葛武侯平定云南，蛮夷（少数民族）纳贡而出此溪，因名纳溪，又曰云溪。”

河南开封

都会繁华数汴城，河图长卷忆清明。
开封一部兴亡史，富国焉能用弱兵。

【注释】

[河图] 清明上河图，中国十大传世名画之一，北宋风俗画，北宋画家张择端仅见的存世精品，生动记录了中国十二世纪北宋都城东京（又称汴京，今河南开封）的城市面貌和当时社会各阶层人民的生活状况，是北宋时期都城汴京当年繁荣的见证，也是北宋城市经济情况的写照。《清明上河图》虽然场面热闹，但表现的并非繁荣市景，而是一幅带有忧患意识的“盛世危图”，通过表现官兵懒散税务重等场景，反映军事实力的日渐式微和防范意识的日趋淡漠，以及官民关系的紧张。

甘肃安定

咽喉门户佐兰州，舒翰功碑赞普愁。
狄道陇中多迭代，悠悠洮水万年流。

【注释】

[舒翰] 哥舒翰（？—757），突骑施（西突厥别部）首领哥舒部落人，唐朝名将，军事家。

[赞普] 在吐蕃诸王之名字中多有此字，以示崇巍。《新唐书·吐蕃传》云：“其俗谓雄强曰赞，丈夫曰普，故号君长曰赞普。”

[狄道] 狄道位于甘肃省临洮县，是“陇西李氏”祖籍地，为“李唐故里”。周之前称陇西邑，战国、秦称狄道。公元前279年，秦昭王始设陇西郡，郡治就在狄道（今甘肃省临洮县）。

观棋

人生自始似楸枰，玉局观成面面惊。
莫道烂柯山上事，且看阿法狗狰狞。

【注释】

[楸枰] 围棋棋盘，引申指围棋。也可以指下棋。楸木质轻而文致，古代多选来做棋具。唐温庭筠《观棋》诗：“闲对楸枰倾一壶。”

[玉局] 棋盘的美称。唐李商隐《灯》诗：“锦囊名画掩，玉局败棋收。”宋贺铸《南乡子》词：“玉局弹棋无限意，缠绵，肠断吴蚕两处眠。”

[烂柯山] 围棋源于中国，相传围棋之根则在烂柯山。据北魏郦道元所著《水经注》中云：晋时有一叫王质的樵夫到石室山砍柴，见二童子下围棋，便坐于一旁观看。一局未终，童子对他说，你的斧柄烂了。王樵回到村里才知已过了数十年。因此后人便把石室山称为烂柯山，并把烂柯作为围棋的别称。至今烂柯一词在国内外棋刊上仍屡见不鲜。日本高段棋手还常将“烂柯”两字书于扇面，用以馈赠亲友。我国一些围棋古典弈谱，还有不少根据烂柯而定书名。

[阿法狗] 一款人工智能围棋软件。

步闻涛兄鼓岭避暑（新韵）

于山祈雨照天烧，直让温魔也怕高。
避暑无须来鼓岭，榕城一样向君招。

附闻涛兄原玉：“夏日榕城似火烧，红炉炎炎气温高。休闲避暑来何处，鼓岭松杉把手招。”

读《史记》杂题二首

自从烽火戏诸侯，祸水红颜今古愁。
社稷安危终有主，史家岂可乱春秋。

其二

威烈三家认晋侯，始开战国乱春秋。
赵卿废嫡唯才后，礼乐分崩自不休。

【注释】

［第一首“春秋”］指“春秋笔法”，指寓褒贬于曲折的文笔之中。出处《史记·孔子世家》：“孔子在位听讼，文辞有可与人

共者，弗独有也。至于为《春秋》，笔则笔，削则削，子夏之徒不能赞一词。”也被称为微言大义。

［第二首“春秋”］指春秋战国分为春秋时期和战国时期，其分水岭是在公元前453年，韩、赵、魏三家灭掉智氏，瓜分晋国为标志。春秋时期，简称春秋，指公元前770—公元前476年，是属于东周的一个时期。春秋时代周王的势力减弱，诸侯群雄纷争，齐桓公、晋文公、宋襄公、秦穆公、楚庄王相继称霸，史称春秋五霸。战国时期，简称战国，指公元前475—公元前221年，东周后期至秦统一中原前，各国混战不休，故被后世称之为“战国”。“战国”一名取自于西汉刘向所编注的《战国策》。

读《世说新语》杂题二首

洛阳缠斗起中朝，宦戚循环彼此消。
一自凉州烽火日，已窥三国面纱撩。

其二

陈蕃元礼各天骄，引领清流前后潮。
二次建宁生党锢，先开魏晋隐风标。

【注释】

［“一自”二句：］董卓利用汉末战乱和朝廷势弱占据京城，废立挟持汉献帝，东汉政权从此名存实亡。其死后，部下李傕和

郭汜为了把持朝政互相火拼，皇帝与朝廷流离失所，各地州牧、刺史、太守、占据属地完全脱离中央控制，开启三国时代。

［陈蕃（？—168)］字仲举，汝南平舆（今河南平舆北）人，东汉时期名臣。

［元礼］李膺（110—169)，字元礼，颍川郡襄城县（今属河南襄城县）人。东汉时期名士、官员。建宁二年（169)，“第二次党锢之祸”，李膺主动自首，被拷打而死，终年六十岁。

行香子

春老江南，雨急残红。花无踪、绿满林中。如秋落叶，却是东风。看海潮汐，月圆缺，路西东。

纵有文章，不知融通。想当初、岁月匆匆。半生如梦，万事虚空。喜身仍健，心不老，情始终。

南歌子

白首愁仍在，丹心梦已疏。凝情不语倩谁扶。只有依稀星火、有还无。

际会风云去，襟怀日月初。老来销尽好功夫，纵是生花椽笔、也难书。

卷十三

秋兴八首步草堂韵

九月榕城绿满林，三山披翠岭森森。
闽江风浪云天远，台海波涛蜃气阴。
孤岛犹悬船政泪，两间同系祖先心。
一家岂可分离久，不为征衣欲捣砧。

其二

日到秋天影渐斜，一年好景去繁华。
鹊桥已拆伤心客，银汉还连共渡槎。
黯黯愁云生泪眼，频频孤岛起胡笳。
犹期海上升明月，同唱乡音茉莉花。

其三

家乡无日不清晖，叶落知秋尚细微。
老去岂须谋事做，闲来犹可看花飞。
曾经世路豪情黯，过往红尘绮梦违。

总有丹枫何说晚，满山疏影胜春肥。

其四

盛世今逢布大棋，关头未到岂堪悲。
复兴伟业无多日，强国鸿篇梦现时。
新陆频闻鼙鼓响，中原常练劲兵驰。
波涛汹涌从来急，已见熙光慰所思。

其五

如画清秋万里山，曾经萧瑟百年间。
长城横亘空虚垒，边塞纵开坚固关。
四海归心全盛日，五洲瞩目尽欢颜。
蒸蒸国运中天上，破浪扬帆已就班。

其六

茫茫孤立水东头，怅恨分离几度秋。
丝路帆扬通海气，鸿沟桥越解人愁。
何期信步如飞鸟，但使闲情似浴鸥。
有病日沉终药治，梦中宝岛变瀛州。

其七

一朝剑指百年功，渡海延平盼望中。

鬼女危言连夜雨，舟师巨浪乘秋风。
月临大地千山白，日上高天孤岛红。
法办群魔应有幸，也将喜讯报诗翁。

其八

旗山鼓岭势逶迤，秋雨连绵水满陂。
竹影推波青绿叶，松声逐浪老虬枝。
一江着意穿城出，百景闲情缓步移。
健脚也曾行万里，残年故事望谁垂。

【注释】

［新陆］新大陆，美洲大陆。

［延平］延平郡王。郑成功（1624—1662），名森，字明俨。郑成功为南明政权的大将军，南明昭宗封延平王，称“郑延平”。尊称“延平郡王”“开台尊王”“开台圣王”等。

陕西纪游诗二十一首

西安

城头多变幻，历史没长空。
演戏人精彩，登台角乱烘。

身临无数访，酒醉仅三盅。
嬗代何相似，分门又不同。

汉阳陵

渭北五陵霞，优游日见斜。
轻徭扶稼穑，薄赋织机纱。
孝景开强盛，单于久仰华。
长河留信史，郁郁满繁花。

【注释】

［孝景］孝景帝，汉景帝刘启（前188—前141），汉文帝刘恒第四子，汉高祖刘邦孙，谥号孝景皇帝。

［单于］匈奴人对他们部落联盟首领的专称，意为广大之貌。

西岳华山

中华根据地，西岳入云端。
跻极才知险，凌虚不胜寒。
延绵连太白，迢递瞰长安。
为饱风光好，谁言鸟道难。

【注释】

［太白］秦岭最高峰太白峰。

黄河壶口瀑布

黄河天上水，谁敢泛槎乘。
倒泻从高落，回冲触底升。
倾崖千炮响，夹岸万虹腾。
不尽激昂势，无穷胜事兴。

黄帝陵

龙潜桥山远，鸟鸣松柏喧。
人文奠始祖，稼穑助蓬门。
万派终同本，千枝起一根。
中华文化史，亘古祭轩辕。

【注释】

［桥山］小桥山即黄帝陵桥山，为子午岭中部向东延伸的支脉。黄帝时代称作“轩辕之丘”或“轩辕之台”，黄帝因此而得名“轩辕”，黄帝黄城中宫即位于此。以后演变成桥山，自汉武帝筑祠祭黄帝、司马迁《史记·五帝本纪》载“黄帝崩，葬桥山”后，名留青史。

咸阳乾陵

盘古至今长，离经史上扬。
有功安社稷，无字立碑墙。

上下三千载，往来一女皇。
唯才凭世说，岂可有阴阳。

法门寺

扶风传汉史，佛法渐辉光。
净土琉璃界，莲花明镜塘。
三门开茂盛，千载佑荣昌。
所见应如是，清音耳际扬。

【注释】

［扶风］地处关中平原西部，是宝鸡的东大门，因“扶助京师、以行风化”而得名，是西周文化的发祥地，佛教名刹法门寺的所在地。

秦陵兵马俑

国统归天下，皮囊入土装。
世间空傲傲，泉下岂昂昂。
千载无人识，一时惊四方。
中华封建史，不忍说秦皇。

华清池

一骑红尘远，离宫别馆看。
温汤迎浴女，玉磬响舆銮。

千载君王帐，几朝佳丽欢。
狼烟鼙鼓起，谁愿与褰裳。

甘泉雨岔桦树沟

变幻复昏昕，风飘百褶裙。
雨冲明地脉，山裂见岩筋。
如入三千界，穿行五彩纹。
高坡多桦树，沟岔万年分。

甘泉蝴蝶谷

甘泉白卉香，清冽出河床。
寻蝶欣晴日，看霞醉夕光。
诗怀随景舞，画意任情翔。
如此天工化，何年再戒装。

宝鸡太白山

登峰不见溪，身与白云齐。
远览群山小，近观千壑低。
史连秦汉处，诗咏古今迷。
太乙无穷景，归来待洗泥。

太乙终南山

太乙慰相思，林深拥彩池。

最怜陶令菊，犹忆辋川诗。
归隐寻居处，修身避世时。
周南千里远，欲说几人知。

【注释】

［辋川］辋谷水。诸水会合如车辋环凑，故名。在陕西省蓝田县南，源出秦岭北麓，北流至县南入灞水。唐王维曾置别业于此。《新唐书·文艺传中·王维》："别墅在辋川，地奇胜，有华子冈、攲湖、竹里馆、柳浪、茱萸沜、辛夷坞，与裴迪游其中，赋诗相酬为乐。"

［周南］武王灭商后，地域扩大，为加强统治力量，西周初期周成王时代，周公姬旦和召公姬奭分陕（今河南陕县）而治。"召公既相宅，周公往营成周。"（《书·洛诰》）陕县以东为周公管理，周公居东都洛邑（即成周），统治东方诸侯，范围包括洛阳（其北限在黄河）以南，直到江汉一带地区，具体地方包括今河南西南部及湖北西北部。

太乙翠华山

尧年远伐檀，众峦耸云端。
水落明珠溅，花开锦绣团。
神清当健步，气爽可加餐。
太乙登临处，归来忆玉銮。

【注释】

［伐檀］魏国民歌，较早反映了社会中下层民众对上层统治者的不满，是一首嘲骂剥削者不劳而食的诗，是《诗经》中反剥削反压迫最有代表性的诗篇之一。

榆林镇北台

紫塞绝鸣笙，征人不远行。
白云飘绿草，黄土动红旌。
易马城还在，榆林月更明。
危台今胜地，万世岂谈兵。

【注释】

［易马城］位于榆林镇北台与红石峡之间，俗称“买卖城”。明嘉靖初年，鞑靼首领俺答汗与明朝息战议和，共商沿边界开放，设互市11处，交换双方所需物品，易马城即互市之一。

延川乾坤湾

延川五道弯，水自白云还。
河曲乾坤境，阴阳太极间。
壮观惊宇宙，奇迹震尘寰。
万古奔腾势，扬帆再闯关。

靖边统万古城

残壁土夯墙，榆林隐古庄。

风云千载会，冰雪不时扬。
烽火刀弓箭，炊烟薯枣粱。
胡城销岁月，大夏已深藏。

【注释】

[统万城] 位于陕西榆林靖边县城北，为匈奴人的都城遗址，因其城墙为白色，当地人称白城子。又因系赫连勃勃所建，故又称为赫连城，为东晋时南匈奴贵族赫连勃勃建立的大夏国都城遗址。

佳县香炉寺

佳境得亲临，凌空听梵音。
黄河留晚照，古寺伴苍林。
造化如随手，天工巧用心。
香炉寻旧迹，想见伟人吟。

神木二郎山

名山岁月雕，庙宇彩旗摇。
崎峻邀红日，巍峨耸碧霄。
神仙来暮暮，信徒见朝朝。
胜景天工化，麟州如此娇。

【注释】

［麟州］麟州故城，位于陕西省神木县城北，又名杨家城。唐开元十二年（724）置州于此，至北宋乾德初。杨家城因为范仲淹的《麟州秋词》而生动，麟州城因为杨家将的驻守而闻名。

靖边波浪谷

闫家寨子红，三叠纪迷宫。
波涌蓝天映，霞飘大地融。
风雕焉夙愿，水蚀岂初衷。
浪谷风光异，高原对璇穹。

【注释】

［闫家寨］闫家寨全国有多处，此指位于靖边波浪谷的闫家寨。

永宁山山寨

星火燎原势，呼醒百万狮。
宁山传马列，窑洞举旌旗。
红色根据地，农民自卫师。
奇峰留史迹，千古永名垂。

陕甘宁行吟二十三章

陕甘行

金秋又作陕甘行，黄土因缘塞上情。
铁马当年驰汉月，秦关百二只风声。

到西安

十年再见长安月，犹忆秋怀杜甫情。
羁旅异乡公是客，逃名我任自由行。

在西安去往兰州的动车上

三秦一马平川地，物产丰饶入眼中。
阡陌纵横瓜果熟，诗心早共远方同。

渭源天井峡谷

渭源风色赛南方，天井林深叶半黄。
沟壑湍流从不息，一年好景在秋光。

首阳山

渭水源头见首阳，满山犹觉白薇香。

先贤抱节投明处，辉共星辰日月光。

甘南

优游久慕到甘南，粗犷民风天也蓝。
桑稞酒高情易醉，三杯下肚睡如酣。

拉卜楞寺

万间庙宇势恢宏，藏学安多独树旌。
秘地看花虽走马，莫言雪国少风情。

尕海

绿草牛羊水满陂，湖光山色映多姿。
瑶池王母心生羡，故遣骚人慰所思。

天水

羲皇故里古秦州，华夏渊源最上游。
麦积山藏南北史，丹崖壁里写春秋。

车过平凉

崆峒问道五千年，泾水陇山出上游。
今日脱贫臻大美，飘香苹果誉神州。

宁夏固原

秦时乌县汉高平，武帝原州始筑城。
关隘千年留塞史，南飞望断咏豪情。

【注释】

[“南飞”句] 语本毛泽东《清平乐·六盘山》：“天高云淡，望断南飞雁。不到长城非好汉，屈指行程二万。六盘山上高峰，红旗漫卷西风。今日长缨在手，何时缚住苍龙?”

固原瑞丹苑万亩牡丹园

黄土高坡种牡丹，天香国色解贫寒。
蕾苞瓣实通身宝，四五花开另眼看。

宿固原窑洞民居

冬天和暖夏阴凉，黄土宜居洞作房。
鸡犬相闻人不见，花儿谁唱韵悠长。

宿固原窑洞，次诗友《寒露》韵（二首）

黄土坡头草木残，萧关逆旅感秋寒。
高原夜晚风声厉，不悔明天到六盘。

其二

凉意浓时月半残，秋英独放自迎寒。

未临大雪封山日，济困扶贫干正欢。

黄土高原望月（二首）

银光泻下倍凄清，黄土高原夜更明。
萧瑟西风吹落叶，时听雁叫二三声。

其二

夜宿高原近石城，街头十月彩灯明。
还看天上清辉照，可解相思两处情。

登六盘山

层林尽染跃高峰，重走长征觅旧踪。
已现曙光云淡日，豪情咏出正秋浓。

须弥山石窟

佛教东传丝路开，凿山造像住灵台。
北周艺术须弥看，更有松声入韵裁。

赠福建扶贫干部

将雏挈妇上高原，戈壁沙丘起果园。
济困扶贫犹启智，海西海固写春温。

次韵诗友《问归》

人情还是望闽山，此去行程百二关。

能饮一杯无不可，动车明日把家还。

高原孤旅

何似孤蓬万里飘，高原萧肃总心焦。
南归幸好无多路，且伴微吟慰寂寥。

行吟感怀

远方呼唤梦常牵，岂为虚名写巨篇。
好水好山行不足，诗心诗意共缠绵。

卷十四

叠歌韵追咏南台古十景

钓台夜月

惠丘浮玉美山河，细说千年故事多。
枕水危台迎月钓，凌霄虚阁接天摩。
白龙献瑞人间庆，汉祖封疆天下罗。
第一江山谁敢刻，当时胜景没尘波。

三桥渔火

连接南台大小河，烟村水郭费吟哦。
浮江灯火船微晃，烂醉渔夫酒不波。
地到合沙方便出，桥通两岸及时过。
星沉月落天光后，鱼货滩头聚集多。

白马观潮

最是观潮白马河，风情已逝岁如梭。

榕阴堤岸遮舟楫，月引江涛逐浪波。
贮木难寻遗迹少，行商不及昔时多。
浙江八月今犹在，闽海称奇期再歌。

越岭樵歌

南台不见旧时河，越岭居稠似烂柯。
吹笛牧童空晚照，采樵野老岂晨过。
行商座贾东西集，人往车来货物驼。
世上麻姑谁可比，扬尘几度岁如歌。

苍霞晚照

每忆犹怜三捷河，通江达海起惊波。
千家商户临槽道，万国洋房拥岭阿。
晚照铺金江似画，归舟收网景如歌。
浴凫戏水鸥闲立，鸟雀无声早入窠。

太平松籁

身行松影沐星河，半岭涛声逼浪波。
墟落升烟传稚语，江潭击楫响渔歌。
奇根盘屈横山径，怪石嶙峋上茑萝。
骚客裁诗还载酒，太平坐卧意如何。

银浦荷香

不及桥成自渡河，偕将银浦赏新荷。
花香碧水终陶醉，语软丹心再起波。
堤岸柳阴多燕舞，池塘桨荡尽莲歌。
药王祈福回眸笑，一路归来唱《踏莎》。

龙潭秋涨

一脉闽江分两河，深潭秋涨浪翻波。
如雷声响潜龙出，似幕烟迷息乌罗。
人欲出城过岛角，货需入市下藤坡。
护婴祈雨传临水，万世恩情感靖婆。

天宁晓钟

天宁胜迹没长河，大岭藤山一带峨。
仲晦慕名思挂榜，梁溪告老钓寒莎。
烟台丕在干戈远，梅坞回看市肆多。
古寺森严鸣晓磬，试听梵呗耐深磨。

梅坞冬晴

梅花偏爱好山河，藤岭琼姿十里坡。
素面透红明磴道，朱颜缀白映晴柯。

玉林不敌风霜恶，盛事曾经岁月磨。
千载传言萦脑际，魂牵常作梦中歌。

【注释】

[南台古十景] 钓台夜月：在今大庙山福州第四中学内。大庙山古称“惠泽山”，原为四面环水的山阜。“八闽初祖”无诸，因助汉伐楚有功，于公元前202年被汉高祖刘邦封为“闽越王”。无诸遂在惠泽山接受册封礼，筑台称“越王台”。　　白马春潮：义洲靠近西河、坡尾一带辟有一条白马河，从帮洲的闽江入口，流经义洲的白马桥，向北注入西湖。白马河出现“白马春潮”的水文景观，是因为每当涨潮时，因江口宽而河身窄，江水涌入受两旁河口栏门、沙坎的阻拦，波涛前阻后推，潮头相撞，形成数米高的巨浪。一年中以农历八月十八日潮汛最大，旧称“潮神生日”。　　三桥渔火：三桥者，从北往南，曰“合沙桥”“万寿桥”和“江南桥”。贯穿闽江两岸仓山与台江之间，是闽南各县进入福州城区的必经通道。古时漫步桥上，可观闽江全景，饱览水上风光。　　越岭樵歌：“越岭”俗称“龙岭”。位于今台江上杭路与延平路之间，是接连大庙山延伸至彩气山的一个小山阜。这里古树茂密，绿草如茵，清幽绮丽，如同世外桃源，是附近农民放养牛羊和砍樵打柴的好地方。　　苍霞夕照：南台苍霞洲一带，江面宽广，闽江上游的水，流到福州后在此舒缓前行，日积月累，形成一大片江滨沙洲之地。每当夕阳西下，喧鸟归巢，沐浴金辉，浸漫紫光祥云，晚霞照映，天水一色，蔚为壮观。
太平松籁：南台太平山，古称洋中亭山仔里，是从仓前山黄柏岭下龙潭角乘船过闽江到苍霞洲，越龙岭顶进城的必经通道。

银浦荷香：明末清初，南台吉祥山与横山的余脉保福山麓建有一座供奉东汉末年三神医之一、医学家孙思邈的“药王庙”。保福山下的“银湘浦”有数十口池塘环绕，风轻云淡，如镜照天，荷莲争妍，清香扑鼻。　　龙潭秋涨：南台江，又称“白龙江”，江心有白龙潭。龙潭角在黄柏岭下，天宁山之西，地近白龙江，水深莫测。相传下有巨龙蛰居，故称“龙潭”。　　天宁晚钟：仓山古称“藤山”，雄踞南台岛之北，面临闽江，东从雁峰，西至黄柏岭之间的中段，叫“天宁山”。史载，宋代抗金民族英雄李纲罢相回闽，就在天宁寺避暑隐居，并在松林中新建“松风堂”作为晚年的读书处。　　梅坞冬晴：在今观井路上坡，与塔亭路、麦园路交界处，直至程埔头，绵亘数里皆种梅花，有万棵之多。每逢冬令，一片鲜艳夺目，犹如进入香浮数里的琼瑶世界，赏梅者相望于道，有“琼花玉岛”之誉。

[靖婆] 陈靖姑（767—791），生于祖籍福州仓山下度，小名陈十四。福建省民间称之娘奶、奶娘、夫人奶、临水夫人、陈奶夫人、顺天圣母等，被誉为“救产、护胎、佑民”的“妇女儿童保护神”。

[仲晦] 朱熹（1130—1200），字元晦，又字仲晦，号晦庵，晚称晦翁，谥文，世称朱文公。祖籍江南东路徽州府婺源县（今江西省婺源），出生于南剑州尤溪（今属福建省尤溪县）。宋朝著名的理学家、思想家、哲学家、教育家、诗人，闽学派的代表人物，儒学集大成者，世尊称为朱子。

[梁溪] 李纲（1083—1140），字伯纪，号梁溪先生，福建邵武人，历官至太常少卿，授兵部侍郎，尚书右丞。两宋之际抗金名臣，民族英雄。

次韵友人《川西纪游》诗十七首

西溪仙人洞

仙人醉卧横，无日不豪倾。
洞里喧嚣远，潭中景色泓。
猿呼朋唤友，瀑挂水鸣声。
我欲乘风去，云闲独抱醒。

螺髻山

众说蛾眉秀，君偏螺髻行。
林深群鸟没，路仄寸心藏。
扶杖身无力，登巅脸有光。
迎宾开索玛，四处溢清香。

【注释】

［索玛］是彝族人对杜鹃花的一种另外称呼。

冕宁灵山寺

古寺溢清芳，祥音每出墙。
真经传贝叶，大士坐莲堂。

彝海升星箭，灵山见佛光。
冕宁云绕处，不觉路程长。

西昌泸山

西昌六月晨，凉意促醒身。
鸟道寻诗缓，羊肠取景频。
举旗诚信重，歃血感情深。
彝海扶贫后，泸山又一春。

【注释】

［“举旗”二句］指红军长征中，刘伯承与彝族果基家支头人果基小叶丹在彝海边歃血为盟，并建立少数民族第一支地方红色武装——中国夷民红军沽基（果基）支队的历史故事。

九龙伍须海

天色映奇姿，无须倚画眉。
千峰如突兀，百甸似平夷。
插石三军阵，飞菱五彩池。
身临仙界境，悔不早先知。

新龙措卡湖

瑶池天下有，措卡是明珠。
疑似银河水，真成碧玉图。

孤舟投岸火，乔木隐栖乌。
雪国藏仙境，人间醉梦湖。

八美士墨林

雪国寻仙界，高寒见石林。
神工教鬼泣，雨蚀作风吟。
胜景邀椽笔，高情起壮心。
真容描不得，梦里似鸣琴。

阿坝莲宝叶则

湖光景色融，鸿路没其中。
怪石千姿态，高低各不同。
行舟如履镜，荡桨似摇空。
圣水神山境，川西气自雄。

阿坝神座村

澄清不染埃，神往万千回。
圣水来仙境，飞流泻玉杯。
五颜花艳艳，一色雪皑皑。
世外桃源地，机心不用开。

红原月亮湾

千载绝狼烟，茸茸草色前。

牦牛随地走，矢菊向天妍。
引月河流转，穿山瀚海连。
牧歌勤献唱，和睦惜良缘。

扎朵尔措湖

偕来镜里游，景色胜于秋。
遗石堆峰立，融冰集水流。
山高青鸟没，湖静白苹幽。
西母瑶池住，慵人未有愁。

黄联关土林

万古土成林，戈矛列阵森。
常怀风啸啸，还念月吟吟。
把酒君低唱，看茶我浅斟。
悠然耽妙景，自得发玄音。

九龙仙女湖

仙湖浴细腰，密境嵌琼瑶。
水断悬崖落，冰融雾气飘。
人间铺彩路，天上搭虹桥。
胜概无穷尽，风光倒影娇。

阿坝措拉玛湖

灵山万古流，圣水世间幽。
大雁空中没，扁舟镜里浮。
斑斓千树色，澄净一湖秋。
内陆风情异，谁知镇海楼。

【注释】

［镇海楼］在全国现存两处，一处在福州的屏山，一处在广州的越秀山。

毛垭大草原

高原似碧涛，垒石插旌旄。
浅水三湾缓，寒风一阵号。
天低随兴起，野旷激情豪。
远足知何处，清新绿染袍。

九龙猎塔湖

沿线一湖弯，冰澌远处潺。
鱼游清澈里，鸟息翠微间。
雾绕山无色，花开草有颜。
西川风俗异，夜里梦乡关。

川藏索玛花

香艳碧枝丛，应逢左太冲。
浓馨回浅溢，淡白缀深红。
只沐高原雨，常吹雪域风。
傲然冰世界，不与百花同。

【注释】

[左太冲] 左思，字太冲，西晋著名文学家，其《三都赋》颇被当时称颂，造成“洛阳纸贵”。

观三溪村龙舟夜渡

日落聚江村，南溪竞渡喧。
人头锣鼓动，船尾浪涛翻。
月照街街市，灯明户户门。
民风何有别，还问老人言。

杂题

鏖诗误看球，事事总难酬。

有舍方能得，无忧岂有愁。
书须千卷读，道得一生求。
独守良知在，思多不自由。

长乐情侣礁

遗恨不知年，听涛立海天。
骚人常梦语，非说有情缘。
若要偕同老，应须彼此牵。
风波多险恶，慎重誓礁前。

连江纪游诗七首

村前山

重上木兰舟，偕来雾里游。
奇花身下隐，怪石眼前收。
望海千帆发，看山万翠流。
蓬壶明月上，回首一村秋。

马头石

遥思海变田，一马望平川。
镇命佳名后，诗吟美景前。
刘琨邀舞剑，祖逖请挥鞭。
千里伏槽志，雄怀敢踏天。

飞峰境

山道几盘蛇，奇峰映水洼。
秋高明夕照，气爽见朝霞。
风景应无限，人生却有涯。
纪游行不足，海上一帆赊。

狮子头

造化与千挑，连山气势峣。
临溪凭水琢，瞰海任风雕。
穿越翻云浪，横流涌石潮。
闽中多胜景，谁敢不弯腰。

安凯四块坛

摩天更喜寒，远近景千般。
夕夕栖灵凤，朝朝立彩鸾。

淡看云卷越，藐视浪飞湍。
疑是娲皇石，神通化四坛。

朱子祠龙津书院

肃然书院过，教化里人多。
日月星光诵，春秋暑夜歌。
传家欣共读，出世庆同科。
讲学朱熹处，风云际会驮。

双狮岭

林秀双狮岭，提壶上翠微。
山岚疑海出，恰似燕云围。
把酒呼朋聚，吟诗看鸟飞。
景佳邀共赏，不可再挑肥。

缅怀项公

千载难逢一老樟，沧桑历尽又悲伤。
项公最解阴浓意，救得枝繁不让亡。

咏雪峰寺牡丹

花开南国雪峰期，华丽雍容北国姿。
谁解移根清净地，抬头悟得是真知。

无题

百年炬火无全熄，料想当时热血然。
慷慨激昂歌马赛，泉台庆幸有真传。

友人退休后去深圳带外孙留别题赠

才卸双肩又不轻，榕城兹去向鹏城。
养儿世说能防老，养女人言更有情。

立夏

闽地天时更早推，初黄硕果是青梅。

纷纷落叶知春尽，急雨匆匆感夏来。

嵌名诗（二首）

铂金尊享显精神，顿感风情万种身。
宾客盈门诚可贵，利他理念价弥珍。

其二

将才谁敢认前身，霸主应知传后人。
国为苍生当报答，际涯无限道无垠。

和友人咏桐花

于无人处一般开，不为春来为夏来。
花映青林如白雪，谁怜高洁独徘徊。

友人欲进寺，不得入，续叶绍翁诗句替僧人代答

应怜屐齿印苍苔，小扣柴扉久不开。

四月芳菲都已歇，玉人何处不能来。

初夏北岭即事

激荡潺湲溅浪花，山岑十里绿生涯。
水鸣溪涧风鸣树，何处炊烟不是家。

咏荷（三首）

多情总是被情迷，出水芙蕖不染泥。
长处位卑从不较，人间多少见思齐。

其二

熏风一到满塘堤，为睹芳姿不染泥。
谁见凉天寒水日，柔情蜜意入诗题。

其三

清风拂面小莲浮，绿水池塘静日柔。
不见碧荷生菡萏，蜻蜓早立旧茎头。

雨后

雨后清茶坐对山，劳生偷得半天闲。
诗情不解其中味，又入搜肠刮肚间。

咏鹭

凌云气势也从容，掠水身姿影对冲。
闲处滩头长独立，择居喜上最高丛。

题友人五柳堂梅庵古琴所，忆去年从润州过江在扬州与梅琴的一段旧缘

五柳堂前忆旧缘，去秋相伴过江天。
扬州一段梅琴韵，还觉清音绕耳边。

诗贺刘德佺老师耄耋入党（三首）

气节弥坚信仰深，衰年夙愿喜佳音。
杖朝余热甘全献，望阙初衷不改心。

其二

八秩重生续旧章，万千桃李竞芬芳。
愚公尚有移山志，耄耋贞心再起航。

其三

人多八秩享天伦，忤世原知情至真。
奉献谁能言我老，著芽老树喜逢春。

卷十五

缅怀项公七章

征衫书剑出乡关，踏遍东南无数山。
粮草筹谟歼宿敌，财经组织建新班。
农机自学成精业，镇企深谋不一般。
改革今逢高起点，思君魂领海西湾。

其二

临危受命敢施为，欲济生民未饱时。
问苦访贫谋好策，过河摸石出奇思。
合资企业榕泉立，个体工商晋厦追。
唱响爱拼歌致富，浪潮引领海西随。

其三

少小离开老大还，制宜因地海和山。
不因失误真成假，岂有攻坚似等闲。
百业振兴焉自许，万家致富已先攀。

中枢卅载无音讯，怎使英雄泪眼潸。

其四

连城故里访英豪，肃穆庄严德望高。
少小离家藏勇气，弱冠随父闯惊涛。
救民纾难不言险，替党分忧敢说劳。
忠烈满门青史记，追怀为有仰征袍。

其五

去官犹自思民困，成立基金助脱贫。
叹老从来丧志士，忘年不减壮心人。
集资筹款奔波路，涉水爬山送去春。
革命初心从不改，定将余热献终身。

其六

报国初心永不休，扶贫事业水长流。
基金募集纾民困，稿费助捐分国忧。
开路架桥先划策，披肝沥胆早筹谋。
一生奉献终无愧，致富图强壮志酬。

其七

改革先行放眼宜，潮流勇立正其时。

抓牢机遇迎头上，松绑良谋擦掌驰。
民有呼声回好态，事无成见展高姿。
朝天热火当年事，留史将来我赋诗。

【注释】

［项公］项南（1918—1997），原名项德崇，福建省连城县人。早年随父亲项与年从事闽浙赣边区革命根据地开展工作。新中国建立后，先后任安徽省青年团书记、华东局青年团书记、团中央书记、中共福建省委第一书记、省军区第一政委。党的第九届、十届、十一届、十二届中央委员会委员，中共中央顾问委员会委员。

瞻仰帝师陈宝琛故居

名师故里行，未到已心倾。
风雨飘摇日，当年岁月峥。
躬行承旧学，教育树新声。
历史多迷雾，还他一片情。

罗源纪游诗五首

禾山

闻说罗源美，禾山耸海边。
清风藏竹径，幽谷在山泉。
畲女辛勤手，谁人可比肩。
蟠桃祥瑞地，胜景颂行乾。

【注释】

［行乾］典出《后汉书·皇甫规传》："梁太后临朝，规举贤良方正。对策曰：'……陛下体兼乾坤，聪哲纯茂。'"王先谦集解引胡三省曰："以坤母临朝，以君天下，行乾之德，故曰体兼乾坤。"

通天洞

参禅洞府前，妙理可通天。
煮海收成日，炊云大有年。
凤凰朝日月，香火敬坤乾。
正道人间事，休言遇到仙。

井水村

渔事夕朝争，排箱泛海横。
晨光兼浪涌，明月伴潮生。
人劳何言苦，鱼鲜更出名。
罗源夸井水，沙白一湾清。

鉴江

蛇山晓雾吞，龟岫晚岚屯。
持笏凌云路，堆禾霁月村。
时闻风啸树，更听浪敲门。
圆屿秋帆远，已无人语喧。

虎角尾

海角梦魂牵，罗江胜万泉。
多姿礁打浪，一色水连天。
鸥鸟岩崖立，沙滩草本缠。
井村观日出，渔女美如仙。

泉港樟脚村

闽南石为魂，垒砌筑渔村。

体固狂风挡，年长古韵囤。
藤萝侵老壁，灯火透幽轩。
最美农家梦，从今是乐园。

鼓岭瀑布

邀水奏和弦，连山起紫烟。
卷帘疑壁挂，飞瀑似天悬。
岭色松情忆，涛声月影牵。
佳音鸣耳际，诗韵更无前。

题鱼吻荷花图

芙蓉香四溢，娇艳似明珠。
老鱼生恋意，玉女跃能图。
若不知羞耻，从来欠砍颅。
修身常检点，一吻必心虚。

顺昌纪游诗三首

元坑古民居

传家缘耕读，危塔自嵯峨。
画栋闲情远，雕栏逸趣多。
悠悠思岁月，久久醉山河。
厚积先民智，雄浑古朴歌。

华阳山

佳山几顾垂，湖畔立多时。
花木涟漪影，烟岚变幻姿。
闲情人缓缓，胜景意迟迟。
处暑秋天近，丹枫可再期。

合掌岩

迎客洞门开，晨光沐草莱。
山高仙鸟聚，景胜众人抬。
避暑鹰池住，临秋虎嘴回。
西安明月下，合掌谢禅杯。

贺诗社陈老师七秩寿庆

光阴不倒沿，重担已休肩。
秋去留仁义，春来想圣贤。
笔精描百岳，墨妙纳千川。
又到天伦享，羲皇不计年。

溪源大峡谷

仙境也曾游，十年岁月悠。
风光依旧在，碧水更长流。
鱼尾重开出，凤冠照例收。
敬香龙德寺，茫荡月明楼。

七夕

痴语付东流，红笺塞满兜。
更从今夕望，可是旧情求。
天上几时有，人间万事休。

知君离别意，又得一年愁。

浦城纪游诗四首

浮盖山

锁钥隐琼楼，登天胜景收。
仙霞关险峻，折桂岭盘虬。
古道浮青去，清溪带翠流。
丹枫红四野，最好是金秋。

枫岭关

仙霞日月悬，关隘险如咽。
坎坷缘征路，盘迂过陌田。
分离山外别，相聚梦中牵。
羁旅无穷意，丹枫客子连。

匡山

摩云一柱擎，跃跃与天争。
路仄随山转，草多寻迹行。
崇贤常梦往，悟苦顿心生。

丹桂清香远，登峰放眼明。

仙霞岭

官驿仙霞古，雄关跨浙闽。
松枝霜雪覆，竹径百花陈。
烽火烟尘旧，丝绸道路新。
骚人留墨迹，空海伴星辰。

【注释】

［空海］空海法师，日本僧人。空海法师于延历二十三年(804)，随遣唐使入唐学法，从霞浦赤岸、廿八都、仙霞岭、衢州、龙游经衢江下杭州经河南最终到达西安青龙寺，全程2400公里左右，回国时携回大量的佛教经典，对此后的日本佛教产生重大影响。

观三溪村龙舟夜渡

端阳前日到三溪，锣鼓声中已入迷。
好客主人邀试水，始知竞渡看心齐。

步韵唱和诗友七十初度感怀十章

每忆酸甜苦乐年，寸心得失未如烟。
人生都道光阴短，回首蹉跎一种牵。

其二

平凡出彩奈吾何，过去时光不恨多。
天下无欺唯白发，登高啸咏笑蹉跎。

其三

每当急景忆流年，幸有耕耘几亩田。
闲咏诗章幽意远，万千思绪达无边。

其四

奉献劳生总为家，遮风挡雨众人夸。
细心呵护无由报，开出缤纷绽好花。

其五

儿孙绕膝总开心，每日欢声是稚音。
都说夕阳无限景，最怜舐犊感情深。

其六

红尘不惑享天年，审定晨昏在眼前。
挖井扩渠成往事，源头为有护花妍。

其七

炎凉世态笑谈中，大爱应能挡北风。
旧雨无踪新雨续，收成一样不虚空。

其八

人无大爱总成空，格局高低预料中。
春去不愁花落尽，秋来看去满山红。

其九

凄风苦雨好消磨，命运低头又几何。
世界看开如我是，一枝栖息不增多。

其十

雾里看花也是花，人生到处景光佳。
夕阳不道长时好，落日归山我到家。

题鼓山喝水岩

朱子书台石壁幽，为寻活水理源头。
怪人呵斥缘何事，西涧泉枯东涧流。

重聚

鲜苔蒲草伴清莲，木槿花开暑热天。
记否那年炉火旺，绮庭再集续前缘。

赠诗社陈老师（二首）

三山文谳送春风，诗赞初心鹤发翁。
屈指他年吟唱盛，谁持牛耳定论公。

其二

各体兼长重古风，折枝义法领闽中。
悬壶更有东坡望，不负朝云不负翁。

【注释】

［朝云］王朝云（1062—1095），字子霞，北宋钱塘人，文学家苏轼之妾，《东坡自述》中的《朝云诗引》和《悼朝云诗引》均有提到她。

卷十六

赠金泰兄

巴山蜀水修成日，闽郡榕城初见时。
乡远弟多常作别，朋亲友善总相知。
成家立业还须早，处事为人不可迟。
一晃卅年霜鬓后，重修旧厝好题诗。

访林浦村

村绕乌龙江水闻，凤翔九曲海风熏。
濂江书院开朱子，南渡衣冠染宋云。
行在殿堂三杰立，尚书牌匾五英勋。
林家几代人才出，民约乡规胜露筋。

【注释】

［三杰］宋末三杰，文天祥、陆秀夫、张士杰。

［露筋］露筋祠，俗称仙女庙，故址在今江苏省高邮县城南三十里，附近有贞女墓。宋米芾《露筋庙碑》载：有女子夜行至此，因妨男女之嫌，而不求宿附近人家，宁居郊野，被蚊食尽皮肉，露筋而死。后人为表彰此女贞节，遂立祠以祀。

咏鹤

令名显著大江边，崔颢题诗又谪仙。
千载惟归华表月，一生犹忆道林天。
秦军淝水终闻怯，兄弟华亭未了缘。
最是孤山林处士，为妻为子过年年。

【注释】

［道林］支遁（314—366），字道林，世称支公，也称林公，别称支硎，本姓关。陈留（今河南开封市）人，或说河东林虑（今河南林县）人。东晋高僧、佛学家、文学家。

［淝水］淝水之战，发生于公元383年，是南北朝时期北方的统一政权前秦和南方东晋发生战争。

［华亭］华亭鹤唳。典出《世说新语笺疏》：陆平原河桥败，为卢志所谗，被诛。临刑叹曰：“欲闻华亭鹤唳，可复得乎！”南朝梁刘孝标注引《八王故事》曰：“华亭，吴由拳县郊外墅也，有清泉茂林。吴平后，陆机兄弟共游于此十余年。”引《语林》曰：“机为河北都督，闻警角之声，谓孙丞曰：‘闻此不如华亭鹤

唤。’故临刑而有此叹。”

咏蝉

阵阵蝉声唤客痴，频将清响出高枝。
餐风雅士低昂语，饮露佳人啸咏诗。
半野亭中思几日，疏林月下立多时。
一生抱负孤难展，从不忧愁作怨辞。

祝维江兄荣退

岁月匆匆为护河，金梭织就织银梭。
青山依旧夕阳好，绿水还将富裕多。
十载无暇思去路，一心笃定敢爬坡。
从容退食天伦享，重拾诗情又满箩。

次韵余老师《执教五十周年感怀》原玉

绛帐生涯未解骖，还思年富发轻鬖。
也曾时有天如晦，尤觉多为水更蓝。

执意搭梯牵后学，一心垫石到春蚕。
清廉守得千秋在，道德文章又指南。

次韵陈莪老师《改革开放卌年颂》原玉

化雨春风大地敷，生民一夜尽欢娱。
农村初试承包路，沿海先行开放区。
绿水青山依我护，济贫解困赖君扶。
卌年弹指繁荣后，再展中华崛起图。

采摘水蜜桃

顽头欠一刀，七月采蟠桃。
织女刚倾诉，猴王又较高。
只需三亩宅，何惜一霜毛。
引得神仙种，年年西母饕。

咏庐山五首

白居易草堂

徘徊竹径边，司马共流连。
长恨歌伤感，琵琶响耳前。
秦中吟世态，乐府出新篇。
白俗何由说，诗章动九乾。

【注释】

［司马］江州司马。唐代诗人白居易曾被贬为江州司马，其诗《琵琶引》云：“座中泣下谁最多？江州司马青衫湿！”后因以“江州司马”代称白居易。

锦绣谷

香炉紫气开，雾散见蓬莱。
沿道奇峰立，环崖秀柏栽。
谷临仙洞口，岭对白云台。
携酒邀明月，诗成共一杯。

美庐

美庐岸长冲，经年雾雨风。

山青阳气沐，谷翠月光笼。
畴昔谈兵马，今朝付酒盅。
时间如逝水，终究没英雄。

如琴湖

雾收全景出，牯岭见明珠。
林秀栖飞鸟，湖清戏浴凫。
爱山情一样，乐水意何殊。
犹觉琴声响，回眸似有无。

仙人洞

浓雾失良辰，风云变主宾。
纳凉真气爽，避暑倍精神。
过客曾传洞，寻谁欲问津。
江山留胜迹，来往复何人。

长汀丁屋岭村

丁村岁月长，版筑有余香。
古寨平居乐，先民和睦昌。
回廊连比屋，大道入祠堂。

耕读传家久，如今谱续章。

栾树

榕城扮靓装，红褐染金黄。
萌蘖更欣雨，老芽尤耐霜。
纵横栽大道，早晚发清香。
无患吾能胜，摇钱尔太狂。

仙游垒峰岩

仙境悬崖巉，卿云日夜衔。
天虚明碧树，林密簇危岩。
山下禅音绕，洞中神像嵌。
雄心酬远足，胜景倩谁搀。

江郎山

雄奇兄弟三，霞客乱烟岚。
风景远如画，神情近似憨。

千年藏古刹，万仞作今谈。
遗墨骚人在，平添几内涵。

尤溪桂峰晒秋节

农家锣鼓乐，户户亮明珠。
光彩丰收画，红黄富足图。
果蔬铺老屋，稻谷映清湖。
秋晒冬藏日，来逢国庆娱。

福州郊野公园

郊外半天欢，流连五凤峦。
风光留旧迹，古道忆归鞍。
快意游花径，闲情倚石栏。
身临无畔岸，野望更心宽。

宁武万年冰洞

竭来冰雪中，胜景岂雷同。

心似临仙界，身如入冷宫。
认知真有限，造化却无穷。
一出严寒洞，红霞正染枫。

大同悬空寺

山崖万仞悬，飞阁共骈肩。
雨落岩头外，冰融谷底前。
丹廊回晚照，朱户没朝烟。
暮鼓晨钟后，余音袅袅旋。

周宁鲤鱼溪

胜地百年欣，山村久入云。
仙源流水聚，神鲤逐人群。
保护还期汝，传承更靠君。
和谐长共处，海内美名闻。

屏南白水洋

巨石似仙耙，铺平在水洼。

既无寻海角，想必见天涯。
左右何能挡，东西可敢遮。
神奇迷宇宙，白水伴红霞。

永泰嵩口月洲村

缓缓水临轩，轻舟靠港屯。
楼真元幹第，石岂谢安墩。
累累烧鱼尾，朝朝仰圣源。
月洲千载盛，文化助乡村。

【注释】

［元幹］张元幹（1091—约1161），字仲宗，号芦川居士、真隐山人，晚年自称芦川老隐。芦川永福人（今福建永泰嵩口镇月洲村人），与张孝祥一起号称南宋初期“词坛双璧”。

［谢安墩］晋谢安与王羲之登临处。在今南京市城东隅蒋山半山上。唐李白《登金陵冶城西北谢安墩》诗：“冶城访古迹，犹有谢安墩。”自注：“此墩即晋太傅谢安与右军王羲之同登，超然有高世之志，余将营园其上，故作是诗。”宋王安石有《谢安墩》诗。

永泰春光村

悠悠古渡头，昔泊木兰舟。
驿道连天去，樟溪到海流。
梧桐常集凤，汀浦久栖鸥。
生态依然好，春光不懈求。

政和大岭村

大岭名声远，深秋试一行。
墟烟青瓦屋，黧老白云乡。
万节修篁绿，千株银杏黄。
四周群玉绕，举目乐无央。

【注释】

［群玉］群玉山，仙山，传说为西王母所居处。《穆天子传》卷二："天子北征，东还，乃循黑水。癸巳，至于群玉之山。"唐李白《清平调》词之一："若非群玉山头见，会向瑶台月下逢。"

渔村晚眺

渔舟唱晚影幢幢，灯火温馨透小窗。
重理梳妆频对镜，回头脉脉望清江。

咏寿宁西浦村四首

永安桥

十年三过永安桥，驻足仙亭感众骄。
一板一墩齐出力，炊烟两岸手相邀。

跃鱼轩

龙门一跃妇孺知，烧尾筵开出榜时。
已是寄窗三载望，泪痕染帕待题诗。

笔架山

翠微冈下古村环，稚子开蒙笔架攀。
洗砚清溪常照水，挥毫葱岭每看山。

状元坊

晓起梅花香自闲，冲寒早备满经纶。
桂林瑞器昆山玉，冠绝临安泪眼潸。

长白山天池

一探真容为有缘，笼纱处女绕云烟。
真疑天上瑶池水，流到人间返照天。

忆昔

忆昔儿时碧水湾，眠沙戏水见鸥闲。
片帆远出青山顶，疑是人从天上还。

赠寿山石雕刻师陈光波先生

心有构思无限想，事成寻觅遇知音。
浮云薄意刀功老，莫说三年手到擒。

悼广州诗人熊鉴先生

敢为讽喻志难寻，蒙幸斯民痛已深。
疾苦秦中重赋后，路边直逼乐天吟。

【注释】

［三、四两句］白居易《秦中吟》，熊鉴《路边吟草》。

渔家曲

潋滟金光灿若霞，晨昏美景到渔家。
扁舟一叶江波上，胜却银河万里槎。

寿宁诗社三十周年志庆贺诗

幸逢教化梦龙开，又得生花妙笔来。
丽韵华章传八郡，卅年都是苦心裁。

赠陆超华同学

岁月蹉跎感不真，匆匆已近白头人。
四年康乐园中意，恰似桃花潭水春。

赠姚启生同学

方寸荧屏连大千，天涯咫尺瞬间传。
与君隔日同天见，共谱真情万里篇。

卷十七

西湖行

胜日澄澜景色清，波光四面望来平。
芙蓉艳艳鱼嬉戏，杨柳依依鸟啭鸣。
高阁桥连湖上屿，廉山影绰水边城。
轻舟荡漾游人醉，栈道新铺健步行。

【注释】

［澄澜］澄澜阁，位于福州西湖。宋丞相赵汝愚修治西湖后，在谢坪屿威武堂故址，临水建阁，题曰“澄澜”，盖取澄清安澜之义。明万历三年，按察吏徐中行重建，尚书马森为之记。

咏大梦山

廉山几上望湖波，柳绿荷红拥梦阿。
亭阁凌虚无限叹，江山如画尽情歌。

趣闻逸事留传说，题刻碑文费网罗。
嗤笑猴王曾占有，敢教百姓奈其何。

【注释】

［大梦山］又名廉山，在福建福州市西湖之滨，广袤2华里，高不及40米。旧时，苍松蓊郁，排翠崇冈，轻风徐拂，远近闻声。“大梦松声”为福州西湖前八景之一。1957年改建为福州动物园。

七夕

天窥尘世寸心遥，排定群星架鹊桥。
苦旅迷途成昨日，金风玉露度今宵。
逢难别易留追忆，逝水流光慰寂寥。
料想来年应有会，缠绵无赖夜将消。

阳关

西行故旧再逢难，浪迹天涯不恨关。
古浪词成犹望月，渭城曲唱又登山。
星移斗转驱前路，垢面凋裘未下鞍。

自古丝绸多苦旅，几家悲叹几家欢。

【注释】

［古浪］古浪县隶属于甘肃省武威市，位于甘肃省中部，河西走廊东端，乌鞘岭北麓，腾格里沙漠南缘，东接景泰，南依天祝，西北与凉州毗邻。

登嘉峪关

汉家故地白云边，漫漫黄沙不计年。
独守西陲寒苦日，换来中土艳阳天。
登楼远望关山月，品茗倾听塞域篇。
莫道干戈真远去，古今征战未如烟。

玉门关

开疆容易守尤难，铁马冰河戈壁滩。
苜蓿琉璃来大食，丝绸茶叶出长安。
危楼镶玉驼铃响，迷路流沙雁队盘。
漫道雄关今日胜，当年革裹几人还。

【注释】

［大食］唐、宋时期对阿拉伯人、阿拉伯帝国的专称和对伊朗语地区穆斯林的泛称。

敦煌莫高窟

当年丝路响鸣沙，西出祁连夕照赊。
洞绘大千迷佛国，窟开三届聚僧家。
藏经证史弥珍贵，留画窥风足可夸。
华夏文明惊世界，敦煌显学灿如霞。

咏伞

骨借修篁纸作身，桐花树里最相亲。
屈伸不怨情弥贵，遮挡无私品自珍。
坊巷春声迷远影，河梁秋水又逢人。
撑开一片新天地，任尔风吹雨打频。

秋雨

浓云翳日雨连天，心似涟漪秋水前。

去岁赠言萦可忆，今朝离恨断难研。
已成往事留真味，不有回头续旧缘。
鸿雁假如还肯托，聊将愁绪寄长篇。

步陈会长《九江铜锣湾广场开业庆典暨大中华诗词协会第一届第一次会员大会召开》韵

欣欣盛世助铜锣，国祚升腾好放歌。
佳客盈门开骏业，诗人兴会赋山河。
争先万马驱雷电，竞发千帆逐浪波。
更喜浔阳回望去，成峰成岭耸嵯峨。

四十周年聚会赠同学，叠三十周年韵

扬帆粤海巧因缘，岁月如歌已卌年。
四载知机先手得，一朝闻道慧心连。
真才引领多谋断，科学攀登又克坚。
名就功成无可悔，回眸往事总缠绵。

附《三十周年聚会赠同学》诗："岭南负笈启君缘，

君是风流美少年。月映珠江常往返，花开中大共留连。异乡飘散心犹苦，同学交情岁愈坚。此日相逢怀旧日，一杯祝愿意绵绵。”

甘乳岩千年含笑被台风摧毁

重访恰晴天，桃源别十年。
甘岩稀接踵，清水少摩肩。
含笑迎人立，开心倚树眠。
狂飙今夺去，何物壮山川。

赖源溶洞

赖源清透澈，四季似春山。
佳节犹从雅，丰年未放闲。
泉来千里外，洞隐万峰间。
水渗溶岩壁，神工鬼斧还。

访罗坊云尤桥

廊桥似玉弓，飞跨气如虹。

画栋妆油彩，雕栏饰镂空。
莅临欣结伴，考察喜偕同。
一笑存疑处，还来问店东。

缅怀项公

抱器守初衷，筹粮灭敌戎。
危亡随左右，旦夕走西东。
战伐焉珍命，和平忍对穷。
鼎新须革故，先试亦英雄。

贺《赣鄱文学微刊》一百期

浔阳雅韵香，溢彩映流光。
词客微刊聚，骚人网站芳。
江洲书丽藻，湖畔谱华章。
共祝吟坛盛，尧年逸致长。

冬至书怀

冬至感阳生，思春气自平。

人情还旧雨，物理蕴新荣。
节序无差别，襟怀有晦明。
山梅容破腊，岸柳待冲萌。

次韵诗社老师《答谢胞弟鼓励》原玉

诗坛好手绘三春，绿草茵茵不染尘。
传美三山多善举，天怜兄弟两贤人。

赞诗坛两兄弟

折枝夺冠每从容，艺苑诗坛花满丛。
兄弟赋情称老手，无边风景乐无穷。

答谢陈君赠书（二首）

骄阳赠送折枝书，厚意真情必永储。
弄月吟风同所好，才思泉涌我难如。

其二

到处逢人说项斯，感君才调胜微之。
互帮互学应如是，要为同心赋折枝。

赠诗友（二首）

再次尧年见谪仙，鏖诗何处起风烟。
惊天句出缘新锐，更领云程路九千。

其二

领军新锐有真功，七步诗成笑傲中。
若议骚坛牛耳执，十年谁敢再称雄。

阳关

关驿无眠月色新，回眸万里只风尘。
忽听一唱还三叠，应是同为沦落人。

炎夏

烈日炎炎问悟空，当初山烤似蒸笼。
如何借得芭蕉扇，一扫人间尽冷风。

七夕作

年年七夕银河度，又是阴晴圆缺路。
何事人生古未全，朝朝说尽又暮暮。

八月十五日作

三月亡秦气焰嚣，神州黯淡百年凋。
延河传檄惊天出，痛击豺狼夕与朝。

无题

独上危楼感月阑，愁肠借酒却无端。

婵娟今夜千山白，忽忆当时共折盘。

【注释】

［折盘］《文选·张衡〈南都赋〉》："结《九秋》之增伤，怨《西荆》之折盘。"李善注："《西荆》，即楚舞也。折盘，舞貌。"

咏赵家堡残身龙眼树

枯树逢春不足奇，身残爱子更能谁。
赵家遗脉赖君护，六百年来见最痴。

和诗友秋叹

秋雨连绵萧瑟前，忍知诸事已难圆。
府衙大干重呼又，情景还如似去年。

卷十八

次韵陈老师咏普洱茶

听人缕缕说茶经，廿载陈年未敢馨。
不惧壑深闻木魅，犹期叶茂问山灵。
一杯下肚通身爽，三碗回肠七窍醒。
浓淡随心凭喜好，冲烹熬煮看情形。

次韵陈老师咏秋

几场凉雨慰愁眸，时序轮回可是秋。
纨扇蒙尘将匣底，黄花啜露绽田畴。
凋零夔府兴嗟在，怀旧长安伤感不。
从古骚人多苦语，登高我自笑迎飕。

【注释】

［“凋零”二句］语本杜甫《秋兴八首》。夔府，唐置夔州，

州治在奉节，为府署所在，故称。《秋兴八首》是杜甫晚年为逃避战乱而寄居夔州时的代表作品，作于大历元年（766），时诗人五十六岁。

园丁赞

花开满树竞芬芳，园圃辛勤汗亦香。
三尺讲台欣相许，百年基础苦何妨。
任劳尤喜新材壮，无悔还期后学光。
到死春蚕丝吐尽，灵魂事业永流长。

讽吹牛

吾辈擂夸我最羞，谦谦应不入时流。
呼儿为父比官大，堆贝如山看尔牛。
白发三千多几丈，黄河九派可全收。
粗茶竟敢当金卖，认祖韩人任自由。

戊戌中秋作

经年寡味总催愁，三五清光又满楼。

心若融通期月泻，事能透亮远潮流。
桂花肯酿仙人酒，菊瓣还沾野老头。
聊把团圆话今夕，频叨旧事对悠悠。

游武当山五首

武当山

一上武当巅，无双现眼前。
腾云锄鬼处，驾雾斩妖天。
太极三丰派，修身万众虔。
十年山下过，福地续新缘。

天柱峰

一柱紫云垂，擎天道法施。
观楼多斗角，塑像却慈眉。
群岭烟缭态，层林翠染姿。
登高瞻胜景，福地便无疑。

金殿

金顶入云天，城墙曲折旋。

威严依旧在，胜况未如烟。
巧夺神工造，浑然五百年。
人间言已换，还就问升迁。

太子坡

花香九曲环，观院拥狮山。
一瀑飞明镜，千峰竞秀颜。
参差重叠置，错落静幽间。
天道浑无别，登门意自闲。

磨针井

都言杵砺针，远近不须寻。
意志坚如铁，精神重似金。
观名应体悟，道理必亲临。
漫漫人生路，成功在养心。

次郑会长《无题》韵（二首）

六载裁诗见二毛，至今还觉隔靴搔。
心高才浅终须补，风韵难成老妇骚。

其二

诗值人言不一毛，无钱痒处倩谁搔。
难同大道宁须释，独赏幽芳我自骚。

和诗友陋室吟

诗体高标揖太冲，剪裁每苦不由衷。
枯荣看淡心声赋，方显峃然意岂空。

次韵友人秋雨（四首）

应时好雨涤器尘，草木清新望眼频。
湖畔烟深弥漫处，一竿独钓是何人。

其二

也知潦雨最关情，忍对高堂说远行。
牵挂人间言不得，雨声一路伴心声。

其三

倾盆豪雨满溪流，一半怡情一半愁。

消暑祈求无水患，农人收获在金秋。

其四

敢有闲情水样流，甘霖一降解人愁。
暂收炎热凉初到，已是中元可是秋。

泰宁大金湖

欲上金湖路八千，波平十里隐岚烟。
扁舟乘兴瑶池去，到岸还看一线天。

赠逸仙诗社郑老

未曾谋面感情真，引领诗坛我望尘。
只上高原桑独植，赊从不记助于人。

从连江定海湾眺望马祖

马祖连江一水间，南竿定海半日还。
愁情却是深如海，九曲回肠似岸湾。

【注释】

［南竿］南竿岛，属马祖列岛，有南竿、北竿两岛屿。

百六峰诗社复社三十周年贺诗

百六峰头唱大千，欣逢胜事际尧年。
弘扬国粹诗人幸，卅载同心赋美篇。

戊戌重阳

重九欧池尚见萍，登高意趣伴清泠。
金黄问遍无寻处，还看榕城满眼青。

重阳登天马山

从容一跃看云飞，天马丹枫叶正肥。
泛菊裁诗人欲醉，茱萸犹插满头归。

缠足

潘妃舞罢又银娘，步步金莲三寸长。
纤妙还须看掌上，却无人道此悲凉。

优伶

浑浑噩噩捧名伶，优孟衣冠最典型。
除了拜金全不顾，良心丧尽岂逃形。

学诗

才疏不敢学知章，万事艰难看守常。
陶冶性情方令上，谪仙识得是真狂。

【注释】

［知章］贺知章（约659—约744），字季真，晚年自号四明狂客，唐代著名诗人。

游花海公园

一江秋水动心遐，花海无边灿若霞。
潮涨洲头鸥独立，扁舟一叶是渔家。

读毅雄教授《杨浚传略》感赋

入幕西征助塞防，葆桢府上续宗棠。
德高文重榕城仰，奉祀应归宛在堂。

【注释】

［杨浚］字雪沧，号冠悔道人，清道光十年（1830）生，晋江县十九都曾坑（今属石狮市湖滨曾坑村）人。

［宛在堂］于福州市西湖公园开化寺东，系明清两代福州诗人纪念堂。

和诗友咏山城卫矛

山城萧瑟感苍凉，有树迎霜不惧霜。

莫道枯枝伤叶落，来年喜看又春芳。

题掌上蝶图

真疑山伯与英台，梦里双双化蝶来。
似有幽怀言不尽，翩翩掌上忍离开。

五彩苏

生来炫丽夺天工，五彩缤纷四季逢。
百卉丛中无逊色，不关凋谢最从容。

弈棋

帷幄运筹方寸间，谈兵纸上叩雄关。
出将入相随君意，千里纵横似等闲。

渔光曲

晨曦布曙送金光，海上潮生势渺茫。

踏浪还看谁更早，渔夫张罟待朝阳。

浪花

堆雪滩头涌石苔，返身不顾誓重回。
纵然沤沫归深海，也要惊天动地来。

题老汉糜粥图

知足人生常快乐，粥糜应可享天年。
若无地上亏心事，也好相逢在九泉。

题醉酒图

白衣陶梦是交知，阮醉如泥遂不疑。
避祸解忧焉本事，千巡李杜尚能诗。

卷十九

六十九周年国庆

金秋十月展红旗，大好河山罨画姿。
雪洗百年奇耻日，迎来民族复兴时。
艰辛伟业惊寰宇，改革华章固国基。
丝路扬帆千万里，凤凰韶乐奏朝仪。

贺闽侯鸿尾穆源诗社成立

择日山村韵事新，乡亲结社穆源滨。
吟风浩气清歌远，弄月幽情雅和醇。
稻谷金黄疑似画，果林绿翠胜于春。
丰年为有襟怀放，丽句频添乐比邻。

重九吟

佳节逢时叶正黄，金英绕屋映秋光。
登高盛事三山幸，杖蔗盈情九日昌。
重粿遗风欣载酒，纸鸢旧俗喜迎霜。
纵眸更望云天外，如醉乡关对夕阳。

【注释】

［杖蔗］福州重阳节旧俗。与其他地方不同，老福州重阳登高时往往要携带甘蔗，取甘蔗‘节节高’的寓意，寄托着人们对日子一天比一天红火，孩子快快长高、长大的希望。

读书乐

无事闲来便读书，圣贤相伴享平居。
明窗几上花香袭，故纸行间岁月除。
古语如金须置榻，箴言似玉已悬鱼。
人生快意何能比，学海遨游竟不虚。

【注释】

［置榻］典出《后汉书·陈蕃传〉》："蕃（陈蕃）在郡不接宾客，唯穉来特设一榻，去则县之。"

［悬鱼］典出《后汉书·羊续传》。汉时官吏羊续为南阳太守时，有府丞送鱼给他，他把鱼挂起来，府丞再送鱼时，他就把所挂的鱼拿出来教育他，从而杜绝了馈赠。

咏竹（得"高"字）

东坡居士仰其高，郑燮挥毫气自豪。
笑傲七贤明月下，此君亘古领风骚。

其二

每过开春节节高，清风明月乐陶陶。
虚心不是因才少，留得深情写俊豪。

夜吟（得"多"字）

雨后清霄鸟入窠，扶疏树木影婆娑。
骚心不解闲幽意，又惹诗情画意多。

其二

品茗凉亭对月歌，清词丽句作消磨。
劳生应许长相伴，万种风情入梦多。

秋云（得“霞”字）

愿作人间八月槎，金风一夕到天涯。
借来万里银河水，浇灌神州酿彩霞。

其二

循环天地烂如霞，从此劳生未有涯。
但送清凉多几趟，甘霖八月到千家。

其三

澹宕晴空舞白纱，犹怜鸿雁送归家。
妾身不作红尘恋，为有斜阳绘彩霞。

论诗（得“扬”字）

吟风弄月六年长，山水徜徉倚夕阳。

陶冶身心堪大用，传承国粹再弘扬。

其二

二谢三曹不可量，子山元亮韵悠长。
最崇工部精严律，哲理东坡又发扬。

【注释】

［二谢三曹］二谢，谢灵运、谢朓。三曹，曹操、曹丕、曹植。

［子山元亮］庾信，字子山；陶渊明，字元亮。

听雨（得“醒”字）

阵阵蕉声唤梦醒，十年羁旅感伶俜。
雁书昨夜挑灯读，犹忆椿萱泪涕零。

其二

昨夜秋霖扣竹扃，桂花零落尚余馨。
吟诗无味还情怠，总把愁怀慰独醒。

赞环卫工人（得“腾”字）

传祥事业众人称，模范精神要继承。

扫净严寒归酷暑，从来不作梦飞腾。

其二

戴月披星最底层，尘埃扫尽盼年登。
城乡洁净人夸好，赢得宜居美梦腾。

【注释】

［传祥］时传祥，掏粪工，全国著名劳动模范。

遣怀（得“秋”字）

无为之乐历春秋，六载吟哦欠砍头。
敢学老元偷格律，香山丽句醉盈眸。

【注释】

［老元］元稹，字微之。唐白居易《编集拙诗成一十五卷因题卷末戏赠元九李二十》：“每被老元偷格律，苦教短李伏歌行。”

其二

搜罗冬夏又春秋，弄月吟风乐不休。
且把端居成韵事，流年急景慰愁眸。

感恩（得“深”字）

艰辛创业记初心，改革春风有幸临。
致富扶贫捐巨款，人间大爱动情深。

其二

彩衣娱老古今寻，扇枕温衾尽孝心。
亲殁身荣思负米，仲由故事至情深。

【注释】

[彩衣娱老]《艺文类聚》卷二十引《列女传》：相传春秋时楚国老莱子事亲至孝，年七十，常著五色斑斓衣，作婴儿戏。上堂，故意仆地，以博父母一笑。

[扇枕温衾]典出汉朝时期，孝子黄香的故事，形容对父母十分孝敬。

[仲由]仲由春秋时鲁国人，字子路。典出汉刘向《说苑·建本》：“子路曰：‘负重道远者不择地而休，家贫亲老者不择禄而仕。昔者由事二亲之时，常食藜藿之实，而为亲负米百里之外。亲没之后，南游于楚，从车百乘，积粟万钟。累茵而坐，列鼎而食，愿食藜藿为亲负米之时，不可复得也。’”

晓起（得“酣”字）

鸡鸣旅次见晨岚，漫步田畴咏绪酣。
昨夜桃花如梦里，似曾携手过春潭。

其二

早行小径露华涵，风送微凉过竹庵。
一片山花红似火，诗心也共染春酣。

自怜（得“嫌”字）

百无一用享安恬，辛苦吟成不我嫌。
寄傲南窗明月下，蟾光虫语共侵檐。

其二

天命应知不附炎，从来媚上让人嫌。
老来风味林泉好，莫负时光雅韵添。

名刺（得“衫”字）

三年与汝着青衫，今乍相逢觉不凡。
世上至难唯学问，千金易买是头衔。

其二

如今沽钓喜头衔，看惯权当作草芟。
靠唬诓尊吾不信，任他马褂套长衫。

秋夕（二首）

凉风拂面桂堂西，银汉迢迢听鹊啼。
闲弄辫儿时望月，含颦欲语画眉低。

其二

中天明月向谁牵，独立窗前人未眠。
鸿雁若传秋信去，只言疏影待君妍。

秋思

归心似箭雁吟诗，一样愁怀两地知。
月满西楼人不寐，秋风应带季鹰思。

【注释】

［季鹰思］莼鲈之思。《世说新语·识鉴》：“张季鹰辟齐王东曹掾，在洛，见秋风起，因思吴中菰菜羹、鲈鱼脍，曰：‘人生贵得适意尔，何能羁宦数千里以要名爵！’遂命驾便归。俄而齐王败，时人皆谓为见机。”后来被传为佳话，“莼鲈之思”也就成了思念故乡的代名词。

论诗（四首）

七言律句十年裁，犹觉多音辨不开。
若使胸中成竹在，应知功到自然来。

其二

岂可无知信口开，骚坛今日见胡裁。
丛生乱象须除尽，不使清音染点埃。

其三

沾名岂可是初衷，悯世情怀方寸中。
学杜从来无捷径，爱心咏出夺天工。

其四

洗尽铅华句更工，真情尽出自然中。
清新淡雅流传远，一首床前万古风。

【注释】

［一首床前］指唐李白《静夜思》。

卷二十

榕树

广植三山伯玉功，越王台下绿童童。
炎方哪可无张盖，浓荫应能胜搭篷。
地命树名人更爱，根生乡土木尤隆。
风情万种今还是，千百年来郁郁葱。

【注释】

［伯玉］张伯玉（1003—1070），字公达，福建建安（今建瓯）人，北宋官员。英宗治平二年（1065）张伯玉移知福州。福州地处南方，入夏酷热，中暑生病的人很多。他到任后，经过调查，下令编户植榕，及至熙宁以后，福州绿荫满城，暑不张盖，行人都感其德。

诗酒连珠

诗成总在酒浓时，酒饮朦胧好作诗。

诗咏酒香佳节庆，酒承诗味有年随。
诗心借酒千杯醉，酒胆融诗百首期。
诗到酒酣方恨少，酒添诗韵倩谁追。

五十七初度感怀

支离病骨事难成，择路犹思不可行。
卌载平居真避俗，半生寡味岂逃名。
柳花辞树风中意，凤鸟归林月下情。
闻说观音明日诞，红尘且放读心经。

先薯亭

乌山翠绿树吟风，先薯勋碑感念中。
冒死移根犹渡海，护生救世更横空。
灾年广植频纾难，瘠土贫肥不费工。
喜见桑田沧海后，至今腔调与君同。

【注释】

［先薯亭］位于福州市乌石山清冷台，是纪念明朝万历年间引种和推广番薯的华侨陈振龙和福建巡抚金学曾而建的。

冬日书怀

天气微寒已过秋，聊将素愿付江流。
枯荣看淡终无怨，贫富难均未有仇。
高卧西湖风入阁，低徊左海月临楼。
人生快意烟霞里，慢咏轻吟任自由。

参加诗钟活动有感

动宾词性类微分，佳构精严仅献芹。
典实空灵敲不定，吟髭拈断急如焚。

鏖诗

诗题险韵费吟呻，搔尽头皮半句贫。
红袖心忧疑有病，添香情意倒烦人。

忆苦（二首）

灾年无米下锅煮，农友上台批地主。
背井离乡乞四方，思甜忆苦泪如雨。

其二

早晚菜糠和泪煮，身披麻袋怕凉雨。
工头打骂又扬鞭，苦命劳生谁做主。

纪念毛主席逝世四十二周年

满门英烈已惊天，全是为民谁比贤。
一代图强终雪耻，丰功伟业万年传。

讽拍马（二首）

当真饱学命儒夫，品性人称像狗模。
入木三分谁匕首，可怜鲁迅骂其奴。

其二

附庸风雅假儒夫，人后人前学狗模。
使舵见风高手样，欢欣领导赏其奴。

步韵赞吟友

草根自号识金明，语出惊人已不惊。
作赋吟诗多面手，比谁更有此风情。

次韵贺百六峰诗社陈社长八十大寿

倾心事业享光荣，八秩襟怀满玉觥。
尤喜峰头重百六，一峰更比一峰宏。

【注释】

［百六峰］地处福建闽侯，为五虎山支脉，自西向东绵亘，起伏蜿蜒于清廉里、灵岫里和永庆里，终脉为塔林山（尚干珠山），计有160个小山头。

戊戌年阳历九月十一日偶题

撞机恐怖欲惊天，双塔人悬命化烟。
悲剧频生缘底事，应多检点好安眠。

祝贺《陈芳绝句一百首》出版

清词丽句韵悠长，咏絮才高续缥缃。
更有丹青夸妙手，诗情画意共芬芳。

戊戌中秋（四首）

人间情满一轮牵，今夜中天月最圆。
灯火千家同醉赏，蟾光璀璨桂香妍。

其二

菊芳桂馥正秋浓，盛世良宵重笑逢。
千里婵娟人共醉，一杯美酒庆年丰。

其三

三五清光桂正开，金风飒爽荡尘埃。
一年好景无萧瑟，醉伴嫦娥共舞来。

其四

今夜神州宴集开，只缘十五月圆来。
仙人不解凡间意，也聚瑶池学竞猜。

无题（二首）

世态炎凉岂可叹，充闻鸡犬上天欢。
一从笼子成空置，五子登科都拜官。

其二

千年人性古难论，在季登天各一门。
做鬼官家无逊让，特权极限到冤魂。

杂题（三首）

岁月不能安谢草，初心笃定师兰考。

附庸风雅岂当真，百姓称心方是好。

【注释】

［谢草］《南史·谢惠连传》："族兄灵运嘉赏之，云'每有篇章，对惠连辄得佳语'。尝于永嘉西堂思诗，竟日不就，忽梦见惠连，即得'池塘生春草'，大以为工。常云'此语有神功，非吾语也'。"清张廷璐《送魏定野归柏乡》诗："莱衣爱日春方永，谢草关情梦未安。"

其二

自始不甘为小草，偶翻世说挑灯考。
东山远志倩谁知，一战前秦终说好。

【注释】

［世说］《世说新语》是南朝时期的文言志人小说集，由南朝宋临川王刘义庆组织文人编写，又名《世说》。其内容主要是记载东汉后期到晋宋间一些名士的言行与轶事。

其三

尤喜鸳湖清带草，陈公偏爱杨花考。
红尘独立赋情才，人是风流诗也好。

【注释】

［"陈公"句］陈寅恪先生著《柳如是别传》。

无题（三首）

人生何处不吟诗，只待情浓与意痴，
秋老江南花事渺，闲来总是忆当时。

其二

病年寡味少精神，枕上相思只旧人。
我未成名君已嫁，到头情语误终身。

其三

泪眼无言应有讳，厮磨耳鬓忆情歌。
当时不解因年少，长恨春浓悔不播。

纪念“九一八”（四首）

历数百年多泪痕，蛇来熊走想鲸吞。
山河破碎斯民苦，狼子欲除华夏根。

其二

兽行累累动长空，奋起图存志不穷。

杀尽豺狼拼尽命，万千靖宇是英雄。

其三

痛史当年不忍真，和平世界足弥珍。
前车之鉴终须记，勿忘英魂警后人。

其四

英雄勿忘尽堪歌，国难当头志士多。
血洒疆场歼敌寇，白山黑水举旌戈。

赠诗友（二首）

去意红尘却可怜，袈裟著了亦难眠。
冬郎忍舍香奁好，重上扬州再拾鞭。

【注释】

［冬郎］晚唐诗人韩偓，小字冬郎。

其二

秋霄月上孤眠冷，梦入鸡鸣函谷幽。
紫气东来无影事，红尘路上且归休。

石斛

唇瓣花开独自看，红黄紫白淡如兰。
一身劲节无尘土，附干攀岩不畏难。

赠谢茗女史（二首）

谢女婀娜立画屏，茗香妙手绘丹青。
雅情只愿惺惺惜，韵味唯教淡淡馨。

其二

越女浣纱韵事新，山长水阔亦怜人。
书情写意怡心远，院落溶溶月色银。

咏永春（二首）

万家灯火映桃溪，十里长堤绿叶齐。
生态一流春永在，芦柑宋荔使人迷。

其二

桃溪九曲水流长，四季如春百里香。
忆有翁公飞白鹤，亚琼俊德又名扬。

【注释】

［白鹤］白鹤拳又名永春白鹤拳，是明末开始发展的福建省民间传统拳术之一。原无系统，渐次发展出四个派别，依其外形姿势特性等，分为飞、鸣、宿、食等四类，统称为白鹤拳。

［亚琼俊德］陈亚琼，排球运动员，福建永春人。1978 年入选国家队。弹跳好，滞空能力强，尤善拦网。在第三届世界杯女子排球赛中被评为个人拦网第三名。其所在的国家女子排球队曾获第二届亚洲女子排球锦标赛、第三届世界杯女子排球赛、第九届世界女子排球锦标赛和第九届亚洲运动会女子排球比赛冠军。两次获国家体育运动荣誉奖章。林俊德，福建永春人，中国爆炸力学与核试验工程领域著名专家、总装备部某试验训练基地研究员，2001 年当选为中国工程院院士。2018 年 9 月 20 日，经中央军委批准，增加“献身国防科技事业杰出科学家”林俊德为全军挂像英模。

感谢闽南诗友毅雄教授赠书，我与闽南的诗缘始于六年前的安平诗社（二首）

安海诗缘六载前，温陵喜获识精研。

楹联冠悔堂笺注，只为挑灯一睹先。

其二

楹联笺释卅年功，文理兼长韵亦工。
国学传承凭已力，刺桐深巷见春红。

钱江观潮（二首）

翻江倒海气如洪，拍岸惊天动地雄。
莫道怒涛留胥恨，扬清荡浊浪排空。

其二

浪涌江天气势高，钱塘八月领风骚。
风骚最是谁能比，敢踏潮头驾胥涛。

卷二十一

绝壁松

叶茂枝繁意态丰，扎根绝壁乃从容。
干云豪气今何在，却话悬空两小松。

次韵陈清源雪峰寺牡丹

曾遇神都始有期，与僧闲话忆风姿。
起看国色移根处，十亩天香是旧知。

赞环卫工人

夫妻来自白云乡，誓扫人间不计年。
晨伴星星昏带月，榕城四处见花妍。

题田园牧歌图

牧笛烟岚伴晚霞，田园美景醉农家。
老牛喜作丰收梦，漫步夕阳犹带鸦。

题寒水孤舟图（二首）

孤舟寒水可叹嗟，四季艰辛何处家。
雨去风来无所系，倩谁泛宅到天涯。

其二

惑雾疑云似有无，心存妄念感迷途。
不如一叶扁舟去，烟雨蓑衣泛五湖。

说蟹

人间霸道凭谁责，天赐横行群斥之。
待到众人皆说好，一年又是菊黄时。

看新版龟兔赛跑有感

警世良言意出新，当惊多少梦中人。
有才若不恒心在，纵是豪情也望尘。

题水中捞月图

水中捞月费沉吟，演绎人生感不禁。
世上痴心多过客，谁能识得此良箴。

题滚石图

男人责任大于天，滚石还看有铁肩。
多少郡君居国外，扪心敢拜此图前。

立冬感怀

病里茫然又立冬，衰颜对镜揽初衷。

歌阑曲尽犹回味，步履曾经疾似风。

贺友人公子新婚

琴瑟和鸣寓意长，枝头连理溢芬芳。
弄璋不远重添喜，修得齐家岁月祥。

观赵老打太极

行云流水刚柔济，健体强身第一功。
国粹精华传久远，旗山赵老学三丰。

重庆公交车坠江事件有感

两牛争斗看谁牛，只为相残竞上游。
江水滔滔全不顾，蛮夫恶妇又何求。

咏落叶

翻成灿烂始萧疏，况是离枝亦不虚。
化作春泥犹护嗣，婆娑树影满阶除。

品茗有感（二首）

人生滋味与茶同，苦尽甘来本素衷。
绿叶情怀无限意，相知都在一壶中。

其二

晨起朦胧便理茶，曦光布曙透红霞。
老身始信相如渴，饱食终无曼倩嗟。

【注释】

［相如渴］典出《史记·司马相如列传》："汉司马相如患有消渴疾。"后即用"相如渴"作患消渴病的典故。

［曼倩］东方朔（前154—前93），字曼倩，西汉平原郡厌次县（今山东省德州市陵城区）人。西汉时期著名的文学家。

读《长恨歌》

一篇长恨夺风情，妓诵能夸涨价成。
更出牛童村妇口，流传今日最欢迎。

西湖赏菊

人流如织赏秋来，胜事西湖气象开。
白紫红黄无暮色，花香蕊艳作诗材。

和友人理发戏作

顶上风光赖剪修，端详对镜暂无愁。
要知景色千般好，占得屏山第一楼。

晚亭

依依不舍忍谁听，燕语呢喃绕晚亭。

明日终成新嫁妇，萧郎保重久叮咛。

再赠诗友

露布频频据上游，才高八斗笑沧州。
当年若见唐时月，高适应羞渤海侯。

【注释】

［高适（约704—约765）］字达夫，唐朝渤海郡（今河北景县）人，唐代著名的边塞诗人，曾任刑部侍郎、散骑常侍、渤海县侯，世称高常侍。

永泰嵩阳诗社四十周年贺

秋光潏宕到诗乡，千载芦川雅韵香。
秀水淑山如画里，骚坛兴会醉嵩阳。

赠百六峰诗社吟友

峰头百六几多癫，惹得诗翁也欲仙。

痴语痴情人易醉，嫦娥唤出舞吟鞭。

访寺偶题

亭午秋深叩寺扉，禅心不为梦芳菲。
红尘已觉红墙外，却见园中放紫薇。

蒲公英

阡陌生根野草同，花如柳絮漫随风。
绒绒一片天涯去，却留深情故土中。

新月

纤魄又见挂中天，客里光阴似旧篇。
待到晶盘晖洒下，西楼一上望无眠。

乡愁

河汉吊脚港头前，知了声中过夏天。
猛忆榕须闲样态，晨昏相伴共流连。

题紫藤萝图

满架浓阴灿晚霞，垂香紫穗进田家。
依心不尽丹青意，画上黄鹂展物华。

忆西湖

雷峰夕照水波平，忆有杨花一路迎。
苏小坟前长驻足，凝听柳浪荡莺声。

题山雨欲来

狂风折树有悲鸣，悯世情怀一任倾。

待到扎根厚土后，岿然立地不心惊。

踏青

踏青游女为谁狂，展尽芳姿嬉戏忙。
新燕也知春意闹，穿帘犹自带花香。

海棠

燃烛情怀不为谁，怜香惜玉护芳姿。
海棠识得东坡意，淡抹胭脂与画眉。

【注释】

［“燃烛”句］宋苏轼《海棠》诗：“只恐夜深花睡去，故烧高烛照红妆。”语本此。

小家碧玉

识得刚柔不畏难，小家碧玉亦庄端。
玫瑰芍药人前放，明理知书心更安。

春语（四首）

送暖春风慰展眉，红黄白紫曳芳姿。
清香似诉相思语，解识柔情不得知。

其二

春花一朵似含愁，燕语莺声闹不休。
枯谢深怀谁识得，落花时节更情柔。

其三

恰如神女梦生涯，似醉潘郎已乱麻。
春到百花争绽放，安仁犹自爱桃花。

【注释】

［安仁］潘安（247—300），即潘岳，字安仁，河南中牟人。西晋著名文学家、政治家。

其四

天生一树满情痴，岂为搔头作弄姿。
为有崔郎钟意护，春来犹自扫蛾眉。

西禅寺宋荔

一骑红尘累美人，牧之咏史便奇珍。
荔枝谁植西禅寺，独自开来八百春。

【注释】

［“一骑”二句］语本唐杜牧《过华清宫绝句》：“长安回望绣成堆，山顶千门次第开。一骑红尘妃子笑，无人知是荔枝来。”

独钓

一抹斜阳树半遮，波光潋滟意无涯。
欲寻严濑滩头住，独对春江钓晚霞。

【注释】

［严濑］即严陵濑，在浙江桐庐县南，东汉严光隐居垂钓处。清陈维崧《醉蓬莱·感遇》词之二：“嶓溪严濑，千古同垂钓。”

赠府谷诗钟社诗友

七言雅韵出闽中，吐玉喷珠律最工。
府谷虽离千万里，诗钟同好喜相逢。

卷二十二

题农村婚宴

结彩张灯喜宴开，帐帏软座搭高台。
山珍海味何须说，厨子司仪城里来。

独坐（二首）

小楼独坐夜深沉，窗外微凉细雨侵。
隐几居人残影瘦，孤灯犹自伴清吟。

其二

残年岁末感荒芜，万物无情过眼枯。
晨对青山昏对月，愁肠搜尽作诗奴。

古田蓝溪

蓝溪过化有芳踪，书院遗传礼乐丰。
还看今朝逢盛世，依然绿水响淙淙。

戏题友人当奶爸

打起精神做奶爹，疼儿犹喜被妻夸。
爱情培出结晶后，都说三人更像家。

次韵赠诗友

行走诗人韵最深，千山万水写初心。
秦川八百归来后，可上珠峰险处吟。

观泉州木偶戏有感

公斋碌碌不知终，恰似泉州木偶同。

肉食曾经宏愿誓，犹惭愧傴一宵中。

参加赵玉林先生追思纪念活动有感

驾鹤高人一载分，追怀只为仰清芬。
后生应悔学诗晚，未有宗师德艺熏。

读赵玉林先生诗词感赋

天赋奇才妙韵多，当头厄运淡然过。
缠绵哀艳微之似，家国情怀梦也歌。

【注释】

［微之］元稹（779—831），字微之，河南洛阳人。唐朝大臣、诗人、文学家。元稹与白居易同科及第，结为终生诗友，共同倡导新乐府运动，世称“元白”，形成“元和体”。

无题（二首）

画楼帘幕卷轻寒，独自依窗泪暗弹。

败叶枯枝萧瑟处，黄花落尽又秋残。

其二

东君昨夜尽情欢，唤起莺声梦未阑。
香气袭人红湿处，画楼帘幕卷轻寒。

童趣

斗草弹珠到日昏，小人书店又忘魂。
直待娘亲频考问，也知挨打亦无冤。

贺陕西老年诗词新学会成立

童心永葆享天年，染韵闲情绘好篇。
结社今天成雅事，秦川八百耸吟肩。

大雪

送凉寒气到炎方，大雪谁人见卷扬。
三十天前塬上住，农夫早已备冬藏。

冬日西湖即事

细雨绵绵水色清，纡回栈道少人行。
老榕影绰鱼时戏，残柳姿寒鸟不鸣。

读友人诗集《留一半醉》（二首）

乘飔万里起云程，怀瑾初心一任倾。
煮茗榕城驰骋藻，昌辞半醉总深情。

其二

留香处处送芳菲，一榻茶烟坐翠薇。
半是神仙元是吏，醉人雅韵透禅机。

次韵友人题画诗

赏画题诗顾两端，莫将墨韵等闲看。
安贫乐道无尘染，未必陶潜傲骨寒。

贺维江兄咏母亲河百首诗成

巨制鸿篇雅韵成，风光人物总乡情。
诗吟百首皆精妙，写尽魂牵与梦萦。

贺诗友寿辰

螺洲家学有儒风，隐几南窗寄傲中。
逸兴遄飞增岁月，吟成佳什乐诗翁。

咏萝卜

艰难度日佐寒门，晒干腌藏慰断魂。
美味佳肴丰足后，有年记取不忘根。

步陈初良吟长雅韵敬和二首

西湖柳岸小桥东，拂浪莺声习习风。

一队稚童牵手笑，踏青也学赏花红。

其二

忆昔湖西宛在堂，弦歌咏唱尽书香。
折枝曾得抡元句，岁月蹉跎仔细藏。

次陈初良丈咏梅韵再和二首

孤芳独立意无穷，玉质冰姿寄傲中。
不惧凌寒开最早，一枝也为报春风。

其二

惆怅无须叹落英，高标意不在枯荣。
早开唯报东风讯，始信冰心傲骨清。

元旦抒怀（二首）

躬逢盛世又新年，四十华章喜事连。
改革初心开放路，奋蹄不待自扬鞭。

其二

新曦一缕出东方，万壑千山染靓妆。
上国频传春喜讯，众邦屏息待芬芳。

即事

吃枣佳人忽送，品茶老友频倾。
香甜苦涩回味，适意怡心忘名。

梧桐雨

桂风晨郁郁，桐雨夜纷纷。
秋感知何似，不言悲与欣。

戏赠友人泰国行

海国六天欢，闲情赋可观。
蛮腰椰树影，有否坠云端。

题友人《房间里的大象》图

吾兄打哑谜，皇帝着新衣。
如入陶瓷店，明白命百罹。

赠佳琳诗友

佳景赋联翩，琳琅满目前。
才堪追咏絮，情待杏花天。

破阵子　改革开放卌年颂

风起神州大地，春来锦绣江山。举国欢呼奔改革，效率提升一夜间，鼎新意志坚。

企业放开灵活，农村联产新鲜。政策富民求发展，脱困扶贫谋好篇，百年梦共圆。

西江月　依韵敬和郑老

大爱人间高举，惠风社会弘扬。助人为乐友情长，子女慕名久仰。

二十六年旧债，定当诚信来偿。中华美德溢馨香，书写兰章传唱。

满庭芳　庆祝百六峰诗社复社三十周年

奎阁吟诗，陶凄咏唱，听闻逸事融融。心生向往，思岁月匆匆。更叹残山剩水，人去散、骚客西东。从来是，料难世事，大地绿春风。

卅年弹指过，重燃灯火，又响诗钟。老友聚，折枝再领闽中。佳构空前凭说，续今古、大显神通。宏图展，到时还看，一百六峰红。

卷二十三

戊戌岁末感怀

一年容易近迎春，对镜相看只率真。
十载耽诗今似昨，犹惭逢着此中人。

赠诗友（二首）

相知似故人，梦想见成真。
一半堪留醉，屏山再写春。

其二

吟风又一春，七字写天真。
闽海繁花秀，还看逐梦人。

唐僧与女儿国

承恩妙笔生，三藏作西行。
万险逢凶化，千难见劫情。
娇声堪敌国，柔语可倾城。
应悔袈裟着，萧郎愧负卿。

小生

影视当年一小生，取经演火乱倾城。
女儿国里真胡语，已负如来又负卿。

生态龙祥岛

生态龙祥尚疍风，螺江一派水西东。
打鱼驾浪涛声里，种蔗耕田夕照中。
潮落滩头明月白，雨过岛上晚霞红。
桃源他日何寻处，仙境人间难再逢。

听福州方言尺唱表演

钹镲锣铙一阵敲，碗糕蛎饼与甜包。
闽中小吃方言念，钩起儿时尽美肴。

自适（得“通”字）

老去功名百虑空，唯愁韵律未能通。
诗情解识残年意，又入搜肠刮肚中。

其二

出处何须在意中，吟来一句乐无穷。
繁华落尽红尘远，禅定元知三径通。

情（得“逢”字）

十年往事未尘封，相册频开可梦逢。
才寄宽心诗一首，忍闻噩耗涕沾胸。

其二

岭南往事忆相逢，漫步康园绿草浓。
四载同窗求学路，念君机敏与谦恭。

读书灯（得“釭”字）

黄卷清茶坐对窗，寒天孤寂影幢幢。
初心独守无眠夜，相伴相知只玉釭。

其二

端居夜夜剔银釭，红袖添香月映窗。
拈韵吟诗相对视，抬头笑看影成双。

昨夜观灯（得“枝”字）

银花火树上元时，斗彩争奇灿万枝。
烟雨楼台人攒动，感情今日补题诗。

其二

坊巷通明接踵随，前头不动后头期。

欢声阵阵喧天处，最忆前宵璀璨枝。

瞻仰松毛岭战役遗址

青山凝碧血，浩气满苍穹。
忘死当年处，留名后辈中。
献花瞻圣迹，酹酒祭英雄。
犹忆硝烟烈，松毛岭上风。

【注释】

［松毛岭］位于长汀县东南，是与连城县交界的高山，南北绵延80多华里，东西宽30多华里，山峰险峻，森林茂密，因为此地生长了很多松树，故名“松毛岭”。1934年9月23日的松毛岭战役是长征前第五次反“围剿”红军在闽的最后一战，也是异常惨烈的一战。这一战，万余名无名红军战士身死松毛岭，为中央红军战略大转移赢得宝贵时间。

周宁江源龙亭

江源绕数嵩，清澈秀玲珑。
飞凤栖山麓，潜龙隐水中。

虎鸣藏鸟道，狮吼见蚕丛。
陟入桃源境，弦歌出学宫。

【注释】

［蚕丛鸟道］指险绝的山路。典出唐李白《蜀道难》。清戴名世《纪红苗事》：“开其蚕丛鸟道，通其百工技艺。”

残荷

寒塘影半疏，羞涩忆当初。
日出招莲女，偷花怯对鱼。

纪念《告台湾同胞书》发表四十周年

审时度势息纷纶，海峡频传浩荡春。
两岸浓情于血水，九州厚意岂沙尘。
千言寄语同胞福，一纸掏心兄弟仁。
莫使金瓯长久缺，扬鞭不待后来人。

风筝（二首）

纸鸢漫握把轻丝，风力蹉跎莫厌迟。
一自放松随意去，穿云拂雾失归期。

其二

愁心欲寄倩还谁，剪剪春风二月时。
若让纸鸢传意绪，应知轻薄不堪追。

东莞却金亭碑

革除弊政树新风，优化营商海路通。
造福一方今榜样，却金史上记丰功。

【注释】

［却金亭碑］位于东莞市莞城区北门外光明路、教场街街口，明嘉靖二十一年（1542）立，碑文记载了明嘉靖年间番禺县尹李恺与暹罗（今泰国）商人文明交往，不受酬金的的廉政故事。

虎门炮台

虎门青史载销烟，死战强梁又续篇。
积弱乞和多辱国，回眸往事仰先贤。

开平碉楼

谋生渡海别乡关，劳苦修来落叶还。
纵使安居应不易，碉楼高筑夕阳间。

罗浮山

粤海东坡此驻车，吟成佳什誉天涯。
曾传仙女来林下，梦里梅花是雪花。

【注释】

［“粤海”二句］苏东坡《食荔枝》：“罗浮山下四时春，卢橘杨梅次第新。日啖荔枝三百颗，不辞长作岭南人。”

［“曾传”二句］柳宗元《龙城录》载，隋代赵师雄在罗浮，

天寒日暮，醉憩酒店旁，梦遇一淡妆素服的女子与之共饮为乐。酒醒后发觉自己宿于梅花树下，始悟所梦乃梅花仙子。

纪念周总理逝世四十三周年

国联已下半旗哀，泪雨江天拨不开。
谁使九州同哭泣，长街十里送公来。

周宁仙风山

风嘶万马奔，岑岫白云屯。
向晚斑鸠没，清晨锦雉喧。
枯藤盘野径，古道近残垣。
上得须弥界，烟迷又雾吞。

龙祥岛甘蔗节

青纱为帐蔗为帘，湿地明珠隔岸瞻。
海月天盈凫鸟没，江潮水满鳜鱼潜。
诗心已共桃源往，画意还将佳节添。

今日排开欢庆宴，一年更比一年甜。

咏雄鸡

鹤立虽言无损我，司晨操守有担当。
高声一唱天能白，乐为人间作引吭。

北岳恒山

登峰敢御风，北岳古今雄。
铁马千年月，金戈万里空。
龙盘宁武异，虎踞雁门同。
若问神仙事，还看道教宫。

贺友人金婚

真情无价志相投，琴瑟和鸣五十秋。
牵手耕耘培秀木，三生缘定永同舟。

灵石王家大院

三晋出翘材，重门次第开。
雕梁如玉宇，画栋似琼台。
协力留珍宝，齐心筑丽瑰。
中华看大族，灵石有缘来。

腊八

腊八张罗喜上头，卿卿已乘木兰舟。
计程算得无多日，红豆拈来数减愁。

杨振宁

罕见奇才著等身，未知路上勇求真。
可堪积毁能销骨，无损科坛第一人。

再访林阳寺早梅

南国风和访上方，早梅喜讯出林阳。
花开但见年年似，来往同谁话旧香。

题群鹅嬉戏图

春波荡漾戏江潭，从小相亲姐妹三。
白翮仙姿时起舞，歌声婉转意犹酣。

宁德笔架山

三都旭日红，潮涨港湾中。
夕雾迷玄豹，晨岚隐大虫。
山形如笔架，峰势若弯弓。
远近高低看，风姿各不同。

贺大中华诗词论坛突破一千万帖

琼枝已茁芽，四季绽繁花。
欲放迎晨露，含苞待晚霞。
姿容多秀美，风韵亦柔嘉。
百卉齐争艳，诗坛感物华。

屏山玉兰

玉兰著蕊逐春光，占得屏山院内香。
独自殷勤开最早，风姿卓立溢芬芳。

次韵赠陈茅吟长

长乐今传一俊男，宅心仁厚尚深惭。
杏林诗苑丰收后，韵更悠扬梦也酣。

次韵陈清源梅花镇将军山看梅

吹来海气染花匀，喜见山头是处新。
我愿将军休弄笛，人间久盼满园春。

【注释】

［将军］桓伊（生卒年不详），字叔夏，谯国铚县（今安徽濉溪）人，东晋将领、名士、音乐家，号右军将军。桓伊善吹笛，有“笛圣”之称。《梅花落》是汉乐府中二十八横吹曲之一，自魏晋南北朝以来一直流传不息，是古代笛子曲的代表作品。唐李白《黄鹤楼闻笛》诗：“黄鹤楼中吹玉笛，江城五月落梅花。”唐高适《塞上听吹笛》诗：“借问梅花何处落？风吹一夜满关山。”

步天培社长《星光文化社迎新茶话会口占》韵

高朋满座问暄寒，璀璨星光映艺坛。
作画吟诗频探究，不时门外响和鸾。

次天培社长《听于山讲诗有作》

真知娓娓道来中，博学多才百事通。
探究精研寒暑里，感君水滴石穿功。

游闽越水都

岁末故山行，心驰酒酿香。
竹岐沙岸阔，古镇柳堤长。
玉宇迎新貌，琼台扮亮妆。
乡村文旅旺，闽越看图强。

咏马蹄莲

洁白似仙葩，清香自迩遐。
感君温室护，我亦报春花。

大同云冈石窟

石窟绕遭周，千年造像稠。
祥云随左右，紫气忽沉浮。
北魏遗存在，平城岁月留。
凿岩山载史，佛教写春秋。

春联惠民

凤舞龙飞又一场，梅香墨韵竞芬芳。
凌寒送出新年愿，对子迎春写吉祥。

呆坐

呆坐村头打麦场，久忘意气忆飞扬。
无欺白首常言道，最怕黄昏说夕阳。

鹧鸪天　送别

送别犹逢圆月时，长空万里梦相随。
灯前执手言难止，柳下回眸泪自垂。
人忽忽，夜迟迟，榕城孤寂任风吹。
殷勤等到平安后，一片冰心岂是痴。

罗源井水村

寻幽竹杖携，山径鸟欢啼。
面海墙垣矮，临风草本齐。
石头留久远，井水有高低。
君看渔排上，炊烟袅袅迷。

过年

街头结彩感祥氛，七十年华思不群。
喜撰对联辞旧岁，欣描清供待新闻。
明时应报春风沐，老境还添夕照曛。

屈指行程无几日，团圆滋味梦无垠。

平遥古城

华夏筑明珠，聪明智慧图。
旅游人致富，百业店回苏。
坐贾通闽海，行商达五湖。
八方迎贵客，笑脸打招呼。

梅雪连珠

雪压梅林破晓开，满山雪白缀红梅。
梅花映雪玲珑送，雪片迎梅剔透来。
梅喜雪肌添画卷，雪欣梅骨佐诗材。
咏梅吟雪豪情涌，踏雪寻梅意气恢。

腊月二十九日有怀

幽怀搅动意如何，又换桃符感慨多。
总把素心依日月，还将病骨老江河。

泉来庭院澄清水，风引松篁碧绿波。
赤壁卜居情独好，余生笃定大樟过。

福安狮峰寺

古刹耸闽东，千年自不同。
钟楼留宋韵，宝殿忆唐风。
心似舟回岸，人如鸟出笼。
一灯传久远，天子亦宸聪。

连江三十六堵

看景鸟争先，连江到海沿。
崚嶒岂映月，突兀欲摩天。
水面渔舟逐，港湾比屋牵。
山岚迷小径，石动忽心悬。

己亥春节（二首）

神州今日尽开颜，送暖春风一夜间。

为祝亲朋安且福，频将吉语出屏山。

其二

初阳一缕是新曦，爆竹声声送贺喜。
家国情怀今日满，江山锦绣更题诗。

同安野山谷

金溪喜转悠，己亥首春游。
昨日刚来夏，谁人忽鼓秋。
所期唯绿肺，还盼上山头。
登顶神清爽，葱葱一望收。

【注释】

［鼓秋］煽动；怂恿。

春行

春行恰遇养花天，雾拥山峦失眼前。
啼鸟声声呼起处，野花一簇竞争妍。

潮州青岚地质公园

鸿蒙寂寞中，疑似落苍穹。
处处闻啼鸟，时时见彩虹。
山泉飞瀑接，野径吊桥通。
石臼迷人眼，云根绮丽同。

咏水仙花

夜半隆冬不忍眠，只因清水一丛牵。
冰肌玉骨疑仙子，可是凌波到眼前。

春风寄趣

描红染绿物华新，送暖驱寒日渐频。
多彩江山欣画出，缤纷世界喜铺陈。
农人已备耕桑事，学子犹添精气神。
又是一年开局好，里阎早已见丝纶。

百六峰诗社复社三十周年

卅年文脉又连通，百六峰头气更雄。
名士赓酬留雅趣，高人啸咏有清风。
莲坛盛事情难尽，骚客良辰意不穷。
复社声名传海内，弘扬文化乐诗翁。

题安湖早春落日图

日落安湖洒夕晖，冰花玉树胜芳菲。
水禽也解闲情好，静享春光学息机。

【注释】

［安湖］安大略湖，北邻加拿大安大略省，南毗尼亚加拉半岛和美国纽约州，是北美洲五大淡水湖之一，属于世界最大的淡水湖群。

己亥元夕用东坡韵

院里樱花艳照天，春光一味作暄妍。

时乖意寡焉新岁，境老忧深又旧船。
初蕊唯知依嫩叶，枯枝可是惜残年。
鱼龙灯火升腾夜，荏苒光阴又上元。

诏安乌石山

寻幽梦里催，南诏我重来。
峻秀峨眉合，雄奇泰岳开。
林深群鸟下，海阔万帆回。
凌绝襟怀放，如痴醉一杯。

福州花海公园

花香四季间，潮汐缓流潺。
雨岸连樟水，云峰接鼓山。
风光多悦目，游客尽开颜。
呼侣题诗去，吟心半日闲。

周宁蝙蝠洞

半岭挂云肩，深藏一片天。

探奇惊壁上，寻秘乱人前。
鼓噪挥衣舞，回声引路穿。
自然皆有序，不忍扰安眠。

卷二十四

两马同春闹元宵

烟花竞夜争，灯火两通明。
锣鼓喧元夕，鱼龙闹五更。
亲情如一脉，习俗似同城。
满满今宵月，圆圆海上生。

于山兰花展

幽独发清香，名山九日藏。
餐霞花吐艳，嗓露叶浮光。
静听风临阁，闲看影入塘。
迎春君子会，馥郁韵悠长。

太原晋祠

绵延香火盛，晋水绿陂陀。
揽胜惊宁少，探源叹更多。
文明看北岳，礼乐起黄河。
青史光阴远，悠悠万代歌。

奉酬恩师见赠代人作

呵护枝条已著花，殷殷嘱托付芳华。
恩师教诲无由报，不改初心献国家。

独自

半生落拓已成翁，独自萧斋对晚风。
也知诗书无处用，闲将七字细论中。

背影

两情相悦更何求，牵手曾经许白头。
卌载伤心存此照，纵然背影也堪留。

福安流米寺

石径步萦纡，招提近海隅。
梵音传旧壁，禅语醒顽躯。
合掌明真谛，回头入坦途。
福安流米寺，溪柄访隋珠。

蒙山大佛

击毂作摩肩，蒙山洞烛悬。
北齐开盛事，南面立前川。
高祖龙兴梦，皇家礼佛虔。
重修辉异彩，古迹换新天。

过西湖见桃花被雨打落

未近花朝已半残，东风无赖送轻寒。
崔郎犹作怀人梦，细雨湖边独自看。

春日感怀（得“机”字）

西湖草色雨霏霏，幽径无人鸟亦稀。
忽见林中红一片，桃花灼灼占先机。

其二

一杯香茗对晴晖，雨霁风柔百鸟飞。
大好河山诗意蕴，深红浅碧写生机。

傍晚登步道口占

斜阳缕缕透林光，百鸟争鸣草亦香。
虎啸潭中看晚照，如飞健步岁悠长。

重游甘乳岩

风和万物新，旅次正侵晨。
野径迎啼鸟，清溪见早春。
怡然临梵宇，欣喜远红尘。
含笑应怜我，繁枝向大钧。

芸窗听雨

揽史书斋听雨鸣，古谁怜恤至深情。
秋风破屋思寒士，春雨潜田喜墨卿。
文正记楼留警句，板桥题画发心声。
先忧后乐吾曹愧，疾苦人间有不平。

【注释】

［“秋风”两句］指唐杜甫的《茅屋为秋风所破歌》和《春夜喜雨》。

［文正记楼］指《岳阳楼记》，是北宋文学家范仲淹应好友巴陵郡太守滕子京之请，于北宋庆历六年（1046）九月十五日为重修岳阳楼写的。其中的“先天下之忧而忧，后天下之乐而乐”充

满了济世情怀。

［板桥题画］清郑板桥《潍县署中画竹呈年伯包大丞括》："衙斋卧听萧萧竹，疑是民间疾苦声；些小吾曹州县吏，一枝一叶总关情。"

罗源斌溪村

蓝田书院古，文武合成斌。
耕读辉煌远，山川灿烂春。
一溪游锦鲤，两岸见青筠。
墟落民风朴，村容处处新。

五台山黛螺顶

拾阶迎瑞气，驻足仰头看。
螺顶连青嶂，琼楼拥翠栏。
皈依唯一宿，修道更三餐。
欲脱红尘去，还知万事难。

题春山云海图

春山一望似蓬壶，云海翻腾若有无。
约好与谁同出岫，呼风唤雨绘成图。

自嘲（得“居”字）

卅年入彀喜如初，岂是残身意气疏。
谄媚天生都不会，逢人便说乐蜗居。

其二

岭南求学四年储，犹忆恩师教诲初。
谁信折腰因斗米，换来一世说安居。

游鼓岭白云洞

如悬白练是飞流，无限风光在上游。
寂寞岩居何以说，闲情人似白云悠。

游寿山九峰村

山村路不遥，一跃入云腰。
娱乐追时尚，休闲逐浪潮。
盛情邀打鼓，好客教吹箫。
如此祥和景，吾当奏九韶。

游罗源西洋宫

携伴入晴峰，红花拥碧丛。
古田临水殿，飞竹九娘宫。
信仰存民俗，娘姑护稚童。
上香虔恪致，余亦祝成功。

连江招手岩

天然招手石，无意说归降。
宝岛波涛外，神州虑满腔。
弟兄堪互助，手足岂冲撞。

沫若题诗久，嘉池再看江。

【注释】

［沫若］郭沫若。1962年12月，郭沫若曾在连江黄岐嘉池山招手岩题诗：“和暖如春意欲融，嘉池山上鼓东风。东西犬岛波涛外，南北竿塘烟霭中。”

无题

不分五谷太荒唐，今日堪忧说栋梁。
万卷书犹千里路，心中方可亮堂堂。

步陈我吟长《感怀》原玉

冷雨频频不觉哀，离群犹自作书呆。
看山每到云归岫，品茗常欣月入杯。
斗富朱门谁可羡，侵寒白屋我难隤。
吟笺剩把忧民赋，清泪唯余滴绿苔。

周宁江源金扇瀑布

一瀑如开扇，飞流注碧池。
携烟腾晚照，挟雾裹朝曦。
巧夺天工景，胜过摩诘诗。
四时皆好水，莫说悔来迟。

【注释】

［摩诘］王维（701—761）河东蒲州人，唐朝诗人、画家，字摩诘，号摩诘居士。

青海塔尔寺

塔寺耸危峦，津梁净土看。
梵音传雪国，教义布金銮。
听法唯祈福，抄经为送安。
高原曾探访，犹忆绿松寒。

【注释】

［绿松］绿松石。自古以来，绿松石就在西藏占有重要的地

位。它被用于第一个藏王的王冠，用作神坛供品以及藏王向居于高位的喇嘛赠送的礼品及向邻国贡献的贡品。在二十世纪拉萨贵族所戴的珠宝中，金和绿松石仍是主要的材料。许多藏人颈脖上都戴有系上一块被视为灵魂的绿松石的项链。

青海湖

茶盐曾古道，雪域一明珠。
水映青山画，波翻碧浪图。
牛羊人共处，鸥雁鹤相呼。
生态风情好，何时再看湖。

连江狮头山

狮山敢比肩，旷望立岩前。
雨过云蒸海，风来浪接天。
攀枝摇叶动，倚石看岚卷。
亦有幽人趣，闲游记一篇。

芸窗对雨（二首）

榕城春老雨霏霏，寂寞怀人久不归。
今夜何时期有月，愿同千里共清辉。

其二

黄卷青灯慰寂寥，敲窗忽听雨潇潇。
遥知永夜难成梦，多少柔肠向此销。

平潭植树节

风和岚岛透祥光，植树挥锄一派忙。
待到成林成荫日，为人送出十分凉。

花朝（得“敷”字）

桃红李白粉匀敷，令节迎来锦绣图。
四季精华期绽放，一年好景任操觚。

其二

也知艳丽有荣枯，不负春风大地敷。
怒放一生精彩处，何须顾及委泥土。

山不在高

三坊漫步半天闲，玉尺山藏万户间。
闻说林公多胜迹，徜徉不觉夕阳还。

【注释】

［林公］林则徐（1785—1850），福建省侯官人，字少穆，清朝时期的政治家、思想家和诗人，官至一品，曾任湖广总督、陕甘总督和云贵总督，两次受命钦差大臣；因其主张严禁鸦片，在中国有民族英雄之誉。

兰州五泉山

胜地访如期，嫖姚志不移。
著鞭泉尽出，栽柳叶纷披。
曲水流深涧，回峦接断崖。

在山清更澈，常饮似卢医。

茶卡盐湖

晶湖晚照酡，岁月酿无波。
似镜祥云映，如冰瑞气和。
连山青草少，接岸白盐多。
生命寻遗迹，神仙亦奈何。

忆饭盒

岁月艰辛往事藏，地瓜陈米吃来香。
青衫羞涩常相伴，日子唯期以后强。

题清源君《小巷春雨图》

如丝细雨可怜春，纸伞旗袍梦里人。
忆到情深无处诉，一番思念一番新。

福建财贸学校六十周年庆志贺二首

五纪荣光再续篇，重逢华诞是尧年。
替民理账培能手，为国聚财谁比肩。
惠及八闽堪赞颂，泽敷桑梓已相传。
紧追时代勋名盛，桃李芬芳又展妍。

其二

悠悠甲子谱华章，学子青春记忆藏。
似水光阴情尚在，如歌岁月梦犹香。
欣培桃李兴当代，乐育菁莪献故乡。
喜看今朝成就展，更期母校百年强。

步韵陈会长《诗吟黔阳联谊会在即》

龙标雅集楚天清，同上芙蓉引凤声。
不道愁心明月寄，冰心一片献承平。

【注释】

［“不道”句］语本唐李白《闻王昌龄左迁龙标遥有此寄》：

"杨花落尽子规啼，闻道龙标过五溪。我寄愁心与明月，随风直到夜郎西。"

福安福庆寺

幽径感轻寒，桃花四月看。
佛门常见难，净土少鸣鸾。
禅入心能定，尘抛体自安。
六根除尽后，万事几多难。

黄河母亲塑像

旷代重仁风，千年屹立雄。
文明传古国，不息水流东。
哺育培华夏，覃敷感颢穹。
黄河铭海内，塑像岸边嵩。

飞竹塔里村

塔里有奇珍，青山绿水邻。

百年墟落老，放眼物华新。
竹韵畲乡美，醪香梦里醇。
缤纷临鼓角，二月见迎春。

携友游闽清

踏青还伴故人行，春到瓷乡满眼情。
雨洗台山松浪绿，风来梅阁笛声清。
敬贤馆里功勋仰，留史碑前岁月惊。
相约题诗成雅事，还期海誓作山盟。

红叶题诗

禁垣隔断鬓成丝，宫女悲秋寂寞时。
记得御沟流水急，几多红叶竞题诗。

登连江太子帽峰

群峰独出挑，海上望岧峣。
挺拔回千嶂，嶒崚入九霄。

风吹松似浪，云涌海如潮。
乱石横空出，攀登未及腰。

己亥清明

家山一别又经年，杨柳轻柔草色鲜。
如此春光如此丽，却教游子泪潸然。

硕漆花开

簇簇花开耀眼茫，移根犹爱伴琴床。
更欣世上丹青手，谁可描来挂画堂。

纪念崖山之战七百四十周年（二首）

七百年来岂不波，崖山犹自泣山河。
当年蹈海谁能比，十万军民十万歌。

其二

战后崖山血染波，英雄事迹动长河。

缅怀只为崇高节，拟就嘉篇谱壮歌。

春中即事（二首）

屏山春半荫浓时，丹桂玉兰绿满枝。
一自移根缘结后，年年花发为题诗。

其二

解意东君识客心，吹来落叶渐春深。
谁言南国无秋景，纷飞枝头满地金。

四堡雕版印刷

欣然四堡游，雕版耀春秋。
技盛明清久，书承岁月猷。
流传中外广，普及古今讴。
题壁诗还在，重来拍照留。

南澳大桥

横波卧玉虹，今日海隅通。
水阻千年隔，桥连两岸融。
时鲜来岛北，文化到村东。
南澳风光秀，渔家富足同。

清明情结（得“低”字）

家山青翠树高低，杨柳轻柔草色萋。
大好春光当畅饮，却教游子意离迷。

其二

莺飞烟柳草萋萋，又踏乡关鸟乱啼。
一种春声听不得，思亲今日觉天低。

梅州龙归寨瀑布

龙归山寨里，景色四围稠。

疑是银河水，携来锦绣沟。
聚潭容激荡，飞瀑转温柔。
时见霓虹出，风光旖旎收。

登德化九仙山

身如飞鸟轻，远眺翠微横。
景色奇中酿，风光险处生。
雨过千壑碧，日出万峰明。
向晚红霞伴，时闻一路莺。

连江古石村

寄目独登坛，连江隔两端。
水清鱼蟹集，云淡鹭鸥盘。
舟楫横东海，炊烟起北竿。
当年音信绝，咫尺往来难。

题谢茗女史《春光图》

三月江南草木腴，莺梭燕剪鸟欢呼。

丹青谁绘春明媚，一幅桃红柳绿图。

五福楼

客家卜筑择闽西，五福楼高盛事题。
第一风光无限丽，游人四面八方跻。

茉莉花

冰姿玉质忆相逢，陌上飘香八月浓。
不与牡丹争国色，小家风韵亦从容。

贺陕西诗社成立三十周年

独领风骚三十秋，诗名远播满神州。
传承坠绪歌当代，八百秦川一望收。

溪尾白马尊王庙

清溪隐古村，时见白云屯。
除害人间颂，安民庙宇尊。
钓龙台尚在，射鳝箭犹存。
信仰传承久，尤其倒干坤。

兰州黄河铁桥

黄河天堑跨，钢铁锁双峰。
地裂焉能挡，天开岂可缝。
风尘留古迹，岁月见遗踪。
百载沧桑后，雄姿晚照浓。

诗品（得“谐”字）

雅韵还须有悯怀，少陵意境最精佳。
浮生不问归何处，咏出春声愿已谐。

其二

弘扬正气颂和谐，大爱人间入寸怀。
忧国尊卑无有别，微躯岂忘与时偕。

庆祝人民海军成立七十周年

劈波斩浪畅犹酣，烽火连天话二三。
收岛为民华夏统，战沙驱寇海天蓝。
海疆至此都能视，国土从来不许眈。
丝路扬帆传友谊，和平维护系儿男。

卷二十五

光影诗韵——题照四十七章并序

平居清淡，无意间翻开作文先生两年前送给我的摄影集——《追光集》，一幅幅美图跃入眼帘，触景生情，遂动了题照的念头。题照诗以前从没写过，初次尝试感觉妙不可言，足不出户也能有这么好的诗材，这对上班族来说是一种恩赐。于是，对着作文先生的摄影集，勉力作七绝五十章。说是题照，更多是借题发挥，以生发人生感悟，甚至有的与题照无关。只可惜志大才疏，每每不能尽如人意，也只好以“无为乐，陶冶功，养身效”九字箴言自许。有诗为证：

端居岁月乐吟哦，不易珠玑费网罗。
九字箴言勤实践，唐风宋韵岁销磨。

误人风月几彷徨，岂弄诗文辨否臧。
急景流年唯一笑，任由才尽说江郎。

【注释】

作文先生是我省著名摄影家，中国摄影协会会员，中国民俗摄协会员，福建省摄协顾问，与我亦师亦友。作文先生艺术天赋极高，作品感染力强，表现手法丰富，取材广泛多样，时有扛鼎之作，百余幅作品获得全国性大奖。

胡杨树

纵逸横斜满是皴，严冬送走又迎春。
英雄虽有铮铮骨，莫说千年不朽身。

【注释】

［“英雄”二句］在塔里木河流域，胡杨树被世居于此的维吾尔族人称为“英雄树”，有“生而一千年不死，死而一千年不倒，倒而一千年不朽”的说法。

【评点】

画面是一个千年老胡杨树，弯曲横斜在沙漠上，树身开裂，但新长出的树枝和叶子郁郁葱葱，展示着勃勃生机。诗的前二句将画面概括殆尽。然后，笔意一转，告诉人们要爱护大自然，纵使如胡杨树这样有着极强生命力植物。

寒冬记忆

房檐枯树挂晶花，阿母烘笼赖护家。
对雪常思叮嘱语，人间不忘是桑麻。

【注释】

[烘笼] 即烘篮。竹片、柳条或荆条等编成的笼子，里面用陶瓷制品，把炭火放进烘笼里，冬天用于取暖或烤衣服。

【评点】

画面是一个严寒天气里，一户冰雪世界的农家大院，老奶奶拿着烘笼在照顾孙女，说着话，叮咛着什么。诗第一句写景，其余用回忆的手法写出对家的无限思念。

徽州印象

徽筑枯荷水里观，倒颠世界辨明难。
真来假去真成假，印象徽州倒着看。

【注释】

[“徽筑”二句] 照片为徽派建筑在荷塘的倒影，但不注意还看不出来。

枯荷

忍冻冲寒浊水中，愿留枯柄报东风。
参差顾影无闲及，蕴得来年映日功。

【注释】

[映日功] 出自宋杨万里《晓出净慈寺送林子方》诗：“毕竟西湖六月中，风光不与四时同。接天莲叶无穷碧，映日荷花别样红。”

【评点】

这是一幅枯荷在寒塘中的倒影图，照片给人一种静态简洁的美感。

天光物态

天光云影辨难真，朱子诗文似比伦。
物态有时欺眼力，匠心独具可传人。

【注释】

[朱子诗文] 指宋朱熹《活水亭观书有感》诗：“半亩方塘一鉴开，天光云影共徘徊。”

附友人和诗："烟云镜水岂当真，枉自嗟迷叹我伦。沧海桑田方刹那，当年赏景是何人？"

【评点】

这是一幅天光在溪流中的魔幻般影像，乍看分不清是天光云影，还是流水浪花。

古镇飘香

故山易梦只难酬，好倩丹青供染眸。
浮魄飘魂都此恋，莼鲈风味是乡愁。

【评点】

这是一幅古镇美食风味图。图中一位妇人在廊道上烹调当地小吃，灶台热气腾腾，菜香四溢，周围坐着几个上年纪的食客，画面表达着浓浓的乡愁。

春早人勤

水漫坡田岭色新，乡村三月少闲人。
农桑生计休言早，奋力耕来满眼春。

【注释】

［"乡村"句］语仿宋翁卷《乡村四月》："乡村四月闲人少，

才了蚕桑又插田。”

【评点】

这是一幅农人早春犁田图，周围青山环绕，梯田层层叠叠，灌满了水，在阳光照射下，五光十色。

芦笙恋

鸳鸯戏水映云霞，款曲芦笙《蝶恋花》。
湘瑟秦箫浑不识，深情吹到夕阳斜。

【评点】

画面是一对少数民族恋人，在夕阳下的湖畔吹奏芦笙，戏水情深，湖面在晚霞映照下，五彩斑斓。

老屋与儿童（二首）

老屋蒙童两不猜，无忧无虑想天开。
四肢敏捷身儿健，长大山村好未来。

其二

忧扰先生我昝猜，颖童最是可雕裁。
容他十二三年后，必定中华栋宇材。

【注释】

照片原题为“就地取材”，指的是农村儿童利用房前屋后生产、生活用具进行玩耍或体育活动。

【评点】

画面是三个农村儿童利用门框、门拉手及房梁垂下的吊挂东西的绳索做各种体操动作。

联合梯田

青山一道沐朝霞，碧水千塍世外家。
看尽人间无限景，依依不舍是桑麻。

【评点】

这是一幅联合梯田晨光图。联合梯田位于福建省尤溪县联合乡。

银杏树下

银杏参天叶半黄，秋光浅淡稻云香。
儿童懵懂坡头闹，正是农人打谷忙。

【评点】

画面是一派秋天的景象，充满着秋天的金黄色，阳光从树叶缝隙照射下来，斑斓多彩。放学后，一队小孩子在村旁山坡上两棵硕大的银杏树下玩闹嬉戏。

古宅情深

闾里乾坤老屋藏，操持勤俭细商量。
婆媳和睦家兴旺，传统农耕历史长。

【评点】

画面是从高处往下拍摄的农屋天井里一对婆媳一边做事情一边唠家常的温馨情形，取材独具匠心。

天性

岁月催人岂逼心，无须回首叹光阴。
阿婆日日初笄样，鹤发红绳碧玉簪。

【注释】

[“岁月”句] 意出晋陶渊明《饮酒诗二十首》之十五：“岁月相催逼，鬓边早已白。若不委穷达，素抱深可惜。”

附友人和诗：“岁月难磨豆蔻心，晨妆对镜总天真。红绳不异初笄样，绾与霜丝碧玉簪。”

【评点】

画面是从背后拍摄的一位白发苍苍的老妇人在精心打扮自己

的头发，一丝不苟，非常感染人。

心弦

豆蔻年华别样春，含情无语独伤神。
凝眸欲弹相思曲，拨动心弦梦里人。

【评点】

画面是一位姑娘独自一人怀抱琵琶坐在偌大的舞台上欲弹未弹，神态含情，楚楚动人。

鸣涧

光透森林映绿苔，淙泉甘洌漫崖来。
源头活水无穷尽，流出深山净秽埃。

附友人和诗：“险阻路途谁可禁，飞流直下畅欢吟。虽难摆脱东流势，却撒当前尽致心。”

【评点】

这是一幅深山、密林、小溪、流水、瀑布组成的光照图。

渔歌唱晚

长天秋水夕阳晖，远眺青山入翠微。
最羡金波摇艳里，渔歌唱晚一篙归。

【注释】

［摇艳］亦作“摇滟”。荡漾，摇曳。唐温庭筠《黄昙子歌》：“参差绿蒲短，摇艳云塘满。”

【评点】

这是一帧由晚霞、溪流、青山、竹排、渔人组成的唯美照片。

渔村石厝

垒石成家几度春，风来雨去得安身。
任他潮涨和潮落，总是归航讨海人。

【注释】

［讨海］打鱼（闽南语）。意为向大海乞讨为生。渔民在闽南语里也叫“讨海人”。闽南童谣：“讨海人，看鱼冬，有时出大海，有时停内港。掠鲨鱼，讨赤粽，钓白鱼，拖黄鲂。牵大网，走西东，沙坡尾，补破网。要补无闲工，无补越破越大空。”

【评点】

这是一张渔村石厝充满沧桑感的照片，石厝占了整个画面的上半部分，下半部分为涨潮的大海。

鸟瞰雪山（二首）

山舞银蛇振奋闻，宏言三截世无群。
五洲但得同凉热，要向诗人敬十分。

其二

蜡象银蛇邃古前，莫求麟史问何年。
高寒雪域谁能越，昔日红旗插上巅。

【注释】

［“山舞”、“蜡象”二句］出自毛泽东《沁园春·雪》：“山舞银蛇，原驰蜡象，欲与天公试比高。”

［宏言三截］出自毛泽东《念奴娇·昆仑》：“安得倚天抽宝剑，把汝裁为三截？一截遗欧，一截赠美，一截还东国。太平世界，环球同此凉热。”

【评点】

这是一幅从飞机上或热气球上拍摄的雪山照片，巍峨壮丽，气势磅礴。

晨曦

层云割破漏金光，万物回苏晓气苍。
无限风情高处览，群山妩媚试红妆。

【注释】

［“无限”句］语本毛泽东《七绝·为李进同志题所摄庐山仙人洞照》：“暮色苍茫看劲松，乱云飞渡仍从容。天生一个仙人洞，无限风光在险峰。”

【评点】

这是一幅在巅峰上拍摄的晨光穿透云层，朝霞给群山披上红妆的恢宏画卷。

春意

雨霁江南岁事新，田畴水满趁初春。
花开油菜金黄色，此刻乡村最惹人。

【评点】

这是一幅典型的江南水乡早春图，春光明媚，小桥流水，田野上盛开着油菜花。

天池（二首）

瑶池漫说老腔弹，明镜青天世所难。
五百年前空想国，至今未必等齐看。

其二

广宇微云万里开，临池照影独徘徊。
真疑天上银河水，来作人间玉镜台。

【注释】

［空想国］指空想社会主义社会。1515—1516年，英国人托马斯·摩尔在《乌托邦》一书中描绘了一个完全理性的共和国，在这个国家里所有的财产都是共有的。乌托邦是人类对美好社会的憧憬，是人类思想意识中最美好的社会，人人平等，没有压迫，就像世外桃源。

附友人和诗：“东南绝顶化瑶池，惹得云霞对镜痴。惊叹天工造化美，引来骚客赋闲诗。”

【评点】

画面是蓝天白云倒映在山顶平静的池面上，典型的天池景色。

天地间

气聚乾坤万物生，阴阳推演《易经》成。
世间幻化多难晓，也许羊群是证明。

【注释】

［“气聚”句］中国古人认为，在宇宙创生之初，没有地球，没有月亮，也没有太阳，一切都处于混沌之中，这混沌不是别的，它是一种精微的、连续的、无形的、无处不在的特殊物质，称之为“气”，万物皆始于此。

【评点】

画面是一群羊在蓝天白云下的一望无际的大草原上慢悠悠吃草，天上的白云如一股气流横扫过大草原，幻化无穷。

江山如画

崔巍顶上看青峰，雾绕烟迷隐俏容。
待到白云归岫后，江山如画绿千重。

【评点】

这是一幅浓雾缭绕的群山峰峦图。

祈祷

寒露凉风候曙光，祈来雪域藏禾香。
谁言清净疏人事，僧侣年年念故乡。

【注释】

［藏禾］指青稞，是禾本科大麦属的一种禾谷类作物，因其内外颖壳分离，籽粒裸露，故又称裸大麦、元麦、米大麦。主要产自中国西藏、青海、四川、云南等地，是藏族人民的主要粮食。

【评点】

画面表现一位僧人，在冬日寒冷的清晨，在晨光下，站立在雪域高原一座寺庙外默默祈祷着，虔诚感人。

晨曲

谁弹渔父踏浪词，旭日东升海上时。
收获从来勤起早，弄潮儿女岂能迟。

【评点】

照片表现旭日东升，金光洒满海滩，渔人驾船沿着海滩弯曲的通道出海捕鱼的劳动场景。

幽幽玉兰

院落深深懒隙光，倚窗闺阁淡梳妆。
东君只是遣春晚，何事强词说出墙。

【评点】

从墙外拍摄的高墙深院里的一棵高大的玉兰树，枝头伸出高墙，姿容妩媚。

清泉石上流

霜叶深红万壑秋，千章百果挂枝头。
淙淙涧底寒声响，一道飞泉石共流。

附友人和诗："漫石奔流不足夸，但凭柔骨闯天涯。山磐懒动羞红脸，银瀑当帘作面纱。"

【评点】

画面是深秋山里景象，红叶、各种野果挂满枝头，泉水流过红色的岩石，叮咚作响。

雨巷

街市儿时趣事多，麦芽糖果岁销磨。
春天一夜风和雨，里巷明朝燕子歌。

【注释】

［燕子歌］指儿童歌曲《小燕子》："小燕子，穿花衣，年年春天来这里。我问燕子你为啥来？燕子说：'这里的春天最美丽。'"同时，也是指随着春天的来临，燕子又回来了，又听到了燕子的鸣叫声。

【评点】

古屋、小巷、细雨、花伞、叫卖声，组成了小城春天的故事，照片是从高处，透过湿润的镜头拍摄的，极具朦胧美。

同窗

左邻小菊顶呱呱，右舍阿莲也要夸。
做事留心皆像样，商量长大早当家。

【评点】

两个小女生趴在公园墙上的矮窗上，窃窃私语，照片题名"同窗"语意双关。

古宅新苗

少年正是好时光，琅琅书声阵阵香。
勤学求知怀远志，农耕文化岁悠长。

【评点】

在古宅的天井里，一小女生捧书晨读，一缕阳光照射在石板上。照片表现了中国传统的耕读文化。

晚晴

泥土墙根话语长，南瓜收获薯丝藏。
四娃不小三儿大，合计明年建几房？

【评点】

照片题名“晚晴”，表现一对老夫妇在墙根下，一边干着活，一边说着话，沐浴在冬日的夕阳里，画面温馨感人，恰似唐代诗人李商隐《晚晴》诗：“天意怜幽草，人间重晚晴。”

林中行

拂晓深林曙色新，雾迷前路失青筠。

几声笑语回音处，应是山行摄影人。

【评点】

画面是深山的清晨，光线穿透一片浓雾弥漫的竹林和远处隐约可见的人影。

假日

绿野青山扎帐盘，官身休沐尽情欢。
田家可是无闲暇，今日还思次日餐。

【评点】

画面是在一片山林里，五彩缤纷的帐篷周围热闹的野营景象。

北方冬晨

银装素裹北方冬，遗憾南人只梦逢。
若是处身寒冷地，也能晨练伴凌松？

【评点】

画面是北方某城市江边冬日晨练的场面，冰天雪地，白茫茫一片。

耕海

沧海桑田只一天，滩涂养殖史无前。
何须一亩三分地，浪里涛声富足年。

【注释】

［“沧海”句］海水每天潮起潮落，潮起时滩涂被淹没，潮落时滩涂又露了出来，所以说“沧海桑田只一天”。

【评点】

这是一幅滩涂养殖潮落时的摄影作品，滩涂上插满了养殖紫菜、海带、海蛎的竹竿，整齐而富有美感。

密林深处

荆榛藤蔓满岚蹊，觅食携雏见锦鸡。
袅袅炊烟山转处，樵夫家在翠微西。

【评点】

这是一幅从远处拍摄的茂密的林间小路，小路茂密得看不见天空，山气浓重，几束光线透过密林照在樵夫的背影上。

深秋

北风斫地感苍凉，霜后秋林叶已黄。
小犬也知萧飒意，吠声急切对西阳。

【评点】

这是一幅北方深秋季节的照片，画面是北风呼啸，一株叶子金黄色的大树下，一只小狗在树荫里狂吠。

茶园冬趣

隆冬玉屑舞天涯，点缀茶园茁嫩芽。
素裹青山银世界，孩童玩要乐开花。

【评点】

这是一幅一群小孩子在南方冬季茶园里尽情玩要的画面，天上雪花纷纷扬扬。

猴子学艺（二首）

猴子心高想拜师，欲留光影记雄姿。

达公可惜分排定，天道难酬少寤思。

其二

聪慧猴哥拜老师，采光练习有灵姿。
三年学艺功成后，花果山头圆梦时。

【注释】

［达公］达尔文，英国生物学家、进化论的奠基人，出版《物种起源》，提出了生物进化论学说，从而摧毁了各种唯心的神造论以及物种不变论。

【评点】

这是一幅有趣的画面，一只猴子有模有样地摆弄照相机，向摄影人学习摄影。

恋

出得污泥不染身，亭亭玉立见精神。
蜂儿不是能多事，醉美花间舞梦频。

【评点】

一朵出水芙蓉和一只蜜蜂的故事，采用特定镜头近景拍照。

故乡的桥

横铺杉板柳桩栽，淙汩溪声笑语诙。
野老蒙童归渡处，一桥飞架水西来。

【评点】

一种农村常见的用木桩和木板铺成的横跨小溪的独板桥或双板桥。画面表现傍晚农人耕作归来和儿童放学回家，从小桥上走过，小溪绿树浓荫，流水叮咚。

走古事

腊月乡村古事多，巡游热闹走街过。
村村祈祝家家祀，五谷丰登大地歌。

【注释】

[巡游] 指农村流行的游神活动。游神，或称迎佛、抬佛、抬神像出巡等，是人们在喜庆节日里（诸如元宵，或诸神圣诞的这一天），到神庙里将神像抬出来游街，认为只有让神出来游街，与民同乐，神才保佑四方百姓。

【评点】

画面采用慢镜头，从上往下拍乡村游神活动场景。

残阳如血

飞渡涔云卷复中，残阳如血染天红。
须臾霹雳惊雷起，雨洗青山又碧空。

附友人和诗：“云黯烟飞任意中，欲来霹雳震天穹。残阳不畏风催急，先染乾坤一角红。”

【评点】

画面是在山上拍摄的乱云飞渡和残阳如血的景象，由于在山上近距离拍摄，场面非常壮观。

卷二十六

柳下惠

坐怀不乱岂唯知，直道当仁不悯卑。
世上何须谈亮节，子禽安处即为师。

【注释】

［柳下惠（前720—前621）］展氏，名获，字子禽，谥号惠，出生于周朝诸侯国鲁国柳下邑。后人尊称其为“柳下惠”。柳下惠是遵守传统道德的典范，他“坐怀不乱”的故事广为传颂。

苌弘

挽局扶危耿至诚，从来非难孰能平。
访弘问乐千年事，化碧蒙冤万古名。

【注释】

［访弘问乐］苌弘博学多才，知天文地理，精星象音律，常

与周景王交往，孔子在齐国久仰其名其才，于周敬王二年（前518）造访苌弘，求教韶乐与武乐之异同和不解之处。

［化碧］《庄子·外物篇》：“苌弘死于蜀，藏其血三年而化为碧。”后人遂用以形容刚直志正，为正义事业而蒙冤抱恨。

管仲

知音明主世间鸣，今古论交管鲍情。
若不桓公图霸业，才高纵是也难成。

【注释】

［管鲍情］最初见于《列子·力命》：“生我者父母，知我者鲍子也。此世称管鲍善交也。”管仲和鲍叔牙之间深厚的友情，已成为中国代代流传的佳话。用于形容朋友之间彼此信任的关系。

［桓公］齐桓公（？—前643），春秋时齐国第十五位国君，姜姓，名小白。齐僖公的儿子、齐襄公的弟弟，春秋五霸之首。

叶公

求方宣父便趋从，治水诸梁善画龙。
不害著书名始害，更生新序再登峰。

【注释】

[宣父] 孔子。唐太宗李世民于贞观二年（628）尊孔子为“先圣”，十一年又改成“宣父”。

[诸梁] 沈诸梁，芈姓，沈尹氏，名诸梁，字子高。春秋末期楚国军事家、政治家，封地在叶邑（今河南叶县）。在叶地治水开田，颇具治绩。曾平定白公之乱，担任楚国宰相。因楚国封君皆称公，故称叶公。

[不害] 申不害（前385—前337），亦称申子，郑韩（今河南新郑）人。战国时法家重要代表人物之一、思想家。以“术”著称，著有《申子》，是春秋战国时期百家争鸣中的代表人物。

[更生] 刘向（约前77—前6），本名更生，字子政，沛（今江苏沛县）人，西汉经学家、目录学家、文学家。曾校阅皇家藏书，撰成《别录》，为我国最早的目录学著作。著有《新序》《说苑》《列女传》等。

吴起

表忠杀妇失天伦，换主争功位重臣。
自古人生多宿命，辉煌过后首分身。

【注释】

[吴起（前440—前381）] 战国初期军事家，兵家代表人物，卫国左氏人。吴起一生历鲁、魏、楚三国。仕鲁时曾击退齐国的入侵；仕魏时屡次破秦，尽得秦国河西之地，成就魏文侯的霸

业；仕楚时主持改革，史称“吴起变法”，公元前381年，楚悼王去世，楚国贵族趁机发动兵变攻杀吴起。后世把他和孙武并称为“孙吴”，《吴子》与《孙子》又合称《孙吴兵法》，在中国古代军事典籍中占有重要地位。

[表忠杀妇] 公元前412年，齐宣公发兵攻打鲁国的莒县和安阳。鲁穆公想任用吴起为将，但吴起的妻子是齐国人，鲁穆公对他有所怀疑。吴起渴望成就功名，于是杀掉自己的妻子，表示不偏向齐国。鲁穆公任命吴起为将，率军大败齐军。

庄子

物我庄周梦蝶回，千金腐鼠可悲哀。

祭郊牺畜空文绣，戏渎孤豚自快哉。

【注释】

[庄子（约前369—前286）] 名周，与孟子同时。战国时宋国蒙邑（今安徽蒙城）人，曾任漆园吏。著名思想家、哲学家、道家学派代表人物，老子思想的继承和发展者。后世将他与老子并称为“老庄”。

[庄周梦蝶] 出自《庄子·齐物论》，是庄子提出的一个哲学论点，认为人不可能确切地区分真实和虚幻。

[“千金腐鼠”“祭郊牺畜”“戏渎孤豚”三句] 均出自《庄子·秋水》，表现了庄子清静无为，旷达的人生志向。

荀子

道传劝学世人知，性恶推崇礼法施。
可惜泱泱无子识，三千年后不应迟。

【注释】

[荀子（约前313—前238)] 名况，字卿，战国末期赵国人，时人尊称“荀卿”。荀子对儒家思想有所发展，在人性问题上，提倡性恶论，主张人性有恶，否认天赋的道德观念，强调后天环境和教育对人的影响。其学说常被后人拿来跟孟子的“性善论”比较。

[劝学] 是荀子的散文名篇，论述了学习的重要性，指出了学习应该采取的态度和方法。

鲁仲连

奇谟倜傥持高策，却敌攻心笑语中。
富贵功名如草芥，难酬蹈海亦英雄。

【注释】

[鲁仲连（前300—前250)] 又名鲁连，战国末期齐国人，

长于阐发奇特宏伟卓异不凡的谋略，却不肯做官任职，愿意保持高风亮节。

［蹈海］语出《战国策》卷二十《赵策·秦围赵之邯郸》，鲁连不满秦王称帝计划，曾说，秦如称帝，则蹈东海而死，表示宁死而不受强敌屈辱的气节、情操。

春申君

说服昭王拦白起，出身殉主得完归。
廿年相国三千客，不信朱英命已非。

【注释】

［春申君（前 314—前 238）］嬴姓，黄氏，名歇，战国时楚国公室大臣，是著名的政治家、军事家。与魏国信陵君魏无忌、赵国平原君赵胜、齐国孟尝君田文并称为“战国四公子”。楚考烈王元年（前 262），以黄歇为相，封为春申君。

［昭王］秦昭襄王（前 325—前 251），即秦昭王，嬴姓，赵氏，名则，又名稷，秦惠文王子，秦武王异母弟，战国时期秦国国君。

［白起］又称公孙起（？—前 257），嬴姓，白氏，名起，其先祖为秦国公族，郿人，战国时期秦国名将，历史上自孙武、吴起之后又一个杰出的军事家，统帅。

［“廿年”二句］典出《史记·春申君列传》。公元前 238 年，春申君不听朱英劝告，命丧棘门，为李园所杀。

[朱英] 为春申君门客。宋葛立方《咏春申君》:“朱英在楚强黄歇，黄歇如何弱李园。一旦棘门奇祸作，自诒伊戚向谁论。”宋徐钧《春申君》:“输忠世子得逃秦，二十余年相国荣。固位但知迷孕女，防身惜不用朱英。”

苏秦

刺股阴符始进门，后恭前倨也无冤。
凤鸣鸷翰扬雄说，长短明思孟德言。

【注释】

[刺股阴符] 典出《战国策·秦策一》。苏秦游说秦王未果，资用匮乏，潦倒而归，“妻不下纴，嫂不为炊，父母不与言”。于是苏秦闭室不出，出其书遍观之，得太公《阴符》，发愤攻读，“读书欲睡，引锥自刺其股，血流至足”。一年后学成，遂游说列国，合纵诸侯抗秦，佩六国相印，名震天下。

[后恭前倨] 典出《战国策·秦策一》《史记·苏秦列传》。苏秦早年游历列国，困窘而归，家人都私下讥笑他。后来，苏秦成功游说六国合纵，身佩六国相印，途经家乡洛阳。苏秦的家人皆匍匐在地，不敢仰视。苏秦笑谓其嫂曰:“何前倨而后恭也?”

[凤鸣鸷翰] 有着凤凰般的嗓音，却长着凶鸟的羽毛。典出扬子《法言》:“或问:‘仪、秦学乎鬼谷术而习乎纵横言，安中国者各十余年，是夫?’曰:‘诈人也。圣人恶诸。’曰:‘孔子读而仪、秦行，何如也?’曰:‘甚矣凤鸣而鸷翰也!’”

[思孟德言] 曹操《求才令》："夫有行之士未必能进取，进取之士未必能有行也。陈平岂笃行，苏秦岂守信邪？而陈平定汉业，苏秦济弱燕。由此言之，士有偏短，庸可废乎！有司明思此义，则士无遗滞，官无废业矣。"

张仪

折竹书成反覆游，连横凭舌说诸侯。
郑妃若不怀王宠，戏楚张仪命已休。

【注释】

[折竹] 典出《拾遗记》。张仪是战国时纵横家的代表人物之一，年轻时替人抄书，遇到好句就写在掌中或腿上，晚上回到家中，就折竹刻写，久而久之，就集成册子。后人遂以"折竹"或"张仪折竹"形容勤奋刻苦学习。

[郑妃] 郑袖，战国时期楚怀王的宠妃。郑袖姿色艳美、性格聪慧，但善妒狡黠、阴险恶毒、极有心计，深得楚怀王的宠爱。

孙膑

庞涓孙膑道师兄，兵法高低史上明。

捣鬼效能终有限，趋梁救赵世留名。

【注释】

［孙膑］齐国人，孙武的后代，为战国兵法家。他曾与庞涓同拜于鬼谷子门下学兵法，庞涓做魏惠王将军时，忌其才能，把他骗到魏国，处以膑刑（即去膝盖骨），故称孙膑。著有《孙膑兵法》一书，也称《齐孙子》。

［庞涓（？—前341）］战国初期魏国名将，孙庞斗智故事的主角之一。

［趋梁救赵］魏惠王二十八年（前342），魏国进攻韩国，次年齐救韩，采用孙膑围魏救赵策略，直趋魏都大梁，旋即退兵，诱使庞涓兼程追击，在马陵中伏大败，史称马陵之战。

白起

伊阙成名开胜绩，巅峰世说战长平。
残犹莫比坑人尽，至善人间慎用兵。

【注释】

［伊阙之战］周赧王二十二年（前293），由秦国大将白起率秦军在伊阙歼灭韩国、魏国、东周联军的作战。

［长平之战］周赧王五十三年至周赧王五十五年（前262—260），白起率军在赵国的长平一带同赵国的军队发生的战争。赵

军最终战败，秦军获胜进占长平，并且坑杀赵国40万降兵。

乐毅

诸葛一生推乐毅，攻城七十助强燕。
君王可惜多猜忌，遗叹雄图不永年。

【注释】

［乐毅］生卒年不详，子姓，乐氏，名毅，字永霸。中山灵寿人，战国后期杰出的军事家，魏将乐羊后裔，拜燕上将军，受封昌国君，辅佐燕昭王振兴燕国。公元前284年，统帅五国联军攻打齐国，连下70余城，创造了以弱胜强的著名战例，报了强齐伐燕之仇。后因受燕惠王猜忌，投奔赵国，被封于观津，号为望诸君。

宣太后

甘泉帷幕史家羞，瞠目风流一例收。
功在温柔乡计出，母仪天下岂能筹。

【注释】

［宣太后（？—前265）］芈姓，又称芈八子、秦宣太后。战

国时期秦国王太后，秦惠文王之妾，秦昭襄王之母。秦昭襄王即位之初，宣太后以太后之位主政，开太后执政先河。

［甘泉帷幕］《史记》载：义渠是东周时期活跃于泾水北部至河套地区的一支古代民族，长期与秦国发生战争。秦昭襄王继位时，义渠王前来朝贺，宣太后与义渠王私通，生下两子。后秦昭襄王与宣太后密谋攻灭义渠之策。公元前 272 年，宣太后引诱义渠王入秦，杀之于甘泉宫。秦国趁机发兵攻灭义渠，在义渠的故地设立陇西、北地、上郡三郡。

荆轲

易水虽寒士壮行，无功浪说为虚名。
匹夫重若人间少，谁为荆轲击筑鸣。

【注释】

［匹夫］古代指平民中的男子，泛指平民百姓。《左传·昭公六年》："匹夫为善，民犹则之，况国君乎？"《韩非子·有度》："刑过不避大臣，赏善不遗匹夫。"

李斯

上蔡真知仓鼠肥，千秋一统首功归。

聪明总被聪明误，不解谋身血染衣。

【注释】

[李斯（约前284—前208）] 李氏，名斯，战国末年楚国上蔡人，秦朝丞相，协助秦始皇统一天下。秦统一之后，参与制定了法律，统一车轨、文字、度量衡制度。秦始皇死后与赵高合谋立少子胡亥为二世皇帝。后为赵高所忌，腰斩于市。

[“上蔡”句] 据《史记·李斯列传》记载，李斯年轻时在家乡做了一个小官，“见吏舍厕中，鼠食不洁，近人犬，数惊恐之。斯入仓，观仓中鼠，食积粟，居大庑之下，不见人犬之忧。于是李斯乃叹曰：‘人之贤不肖譬如鼠矣，在所自处耳！’”

陈涉

燕雀曾传鸿鹄志，王侯岂可有天生。
亡秦首义推张楚，卓越功勋太史评。

【注释】

[亡秦首义]《史记·陈涉世家》：“数日，号令召三老、豪杰与皆来会计事。三老、豪杰皆曰：‘将军身被坚执锐，伐无道，诛暴秦，复立楚国之社稷，功宜为王。’陈涉乃立为王，号为张楚……陈涉虽死，其所置遣侯王将相竟亡秦，由涉首事也。”

[太史] 太史公司马迁。

项羽

力拔山兮盖世雄，无谋有勇叹重瞳。
也知意气江东尽，只作别姬垓下中。

【注释】

［重瞳］《史记·项羽本纪》："太史公曰：吾闻之周生曰'舜目盖重瞳子'，又闻项羽亦重瞳子。"

［别姬垓下］《史记·项羽本纪》："项王军壁垓下，兵少食尽，汉军及诸侯兵围之数重。夜闻汉军四面皆楚歌，项王乃大惊曰：'汉皆已得楚乎？是何楚人之多也！'项王夜起，饮帐中。有美人名虞，常幸从；骏马名骓，常骑之。于是项王乃悲歌慷慨，自为诗曰：'力拔山兮气盖世，时不利兮骓不逝。骓不逝兮可奈何，虞兮虞兮奈若何！'歌数阕，美人和之。项王泣数行下，左右皆泣，莫能仰视。"

萧何

赞襄端不愧英雄，相国萧何第一功。
楚汉终能分胜负，兵粮全仗出关中。

【注释】

[萧何（？—前193）] 沛县（今属江苏）人，与高祖识于微时，从起兵，高祖为汉王，以何为丞相。楚、汉相拒，何留守关中，补兵馈饷，军得不匮；高祖数亡山东而何常全关中以待之。高祖即帝位，论功第一，封萧侯。汉之典制律令，多所手定。惠帝时卒，谥文终侯。

韩信

将相王侯宁有种，悲歌垓下汉功臣。
功高盖主凭谁说，生死如何两妇人。

【注释】

[韩信（约前231—前196）] 淮阴人，西汉开国功臣，杰出的军事家，与萧何、张良并列为汉初三杰。

张良

博浪一声天地惊，圯桥三进约鸡鸣。
运筹帷幄千军动，汉业存亡举若轻。

【注释】

[博浪]博浪沙，古地名，位于河南省原阳县城东郊。历史上，因张良曾派人在此地刺杀秦始皇未遂而名扬天下。

[圯桥三进]典出司马迁《史记·留侯世家》，讲的是汉初三杰张良年轻时的故事。

吕后

长宫大笑血光冲，一代功臣妇手逢。
放虎归山身冷汗，剪夷三族太从容。

【注释】

[吕后]吕雉（前241—前180），汉高祖刘邦的皇后。是秦始皇统一中国，实行皇帝制度之后，第一个临朝称制的女性，被司马迁列入记录皇帝政事的本纪，后来班固作汉书仍然沿用。

周勃

织薄攻秦得绛侯，守成凭勇岂无愁。
才能不足终难胜，浃背沾衣愧汗流。

【注释】

［织薄］编织蚕箔。《史记·绛侯周勃世家》："绛侯周勃者，沛人也。其先卷人，徙沛。勃以织薄曲为生，常为人吹箫给丧事，材官引强。"后以"织薄"咏出身微寒封侯之人。唐李瀚《蒙求》："周勃织薄，灌婴贩缯。"

［浃背汗流］形容十分惭愧或惶恐。《史记·陈丞相世家》："孝文皇帝既益明习国家事，朝而问右丞相勃曰：'天下一岁决狱几何?'勃谢曰：'不知。'问：'天下一岁钱谷出入几何?'勃又谢不知，汗出沾背，愧不能对。"

周亚夫

当年细柳帝王夸，吴楚削平还汉家。
天子几时欣直烈，不知隐忍辱重加。

【注释】

［周亚夫］周亚夫（前 199—前 143），西汉时期名将，沛郡（今江苏丰县）人，名将绛侯周勃的次子，曾任汉景帝时期的丞相。

晁错

明知不可誓谋之，老父悲伤弃世时。

未必忠臣疏性命，帝王心术岂能知。

【注释】

[晁错（前 200—前 154）] 颍川（今河南禹县）人，汉景帝时，任内史，后迁御史大夫。晁错进言削藩，损害了诸侯利益，以吴王刘濞为首的七国诸侯以“请诛晁错，以清君侧”为名，举兵反叛。景帝听从袁盎之计，腰斩晁错于东市。晁错的政论文“疏直激切，尽所欲言”，鲁迅称为“西汉鸿文，沾溉后人，其泽甚远”。

东方朔

秦牍三千自荐贤，优游玩世却成仙。
中庸体悟何容易，写滑稽于正史传。

【注释】

[东方朔（前 154—前 93）] 字曼倩，平原厌次县（今山东省陵县）人，西汉辞赋家。汉武帝即位，征四方士人。东方朔上书自荐，诏拜为郎。后任常侍郎、太中大夫等职。

[正史传]《史记·滑稽列传》《汉书·东方朔传》记载其人其事。

司马相如

汉武欣然识子虚，狗监得意荐相如。
百金虽买长门赋，不值琴挑万古誉。

【注释】

[子虚]《子虚赋》，是汉代辞赋家司马相如早期游梁时所作，有着浓厚的黄老道家色彩，此作作于汉景帝年间，但是景帝不好辞赋并没有得到景帝的赏识，却为后来的汉武帝所赏识。

[得意] 杨得意，杨意，西汉人，为汉武帝掌管猎狗的官，称“狗监”，举荐司马相如。唐王勃《滕王阁序》：“杨意不逢，抚凌云而自惜；钟期既遇，奏流水以何惭。”

[百金买赋]《长门赋》最早见于南朝梁萧统编著的《昭明文选》，据其序言，这是司马相如受汉武帝失宠皇后陈阿娇的百金重托而作的一篇骚体赋。

[琴挑] 指司马相如以绿绮琴挑卓文君的爱情故事。

李广

威名显赫剩难封，石虎当年没箭踪。
生不逢时何太息，缘由纷说竟谁宗。

【注释】

[李广（？—前119)] 陇西成纪（今甘肃天水）人，西汉时期的名将。

[“难封”句] 唐王勃《滕王阁序》：“嗟乎！时运不齐，命途多舛；冯唐易老，李广难封。”

[“石虎”句]《史记》载：“李广出猎，见草中石，以为虎而射之，中石没镞，视之石也。”

苏武

丁年冠剑向龙堆，啮雪餐风誓死回。
十九年余持汉节，无人受得苦中来。

【注释】

[丁年] 即成年；壮年。《李陵答苏武书》：“丁年奉使，皓首而归。”

李陵

英雄失路倍凄凉，汉武轻恩欲断肠。
最苦五言分别句，不辞风雪送河梁。

【注释】

［李陵（前 134—前 74）］字少卿，陇西成纪人，西汉名将。

［“最苦”句］《苏武李陵赠答诗》（见于《文选》）：“携手上河梁，游子暮何之。徘徊蹊路侧，悢悢不得辞。行人难久留，各言长相思。安知非日月，弦望自有时。努力崇明德，皓首以为期。”始元五年（前 82），苏武返回汉朝，李陵送别，并作《别歌》。辛弃疾《贺新郎》：“将军百战声名裂。向河梁、回头万里，故人长绝。”

张骞

凿空西域启交流，欧亚连通壮志酬。
苜蓿葡萄移汉苑，大秦安息见丝绸。

【注释】

［凿空西域］“西域”一词最早见于《汉书·西域传》和张骞的名字分不开。西汉时期，狭义的西域是指玉门关、阳关（今甘肃敦煌西）以西，葱岭以东，昆仑山以北，巴尔喀什湖以南，即汉代西域都护府的辖地。广义的西域还包括葱岭以西的中亚细亚、罗马帝国等地，包括今阿富汗、伊朗、乌兹别克，至地中海沿岸一带。张骞出使西域本为贯彻汉武帝联合大月氏抗击匈奴之战略意图，但出使西域后汉夷文化交往频繁，中原文明通过“丝绸之路”迅速向四周传播，恐怕是汉武帝所始料不及的。因而，张骞出使西域这一历史事件便具有非常特殊的历史意义。张骞对

开辟从中国通往西域的丝绸之路的卓越贡献，至今举世称道。

［大秦］古罗马帝国。

［安息］伊朗的波斯地区。

刘恒

露台不忍百金修，体恤生民帝子求。
寸缕惜如衣着地，依山下葬了无丘。

【注释】

［刘恒（前202—前157）］汉文帝，汉高祖第四子。在位23年，车骑服御之物都没有增添，屡次下诏禁止郡国贡献奇珍异宝，平时穿戴都是用粗糙的黑丝绸做的衣服，文帝为自己预修的陵墓，也要求从简。在历代帝王中，文帝是一生都注重简朴为世人称道的皇帝。

赵充国

晚成大器献屯田，划策西陲稳戍边。
保胜全师谋掌上，嫖姚比似史称贤。

【注释】

[赵充国（前137—前52）] 字翁孙，西汉著名将领。神爵元年（前61），计定羌人叛乱，并开展屯田，为“麒麟阁十一功臣”之一。

丙吉

宅心仁厚护宣皇，大德无言受博阳。
事小人争牛喘大，失之迂腐可商量。

【注释】

[“宅心”二句] 丙吉（？—前55），字少卿，鲁国人，西汉名臣。汉武帝末奉诏治巫蛊郡邸狱，期间保护皇曾孙刘询（汉宣帝）。后任大将军霍光长史，建议迎立汉宣帝，封关内侯。地节三年（前67），为太子太傅，迁御史大夫。宣帝即位后，口不言保护之功，朝臣及宣帝都不知情。元康三年（前63），宣帝得知实情后，封丙吉为博阳侯。

[“事小”二句]《汉书·丙吉传》：“吉又尝出，逢清道群斗者，死伤横道，吉过之不问，掾史独怪之。吉前行，逢人逐牛，牛喘吐舌。吉止驻，使骑吏问：‘逐牛行几里矣？’掾史独谓丞相前后失问，或以讥吉，吉曰：‘民斗相杀伤，长安令、京兆尹职所当禁备逐捕，岁竟奏行赏罚而已。宰相不亲小事，非所当于道路问也。方春未可大热，恐牛近行用暑故喘，此时气失节，恐有所伤害也。是以问之。’掾史乃服，以吉知大体。”冯梦龙：“若

丙吉不问道旁死人而问牛喘，未免失之迂腐。”

陈汤

陈汤一战便扬名，奔袭康居巧借兵。
虽远必诛犹发聩，中原换得百年清。

【注释】

［陈汤（？—约前6）］字子公，山阳瑕丘（今山东兖州北）人，西汉大将，封关内侯，追谥破胡壮侯。

［虽远必诛］《汉书·傅常郑甘陈段传》载：西汉名将陈汤给汉元帝上书“宜悬头槁于蛮夷邸间，以示万里，明犯强汉者，虽远必诛”。

刘秀

丞相陈王各一方，百王允冠却相当。
天心远虑非谁比，直下昆阳更洛阳。

【注释】

［“丞相”二句］诸葛亮和曹植对刘秀的评价看法不一，但都认为刘秀“允冠百王”。允冠百王，众多帝王中的冠军，比喻超

过了所有的帝王。王夫之《读通鉴论》卷六“自三代而下，唯光武允冠百王矣”。

耿弇

事成有志立奇功，范晔才调困惑中。
底定三齐臻大业，淮阴堪比独能隆。

【注释】

［耿弇（3—58）］字伯昭，扶风茂陵人，东汉开国名将、军事家，云台二十八将第四位。

［“范晔”句］范晔在《后汉书》中，将耿弇独列一传，并评价道：“弇凡所平郡四十六，屠城三百，未尝挫折。”“屠城三百”疑为不实。

吴汉

亢龙有悔入云台，走卒渔阳成将才。
李靖咬金差可拟，葬如子孟帝王哀。

【注释】

［亢龙有悔］出自《易经》：“亢龙有悔，盈不可久也”。后指

做事顾前不顾后，盲目蛮干。云台，云台阁。东汉明帝永平三年(60)，汉明帝刘庄在南宫云台阁命人画了汉光武帝刘秀麾下助其一统天下、重兴汉室江山的二十八将的像。称为云台二十八将。

[李靖咬金] 李靖和程知节，均为唐朝开国大将，凌烟阁二十四功臣之一。

[子孟] 霍光（？—前68)，字子孟，河东平阳（今山西临汾）人，西汉权臣、政治家，麒麟阁十一功臣之首，历经汉武帝、汉昭帝、汉宣帝三朝，官至大司马大将军。

郭泰

谀墓蔡邕无愧色，同舟元礼更相亲。
高风蹈节千年耀，岂敢强攀学折巾。

【注释】

[谀墓] 典出唐李商隐《刘叉》："后以争语不能下诸公，因持愈（韩愈）金数斤去，曰：'此谀墓中人得耳，不若与刘君为寿。'"韩愈为人作墓志，多溢美之词。后谓为人作墓志而称誉不实为"谀墓"。建宁二年（169）正月，郭泰（字林宗）在家中去世，终年四十二岁。当时从弘农郡函谷关以西，河内郡汤阴以北二千里内有近万人"负笈荷担弥路，柴车苇装塞涂"前来送葬。众人一同为郭泰刻石立碑，由蔡邕撰写碑文，写完后，蔡邕对涿郡人卢植说："吾为碑铭多矣，皆有惭德，唯郭有道无愧色耳。"

［同舟元礼］《后汉书·郭泰传》载：郭泰拜访李膺完回到故乡时，士大夫及儒生都到河边送别，郭泰只与李膺同船过河，送行的众宾客望见二人，如神仙一般。李膺，字元礼，东汉时期名士，有“天下模楷李元礼”之誉。唐李白《陪族叔刑部侍郎晔等游洞庭》诗之三：“洛阳才子谪湘川，元礼同舟月下仙。”

［折巾］郭泰曾经在陈国、梁国间游行，遇到大雨，他把头巾一角折垫起来，当时人慕其名也学着故意折巾一角，叫作“林宗巾”。

班固

子承父志有遗馨，修史兰台勒石铭。
入选昭明居第一，两都赋就创新型。

【注释】

［班固（32—92）］字孟坚，扶风安陵（今陕西咸阳）人，东汉著名史学家、文学家。在其父班彪《史记后传》的基础上，撰写《汉书》，前后历时二十余年修成。汉和帝永元元年（89），大将军窦宪率军北伐匈奴，班固随军出征，参议军机大事，大败北单于，撰下著名的《封燕然山铭》。班固一生著述颇丰，作为史学家，其著作《汉书》是继《史记》之后中国古代又一部重要史书，“前四史”之一；作为辞赋家，班固是“汉赋四大家”之一，《两都赋》开创了京都赋的范例，列入《文选》第一篇。

蔡邕

七旬未有宽襟带，况有於菟驯扰庐。
勘定六经遗五弄，柯焦飞白至今书。

【注释】

［“七旬”二句］蔡邕，字伯喈，陈留人，东汉文学家、书法家、音乐家。《后汉书·蔡邕传》：“邕性笃孝，母常滞病三年，邕自非寒暑节变，未尝解襟带，不寝寐者七旬。母卒，庐于冢侧，动静以礼。有菟驯扰其室傍，又木生连理，远近奇之，多往观焉。”

［於菟］虎的别名。《左传·宣公四年》：“楚人谓乳穀，谓虎於菟。”

［驯扰］顺服，驯伏。《文选·祢衡》：“矧禽鸟之微物，能驯扰以安处。”宋苏辙《商论》：“盖常以为周公之治天下，务为文章繁缛之礼，以和柔驯扰天下刚强之民。”

［五弄］《游春》《渌水》《幽思》《坐愁》《秋思》五首琴曲。

［柯焦］柯亭笛和焦尾琴。

［飞白］蔡邕创造的一种书体。

梁鸿

五噫诗就世间传，疾恶安贫不改弦。

举案齐眉高士识，伯通堪比伯鸾肩。

【注释】

［梁鸿］字伯鸾，扶风平陵人，生卒年不详，约汉光武建武初年至和帝永元末年间在世。少孤，受业太学，家贫而尚节介。学毕，牧豕上林苑，误遗火延及他舍。鸿悉以豕偿舍主，不足，复为佣以偿。归乡里，势家慕其高节，多欲妻以女，鸿尽谢绝。娶同县孟女光，貌丑而贤，共入霸陵山中，荆钗布裙，以耕织为业，咏诗书弹琴以自娱。因东出关，过京师，作《五噫之歌》。

［五噫诗］《五噫之歌》："陟彼北芒兮，噫！顾瞻帝京兮，噫！宫阙崔巍兮，噫！民之劬劳兮，噫！辽辽未央兮，噫！"

［"举案"二句］《后汉书·梁鸿传》："后至吴，依大家皋伯通，居庑下，为人赁舂。每归，妻为具食；不敢于鸿前仰视，举案齐眉。伯通察而异之，曰：'彼佣以使其妻敬之如此，非凡人也。'乃方舍之于家。鸿潜闭著书十余篇。及卒，伯通等为求葬地于吴要离冢傍。咸曰：'要离烈士，而伯鸾清高，可令相近。'葬毕，妻子归扶风。"

窦宪

匈奴汉界了无踪，西史西人却不同。

勒石燕然青简后，如今拓片入宫中。

【注释】

［“匈奴”二句］指匈奴人在永元元年（89）被东汉大将窦宪彻底打败后，往西远遁，进入欧洲，改变了西方世界的历史进程。

［勒石燕然］《后汉书·窦融列传·窦宪》：东汉永元元年，车骑将军窦宪领兵出塞，大破北匈奴，登燕然山，刻石勒功，记汉威德，令班固作铭。

［拓片入官］指2017年7月，在蒙古杭爱山考古中发现班固所书《封燕然山铭》摩崖石刻。拓片，指从碑刻、铜器等文物上拓印下其形状、文字或图画的纸片，是记录中华民族文化的重要载体之一。

王莽

窃天篡位史难容，短命新朝势不逢。
复古改良成一说，纷纭乡愿亦迷踪。

【注释】

［“窃天”句］王莽通过禅让的方式代替汉朝成为皇帝，被古代多数封建儒士所否定，都认为他只是一位“伪君子”，众口一词的千古罪人。东汉修订的《汉书》就把王莽列作“逆臣”一类，可见一斑。而后世评价也大抵是受到了后汉时代史家影响。

［“复古”二句］明夏言《申议天地分祭疏》云：“用《周礼》误天下者，王莽、刘歆、苏绰、王安石也。”明杨慎说：“以乡愿

窃相位胡广也，以乡愿窃天位王莽也。”近代经济学家胡寄窗认为“王莽既不是一味模仿前人的抄袭者，也不是一个想把历史拉向后退的复古者，他绝不是一个进步的思想家，也不是什么改良主义者”。

刘备

徐州牧领借荆州，依靠刘璋控上游。
敦厚温和成定说，子初张裕又何由。

【注释】

[子初] 刘巴（？—222），字子初，荆州零陵郡烝阳县人，三国时期名士。曹操征伐荆州，荆州士人多归刘备，刘巴却北上投靠曹操。后受曹操命令招降荆南三郡，不料先为刘备所得，刘巴不能复命曹操，遂远至交趾，又辗转进入益州。刘备平定益州后，刘巴归附刘备，为左将军西曹掾、尚书令，后被刘备诛杀。

[张裕（？—218）] 字南和，蜀郡人，东汉末年益州著名预言家、占卜家，精通以天象变化附会人事，预言吉凶，官至益州后部司马，后被刘备诛杀。

曹操

武略文韬史认同，能臣治乱与奸雄。

若无铜雀台中志，岂有观沧海上风。

【注释】

［曹操（155—220）］字孟德，小字阿瞒，沛国谯县（今安徽亳州）人。东汉末年杰出的政治家、军事家、文学家、书法家，三国中曹魏政权的奠基人。

刘表

守荆不识有隆中，豚犬无能霸业空。
保境安民虽载道，争雄乱世竟何功。

【注释】

［刘表（142—208）］字景升，山阳郡高平（今山东微山）人。少时知名于世，名列“八俊”。为荆州刺史，恩威并著，招诱有方，使得万里肃清、群民悦服。又开经立学，爱民养士，从容自保。然为人性多疑忌，好于坐谈，立意自守，而无四方之志。

陈登

求田问舍庸人志，拔郡追随百姓同。

百尺楼高湖海气，元龙可惜叹无终。

【注释】

［陈登］字元龙，下邳淮浦（今江苏涟水）人。东汉末年将领、官员。少年时有扶世济民之志，二十五岁时，举孝廉，任东阳县令。建安初奉使赴许，向曹操献灭吕布之策，被授广陵太守。以灭吕布有功，加伏波将军。又迁东城太守。年三十九卒。

沮授

冀州名士汉忠良，诸葛雄谋似等量。
纵使明珠难识主，才高一世暗无光。

【注释】

［沮授（？—200）］广平人，东汉末年袁绍帐下谋士。史载他“少有大志，擅于谋略”。袁绍占据冀州后，任用沮授为从事，沮授经常对袁绍提出良策，但很多时候袁绍并不听从。官渡之战时袁绍大败，沮授未及逃走，被曹操所获，因拒降被曹操处死。

陆逊

世传大意失荆州，谁识江东大将谋。

纵火连营先主叹，石亭再战魏军休。

【注释】

［陆逊（183—245）］本名陆议，字伯言，吴郡吴县（今江苏苏州）人。三国时期吴国政治家、军事家。

董奉

救人济困世称贤，妙手悬壶誉满天。
留得杏林春暖意，董峰山下仰神仙。

【注释】

［董奉（220—280）］又名董平，字君异，号拔墘，候官县董墘村（今福州市长乐区古槐镇龙田村）人。少年学医，信奉道教。年轻时，曾任候官县小吏，不久归隐，在其家村后山中，一面练功，一面行医。董奉医术高明，治病不取钱物，只要重病愈者在山中栽杏5株，轻病愈者栽杏1株。数年之后，有杏万株，郁然成林。春天杏子熟时，董奉便在树下建一草仓储杏。需要杏子的人，可用谷子自行交换。董奉将所得之谷赈济贫民，供给行旅。后世称颂医家“杏林春暖”之语，盖源于此。

黄忠

初会长沙最可怜，定山一战斩侯渊。
收川陷阵三军冠，老将黄忠谁比肩。

【注释】

［黄忠（？—220）］字汉升，南阳（今河南南阳）人。东汉末年名将。《三国演义》里，刘备称汉中王后将其封为五虎上将之一，而黄忠的名字在中国也逐渐成为老当益壮的代名词。

孙权

紫髯碧眼霸江东，建业开基众望中。
六代繁华歌舞地，至今犹是仲谋功。

【注释】

［孙权（182—252）］字仲谋，吴郡富春（今浙江富阳）人，三国时代东吴的建立者。

陆抗

子承父业誓兴吴，都督荆襄镇两湖。
千古江东名将誉，岘山传美见雄图。

【注释】

［陆抗（226—274）］字幼节，吴郡吴县（今江苏苏州）人。三国时期吴国名将，丞相陆逊次子。与陆逊皆是吴国的中流砥柱，并称“逊抗”，被誉为吴国最后的名将。

［岘山传美］南宋陈元靓评价陆抗：“謇謇直气，英英孙子。江汉得心，岘山传美。”

魏延

反骨堪疑背骂名，褒中间道是奇兵。
武侯自负终当误，妙计遗囊有厉声。

【注释】

［魏延（？—234）］字文长，义阳（今河南桐柏）人，深受刘备器重。刘备攻下汉中后又将其破格提拔为镇远将军，领汉中太守，成为独挡一方的大将。魏延镇守汉中近十年，之后又屡次随诸葛亮北伐，功绩显著。期间魏延多次请诸葛亮给他统领一万

兵，另走一路攻关中，最后与诸葛亮会师于潼关，如同韩信的例子，但诸葛亮一直不许，因而认为自己无法完全发挥才能，心怀不满。与长史杨仪不和，诸葛亮死后，两人矛盾激化，相互争权，魏延败逃，为马岱所追斩，并被夷灭三族。

庞德公

高士吴筠咏尚长，隆中耕读访鱼梁。
鹿门采药全身去，却拟黄公降子房。

【注释】

［“高士”句］唐吴筠《高士咏·庞德公》：“庞公栖鹿门，绝迹远城市。超然风尘外，自得丘壑美。耕凿勤厥躬，耘锄课妻子。保兹永无患，轩冕何足纪。”庞德公，字尚长，荆州襄阳人，东汉末年名士、隐士，隐居在岘山南沔水中的鱼梁洲上。

［黄公］黄石公（约前292—前195），秦汉时隐士，别称圯上老人、下邳神人。《史记·留侯世家》称其避秦世之乱，隐居东海下邳。其时张良因谋刺秦始皇不果，亡匿下邳。于下邳桥上遇到黄石公。黄石公三试张良后，授与《太公兵法》。张良后来以黄石公所授兵书助汉高祖刘邦夺得天下。张良，字子房。

司马徽

还将洪响答清吟，桑下高谈夜已沉。

马跃檀溪相遇后，三分天下有知音。

【注释】

［“还将”二句］典出《世说新语》中庞统拜访司马徽桑下之论的故事。

［“马跃”二句］典出《三国演义》中刘备马跃檀溪后，偶遇司马徽，司马徽向刘备举荐诸葛亮和庞统的故事。

孔融

谦让蒙童典范中，高谈北海气如虹。
建安文学推文举，魏晋先开南北风。

【注释】

［孔融（153—208）］字文举，鲁国（今山东曲阜）人。东汉末年文学家，“建安七子”之一。

周瑜

历数周瑜吟赤壁，三分天下一人成。
风流顾曲佳人顾，唯有英年逝不平。

【注释】

[周瑜（175—210）] 字公瑾，东汉末年名将，庐江人，周瑜少与孙策交好，二十一岁起随孙策奔赴战场平定江东，后孙策遇刺身亡，孙权继任，周瑜将兵赴丧，以中护军的身份与长史张昭共掌国事。

[赤壁] 赤壁之战。建安十三年（208），周瑜率江东孙氏集团军队与刘备军队联合，在赤壁大败曹军，由此奠定了三分天下的基础。

[顾曲]《三国志·吴志·周瑜传》："瑜少精意于音乐，虽三爵之后，其有阙误，瑜必知之，知之必顾，故时人谣曰：'曲有误，周郎顾。'"后遂以"顾曲"为欣赏音乐、戏曲之典。唐李端《听筝》："鸣筝金粟柱，素手玉房前。欲得周郎顾，时时误拂弦。"

荀彧

乱世匡扶汉子房，黍离忧切阻称王。
何郎傅粉争能比，更得风流荀令香。

【注释】

[黍离]《黍离》选自《诗经·王风》，采于民间，是周代社会生活中的汉族民间歌谣。关于它的缘起，毛诗序称："《黍离》，闵（通悯）宗周也。周大夫行役至于宗周，过故宗庙宫室，尽为禾黍。闵周室之颠覆，彷徨不忍去，而作是诗也。"黍离之悲成

为重要典故，用以指亡国之痛。

[何郎傅粉] 原指何晏脸色白净，如同擦了粉一般。后指美男子。傅粉，抹粉。南朝宋刘义庆《世说新语·容止》：“何平叔美姿仪，面至白，魏明帝疑其傅粉。”

[荀令香]《艺文类聚》卷七十引《襄阳记》：“刘季和性爱香，尝上厕还，过香炉上，主簿张坦曰：‘人名公作俗人，不虚也。’季和曰：‘荀令君至人家，坐处三日香，为我如何令君？而恶我爱好也。’”唐王维《春日直门下省早朝》：“遥闻待中佩，暗识令君香。”南朝张正见《艳歌行》：“满酌胡姬酒，多烧荀令香。”

郭嘉

胜天半子一雄才，妙算神机痛惜哀。
若是当年留奉孝，三分天下另当裁。

【注释】

[郭嘉（170—207）] 字奉孝，颍川阳翟（今河南省禹州）人。东汉末人物。原为袁绍部下，后转投曹操，为曹操统一中国北方立下了功勋，官至军师祭酒，封洧阳亭侯。于曹操征伐乌丸时病逝，年仅三十八岁，谥曰贞侯。史书上称他“才策谋略，世之奇士”。而曹操称赞他见识过人，是自己的“奇佐”。

[痛惜哀] 语出曹操：“哀哉奉孝！痛哉奉孝！惜哉奉孝！”

徐庶

事亲尽孝去还留，身在曹营枉自愁。
拜荐卧龙挥泪别，伤心不得共依刘。

【注释】

[徐庶（168—172）] 字元直，本名福，颍川（治今河南禹州）人，少好游侠，善击剑，师从司马徽，因杀人避难，化名为单福，在新野遇到刘备，任为军师。在数月之间巧施妙计，杀吕旷斩吕翔，大破八门金锁阵，败曹仁取樊城，从而为后来的诸葛亮出山，实施'天下三分'的计划打下了初步的基础。曹操利用其孝心，骗至许昌，造成了徐庶终生的遗憾。

祢衡

狂傲何尝取令名，骂曹击鼓叹祢衡。
人生无度终招祸，宁向桑田带月耕。

【注释】

[“狂傲”三句] 祢衡（173—198），字正平，平原郡（今山

东德州临邑）人。汉末辞赋家，恃才傲物。孔融著有《荐祢衡表》，向曹操推荐祢衡，但是祢衡称病不肯去，曹操封他为鼓手，想要羞辱祢衡，却反而被祢衡裸身击鼓而羞辱。后曹操把他遣送给刘表，祢衡对刘表也很轻慢，刘表又把他送去给江夏太守黄祖，最后因为和黄祖言语冲突而被杀，时年二十六岁。

卷二十七

曹丕

因减才思说位尊，燃萁煮豆史无存。
建安驴叫怀王粲，雅品诗文创典论。

【注释】

[位尊减才] 语出刘勰《文心雕龙》："魏文之才，洋洋清绮，旧谈抑，之谓去植千里。然子建思捷而才俊，诗丽而表逸；子桓虑详而力缓，故不竞于先鸣。而乐府清越，《典论》辩要，迭用短长，亦无懵焉。但俗情抑扬，雷同一响，遂令文帝以位尊减才，思王以势窘益价，未为笃论也。"

["燃萁煮豆"句] 传说曹丕曾命曹植在七步之内作出一首诗，否则就要把他处死，曹植在七步之内便吟出："煮豆持作羹，漉菽以为汁。萁在釜下燃，豆在釜中泣。本自同根生，相煎何太急？"曹丕听了这首诗，感到非常惭愧。但此事件不见于正史《三国志》，此诗亦不见于《曹植集》，其真伪历来争论不休。亦有人认为确有兄弟阋墙之事，但现存的《七步诗》为后人伪托。

[建安驴叫] 建安二十二年（217），建安七子之一的王粲去

世，当时还是魏王世子的曹丕与其交情非常深厚，亲临哭吊。在灵堂上，曹丕建议道："仲宣（王粲字）生前喜欢驴叫，我们就各学一声驴叫来送走他吧！"于是吊客纷纷学驴叫，此事一时传为佳话。

[典论] 曹丕的《典论·论文》，是中国最早的文学理论与批评著作，对孔融、陈琳、王粲、徐干、阮瑀、应玚、刘桢的文风和得失进行评价，"建安七子"的说法来源于此。

曹植

七步成诗才比天，情怀浪漫洛神怜。
宓妃留枕谁能会，赋得惊鸿凄美篇。

【注释】

[洛神] 为中国神话里伏羲氏（宓羲）之女，其因为于洛水溺死，而成为洛水之神，即洛神。《洛神赋》为曹植于魏文帝黄初四年（223）所著。最早见于萧统《昭明文选》，其序称曹植由京城返回封地时，途经洛水，忽然有感而发，并作此赋。其写作牵涉到曹植与魏文帝曹丕之妃甄氏之间的一段错综复杂的感情。

刘禅

贯中妙笔太荒唐，收拾金瓯四境祥。

诸葛若无频北伐，蜀巴刘禅岂能亡。

【注释】

[贯中] 罗贯中，《三国演义》作者。

[“诸葛”二句] 刘禅（207—271），字公嗣，小名阿斗，刘备之子，称帝在位41年，是在三国时期所有国君中在位时间最长的一位。在北伐的问题上，刘禅的头脑也非常清楚，诸葛亮急于北伐的时候，他规劝说：“相父南征，远涉艰难；方始回都，坐未安席；今又欲北征，恐劳神思。”尽管诸葛亮置自己的规劝与不顾，但北伐决议一旦形成，刘禅还是全力支持诸葛亮的北伐。诸葛亮死后，刘禅马上停止了空耗国力、劳民伤财的北伐。公元234年，诸葛亮死后，刘禅又做了29年的皇帝，蜀汉开始衰败，公元263年蜀汉被曹魏所灭，刘禅投降曹魏，被封为安乐公。

阮籍

酒肆红裙每醉眠，路穷恸哭向何边。
登高临水忘归处，留咏怀诗八二篇。

【注释】

[阮籍（210—263）] 字嗣宗，陈留（今属河南）尉氏人，竹林七贤之一。曾任步兵校尉，世称阮步兵。崇奉老庄之学，政治上则采取谨慎避祸的态度。阮籍是“正始之音”的代表，著有《咏怀八十二首》等，其著作收录在《阮籍集》中。

嵇康

愤书惊世绝交篇，非薄难容司马前。
打铁还须身自硬，广陵散尽断琴弦。

【注释】

[嵇康（224—263）] 字叔夜，谯国铚县（今安徽省濉溪县）人。三国时期曹魏思想家、音乐家、文学家。官至中散大夫，世称“嵇中散”。因得罪钟会，遭其构陷，而被司马昭处死，临刑抚了一曲《广陵散》。嵇康与阮籍等竹林名士共倡玄学新风，主张“越名教而任自然”“审贵贱而通物情”，为“竹林七贤”的精神领袖。嵇康曾作《与山巨源绝交书》，坚决拒绝出仕。《晋书·嵇康传》：“（嵇）康居贫，尝与向秀共锻于大树之下，以自赡给。”《文士传》称其“性绝巧，能锻铁”。

山涛

处则清虚境界开，出能为世选贤才。
人间还望山公鉴，莫使青春叹路苔。

【注释】

[山涛（205—283）] 字巨源。河内郡怀县（今河南武陟西）人。三国至西晋时期名士、政治家，“竹林七贤”之一。山涛早年孤贫，喜好老庄学说。司马师执政时，山涛被举为秀才，累迁尚书吏部郎。西晋建立后，升任大鸿胪。历任侍中、吏部尚书、太子少傅、左仆射等职。他每选用官吏，皆先秉承晋武帝意旨，且亲作评论，时人称之为“山公启事”。

向秀

玄风妙析注庄周，明理超然乐不休。
闻笛空庐思旧赋，伤怀莫过黍离忧。

【注释】

[向秀（227—272）] 字子期，河内怀（今河南武陟）人。竹林七贤之一。向秀喜谈老庄之学，曾注《庄子》，被赞为“妙析奇致，大畅玄风”（《世说新语·文学》），惜注未成便过世，郭象承其《庄子注》余绪，完成了对庄子的注释。另有作品《思旧赋》《难嵇叔夜养生论》。

陈群

知人善任有清风，九品先开建制功。

雅望三朝唯直谏，誉隆祭祀与公同。

【注释】

［陈群（？—237）］字长文，颍川许昌人。三国时期著名政治家、曹魏重臣，魏晋南北朝选官制度“九品中正制”和曹魏律法《魏律》的主要创始人。

陈寿

迁固传承良史才，三书分置个人裁。
公心何说轻诸葛，岂可虚言任意栽。

【注释】

［陈寿（233—297）］字承祚，巴西郡安汉县（今四川南充）人，三国时蜀汉及西晋时著名史学家。太康元年（280），晋灭吴结束了分裂局面后，陈寿历经十年艰辛，完成了纪传体史学巨著《三国志》。此书完整地记叙了自汉末至晋初近百年间中国由分裂走向统一的历史全貌，与《史记》《汉书》《后汉书》并称“前四史”。

王粲

中郎倒屣少风流，辞赋苍凉悲慨秋。

文士驴鸣齐学样，人生羁旅苦登楼。

【注释】

［王粲（177—217）］字仲宣，山阳郡高平县（今山东微山两城镇）人，东汉末年文学家，“建安七子”之一。少有才名，为著名学者蔡邕所赏识。王粲善属文，其诗赋为建安七子之冠，又与曹植并称“曹王”。

［“中郎”句］《三国志·王粲传》：献帝西迁，粲徙长安，左中郎将蔡邕见而奇之。时邕才学显著，贵重朝廷，常车骑填巷，宾客盈坐。闻粲在门，倒屣迎之。粲至，年既幼弱，容状短小，一坐尽惊。邕曰：“此王公孙也，有异才，吾不如也。吾家书籍文章，尽当与之。”

何晏

傅粉何郎称假子，寄人篱下画方中。
青蝇梦到终无命，玄学先开时尚风。

【注释】

［何晏（？—249）］字平叔，南阳宛（今河南南阳）人，三国时期曹魏大臣、玄学家。其父早逝，曹操纳其母尹氏为妾，何晏因而被收养，为曹操所宠爱。袁宏在《名士传》中将何晏等称为正始名士，与夏侯玄、王弼等倡导玄学，竞事清谈，遂开一时风气，为魏晋玄学的创始者之一。

王弼

玄学开基著最多，易经思辨创先河。
春秋有命欺才俊，人似流星一闪过。

【注释】

[王弼（226—249）] 字辅嗣，三国曹魏山阳高平（今山东）人，经学家、哲学家，年仅二十四岁逝世，其作品主要包括解读《老子》的《老子注》、《老子指略》及解读《周易》思想的《周易注》、《周易略例》四部，是魏晋玄学的主要代表人物及创始人之一。

张华

鷦鷯赋罢便扬名，离别诗非是艳情。
博物志篇肩干宝，伐吴大业亦功成。

【注释】

[张华（232—300）] 字茂先，范阳方城（今河北固安县）人，西晋文学家、政治家。曹魏末期，因愤世嫉俗而作《鷦鷯赋》声名始著。张华诗今存三十二首。有《情诗》五首，描写夫妇离别思念的心情。编纂有《博物志》。

潘岳

金谷优游果满车，华阳一县种桃花。
悼亡诗启微之续，陆海潘江说大家。

【注释】

［“金谷”二句］刘孝标注引的《语林》：“安仁至美，每行，老妪以果掷之满车。”潘安被贬为河阳县令，他命全县种桃花，浇花息讼，他走后老百姓都怀念他。唐杜甫《花底》诗“恐是潘安县，堪留卫玠车。”庾信《枯树赋》：“若非金谷满园树，便是河阳一县花。”

［“悼亡”句］潘安十二岁与父亲的朋友、大儒、扬州刺史杨肇相见，被杨肇赏识，许以婚姻。后来杨氏早亡，潘安对杨氏感情至深，自此不再娶，并作《悼亡诗》怀念杨氏，开悼亡诗之先河。李商隐的“只有安仁能作诔，何曾宋玉解招魂”，表扬的就是他的悼亡诗。元稹（字微之）有“潘安悼亡犹费词”的评价。

［陆海潘江］潘岳在文学上与陆机并称“潘江陆海”，钟嵘《诗品》称：“陆才如海，潘才如江”。王勃《滕王阁序》：“请洒潘江，各倾陆海云尔。”

陆机

文士功成太勉强，家风韬略可商量。

华亭鹤唳虽伤感，幸有文章慰断肠。

【注释】

[陆机（261—303）] 字士衡，吴郡吴县人。西晋著名文学家、书法家。为孙吴丞相陆逊之孙、大司马陆抗第四子。

[“文士”二句] 指陆机文才盖世，而武略不够，未有其祖风范。

司马懿

宏愿终成对手逢，时机把握见神功。
空城可笑何言计，都在宣文料想中。

【注释】

[宣文] 司马懿（179—251），字仲达，河南温县人。三国时期魏国杰出的政治家、军事家，西晋王朝的奠基人。平生最显著的功绩是多次亲率大军成功对抗诸葛亮的北伐。死后谥号舞阳宣文侯，次子司马昭被封晋王后，追封懿为宣王，司马炎称帝后，追尊懿为晋宣帝。

羊祜

献策平吴身后遗，千年名重古今谁。

恤民常识卿前语，仁厚犹留堕泪碑。

【注释】

[羊祜（221—278）] 字叔子，泰山南城（今山东新泰市）人。西晋名臣，政绩突出，文学成就也很高，被时人称为“文为辞宗，行为世表”。陆游《水调歌头·多景楼》：“不见襄阳登览，磨灭游人无数，遗恨黯难收。叔子独千载，名与汉江流。”

[堕泪碑] 位于湖北省襄阳市岘山，为纪念羊祜的碑石，称羊公碑。在羊祜死后，每逢祭祀，周围的百姓睹碑生情，莫不流泪，羊祜的继任者、西晋名臣杜预因此把它称作堕泪碑。唐孟浩然《与诸子登岘山》：“羊公碑尚在，读罢泪沾襟。”

杜预

伐蜀平吴一统功，春秋左氏注疏中。
武文双享唯元凯，誓旅怀经自雅风。

【注释】

[杜预（222—285）] 字元凯，京兆杜陵人，西晋时期著名的政治家、军事家和学者，灭吴统一战争的统帅，其所撰写的《春秋左氏经传集解》三十卷，是《左传》注解流传至今最早的一种，收录《十三经注疏》中。

[武文双享] 贞观二十一年（647），唐太宗诏令历代先贤先

儒二十二人配享孔子，其中就包括杜预。建中三年（782），礼仪使颜真卿向唐德宗建议，追封古代名将六十四人，并为他们设庙享奠，当中包括晋镇南大将军当阳侯杜预。

庾信

戏作兰成老杜谈，赋闻枯树又江南。
苍凉伤悼悲哀切，人似依依何以堪。

【注释】

［庾信（513—581）］字子山，小字兰成，南阳新野人，南北朝时期诗人、文学家。《周书·庾信传》称其“幼而俊迈，聪敏绝伦”。庾信与徐陵一起任萧纲的东宫学士，成为宫体文学的代表作家，被称为“徐庾体”。主要作品有：《枯树赋》《哀江南赋》《拟咏怀》等。

谢朓

初闻如练澄江句，再识南山玄豹姿。
逸兴遄飞天揽月，诗仙长忆谢公诗。

【注释】

[谢朓（464—499）] 字玄晖，陈郡阳夏（今河南太康县）人。南朝齐山水诗人，与“大谢”谢灵运同族，世称“小谢”，为“竟陵八友”之一。建武二年（495），出为宣城太守，又称谢宣城。曾与沈约等共创“永明体”，为唐代李白最敬仰和赞赏的古代诗人。

陶侃

都督荆州控上流，论勋卓著让陶侯。
晋书折翼猜疑看，运甓津津说竹头。

【注释】

[陶侃（259—334）] 字士行（一作士衡），鄱阳郡枭阳县人，东晋时期名将，官至太尉，都督八州诸军事，封长沙郡公，获赠大司马，谥号桓。其曾孙为著名田园诗人陶渊明。他治下的荆州，有“路不拾遗”之风。

郭象

轻剪桃林重剪梅，寄言出意是亲裁。
才丰行薄留公案，却见庄周注郭来。

【注释】

［郭象］字子玄，河南洛阳人，西晋玄学家，好《老》《庄》，尝以向秀《庄子注》为己注，述而广之。一说窃注之事，恐未必信。力倡“独化论”，主张名教即自然，为当时玄学大师。郭象认为，物各有性，性各有分。栽植桃树最忌常作修剪，修剪得过多，往往会妨碍到它们的发育。而梅树却恰好相反，枝叶修剪得愈利落，果实生长得愈壮硕。

郭璞

笺注虫鱼世所推，游仙诗体最先裁。
葬经自托青乌子，易学家传术数才。

【注释】

［郭璞（276—324）］字景纯，河东郡闻喜县人。两晋时期著名文学家、训诂学家、风水学者、方术士，传说他擅长预卜先知和诸多奇异的方术。他好古文、奇字，精天文、历算、卜筮，长于赋文，尤以“游仙诗”名重当世。《诗品》称其“始变永嘉平淡之体，故称中兴第一”，《文心雕龙》也说“景纯仙篇，挺拔而俊矣”。曾为《尔雅》《方言》《山海经》《穆天子传》《葬经》作注，传于世，明人有辑本《郭弘农集》。

魏孝文帝

平城辞旧洛阳新，顺势能为融汉人。
功过终归青史说，龙门怅望北邙尘。

【注释】

[平城] 北魏中期都城，今大同市。从北魏道武帝拓跋珪于天兴元年（398）七月迁都至此，至太和十八年（494）北魏孝文帝迁都洛阳，共建都于此97年之久，前后经历道武帝、明元帝、太武帝、文成帝、献文帝、孝文帝共六位皇帝，成为当时北方政治、经济、文化的中心。

[北邙] 亦作"北芒"，山名，即邙山。因在洛阳之北，故名。东汉、魏、晋的王侯公卿多葬于此。汉梁鸿《五噫歌》："陟彼北芒兮，噫！顾瞻帝京兮，噫！"晋陶潜《拟古》诗："一旦百岁后，相与还北邙。"后借指墓地或坟墓。

谢安

再起东山成远志，兰亭淝水各高标。
乌衣王谢堂前燕，江左风流忆六朝。

【注释】

［兰亭］王羲之的《兰亭集序》，行书法帖。东晋穆帝永和九年（353）三月三日，王羲之与谢安、孙绰等四十一人，在山阴（今绍兴）兰亭“修禊”，会上各人作诗，并由羲之作序。

［淝水］淝水之战。发生于东晋太元八年（383），前秦出兵伐晋，两国于淝水（今安徽省寿县东南）交战，最终东晋仅以八万军力大胜八十余万前秦军。

苻坚

谶文呈瑞预神童，富国强兵汉化同。
可惜大伤淝水后，土崩瓦解竟何功。

【注释】

［苻坚（338—385）］字永固，氐族，临渭（今甘肃秦安）人，十六国时期前秦的君主。在位前期励精图治，重用汉人王猛，推行一系列政策与民休息，加强生产，终令国家强盛，接着以军事力量消灭北方多个独立政权，成功统一北方，并攻占了东晋领有的蜀地，与东晋南北对峙。苻坚于383年发兵南下意图消灭东晋，史称淝水之战。但最终前秦大败给东晋谢安、谢玄领导的北府兵，国家亦陷入混乱，各民族纷纷自立，苻坚最终亦遭羌人姚苌杀害。

王猛

乱世身逢少有谋，文韬武略卧龙俦。
五胡十六纷纷后，良相公论第一流。

【注释】

［王猛（325—375）］字景略，东晋北海郡剧县（今山东潍坊寿光）人，前秦丞相、大将军，著名政治家、军事家。辅佐苻坚扫平群雄，统一北方，被称作“功盖诸葛第一人”“关中良相惟王猛，天下苍生望谢安”。

王导

谋远登高洛水滨，衣冠南渡是元臣。
过江不洒新亭泪，举扇犹遮庾亮尘。

【注释】

［王导（276—339）］字茂弘，小字赤龙、阿龙，琅玡临沂人。东晋时期著名政治家、书法家，历仕晋元帝、明帝和成帝三朝，是东晋政权的奠基人之一。

周颙

隐居待价一朝臣，钟阜山灵莫笑频。
食肉餐菘颇可适，男儿出处亦常人。

【注释】

［周颙］字彦伦，汝南安城人。周颙言辞婉丽，工隶书，兼善老、易，长于佛理。颙于钟山西筑隐舍，休沐则居之，终日长蔬，颇以为适。王俭尝问："卿山中何所食?"颙曰："赤米，白盐，绿葵，紫蓼。"文惠太子问："菜食何味最胜?"答曰："春初早韭，秋末晚菘。"

［"钟阜"句］宋张敦颐《六朝事迹编类》："（刘宋）文帝为筑室于钟山西岩下，谓之招隐馆。至齐周颙亦于钟山西立隐舍，休沐（假日）则归。后颙出为海盐令，孔稚珪作《北山移文》（移文是官府文书的一种，用以喻对方移风易俗，故名）以讥之。"考史传所载，周颙曾任剡县令、山阴县令，而并未任海盐县令，他一生仕宦不绝，并没有隐而复出的事。他修建隐舍于钟山，是在京任职时供假日休憩之用。孔稚珪所作的是寓言体的游戏文章，假设山灵口吻斥责周颙，以讽刺隐士贪图官禄的虚伪情态，未必都有事实根据。曹雪芹《钟山怀古》："名利何曾伴汝身，无端被诏出凡尘。牵连大抵难休绝，莫怨他人嘲笑频。"

周颢

三天仆射世称豆，刚直疏狂集一身。
三问无言终负友，两过缄口却恩人。

【注释】

[周颢（269—322）] 字伯仁，汝南安成（今河南省汝南县）人，两晋时期名士、大臣。周颢少年时便有重名，弱冠时袭封武城侯，官至尚书左仆射。周颢以雅望而获盛名，但他常酒醉失态，又不理俗务，有“三日仆射”之称。

[“三问”二句] 参见《晋书·卷六十九·列传第三十九》。

郗鉴

驻屯京口劝三思，正处衣冠南渡时。
吐哺郗公人道是，东床快婿妒羲之。

【注释】

[郗鉴（269—339））] 字道徽，高平金乡（今山东省金乡县）人，东晋重臣、书法家。永昌初年，入朝任领军将军、安西将军、尚书令等职。参与讨平王敦之乱、苏峻之乱，并与王导、卞

壶等同受遗诏辅晋成帝。累官司空、侍中，封南昌县公，拜太尉。他拒绝外戚庾亮废王导的建议，阻止了朝中的士族斗争。

卞壶

褰裳岂可入时流，匡正阿龙却有愁。
父报君恩儿尽孝，满门忠义仰千秋。

【注释】

[卞壶（281—328）] 字望之，济阴冤句（今山东菏泽）人。东晋名臣、书法家。累事三朝，两度为尚书令。礼法自居，纠正当世，不畏强权。苏峻叛乱，众大臣避之。卞壶临危受命，怀报国之志，率二子及兵勇，奋力抵抗，以身殉国，其二子卞眕、卞盱，见父殉国，为报父仇，相随杀入敌军，亦力战而死。父子三英勇就义，演绎了中华民族"忠孝贞"全节的家族忠烈史。历代受到人们的敬仰、尊崇。

[褰裳] 撩起下裳。南朝陈徐陵《让散骑常侍表》："昔墨子诸生褰裳救楚，鲁连隐士高论却秦，况乎谬蒙知己，宁无感激。"后遂以"褰裳"为不辞劳苦，急于为国事奔波之典。清黄宗羲《钱忠介公传》："时平则高洗耳，世乱则美褰裳。"

[阿龙] 王导，字茂弘，小字阿龙。东晋时期政治家、书法家，历仕晋元帝、明帝和成帝三朝，是东晋政权的奠基人之一。

谢玄

玉树芝兰庭院生，香囊博戏叔深情。
渡河一战收淝水，晋祚依存北府兵。

【注释】

［谢玄（343—388）］字幼度。陈郡阳夏（今河南太康）人。东晋名将，豫州刺史谢奕之子、太傅谢安之侄。他招募北来民众中的骁勇之士，组建训练一支精锐部队，号为“北府兵”。淝水之战中，谢玄任前锋都督，计诱前秦军后撤，乘势猛攻，取得以少胜多的巨大战果。太元九年（384），率兵为前锋，乘胜开拓中原，先后收复了今河南、山东、陕西南部等地区。

支遁

闲云野鹤似仙踪，佛道融通互不雍。
品茗原知能顿悟，禅茶一味是开宗。

【注释】

［支遁（314—366）］字道林，世称支公，亦曰林公，别号支硎。东晋高僧，陈留人，善草隶，好畜马。魏晋时代，玄学流

行，名士清谈，蔚然成风，支遁精通老庄之说，佛学造诣也很深。他提出“即色本空”的思想，创立了般若学即色义，成为当时般若学“六家七宗”中即色宗的代表人物。

刘琨

枕戈待旦志难酬，惆怅精钢绕指柔。
未扫中原身殉国，还期祖逖楫中流。

【注释】

［刘琨（271—318）］字越石，中山魏昌（今河北无极县）人，累迁至并州刺史。永嘉之乱后，刘琨据守晋阳近十年，抵御前赵。315年，刘琨任司空，都督并、冀、幽三州诸军事。不久并州失陷，投奔幽州刺史段匹磾。318年，刘琨及其子侄四人被段匹磾杀害。刘琨善文学，通音律，其诗多描写边塞生活。

祖逖

慷慨闻鸡意志坚，干云豪气着先鞭。
中流击楫澄清誓，可与刘琨试比肩。

【注释】

[祖逖（266—321）] 字士稚，范阳遒县（今保定市涞水县）人，东晋军事家，曾任司州主簿、大司马掾、骠骑祭酒、太子中舍人等职，后率亲党避乱于江淮，被授为奋威将军、豫州刺史。他在建武元年（317）率部北伐，得到各地人民的响应，数年间收复黄河以南大片领土，使得石勒不敢南侵，进封镇西将军。但因势力强盛，受到东晋朝廷的忌惮。太兴四年（321），朝廷命戴渊出镇合肥，以牵制祖逖。祖逖目睹朝内明争暗斗，国事日非，忧愤而死，追赠车骑将军，北伐大业也因此而功败垂成。

桓温

枋头不进灞徘徊，爰拟司空处仲才。
四诏畏前因有鬼，世传泣柳十年栽。

【注释】

[桓温（312—373）] 字元子，谯国龙亢（今安徽怀远龙亢镇）人。东晋政治家、军事家、权臣，谯国桓氏代表人物。桓温是晋明帝的驸马，因溯江而上灭亡成汉政权而声名大奋，又三次出兵北伐（北伐前秦、羌族姚襄、前燕），战功累累。后独揽朝政十余年，操纵废立，有意夺取帝位，终因第三次北伐失败而令声望受损，受制于朝中王谢势力而未能如愿。桓温曾在晚年逼迫朝廷加其九锡，但因谢安等人借故拖延，直至去世也未能实现。死后谥号宣武。其子桓玄建立桓楚后，追尊为“宣武皇帝”。

［处仲］王敦（266—324），字处仲，琅琊临沂人，东晋初期权臣。

袁宏

倚马连书露布篇，诗成咏史谢公怜。
扬风仁政东阳守，羞就宏滔作比肩。

【注释】

［袁宏（328—376）］字彦伯，小字虎，时称袁虎。东晋玄学家、文学家、史学家。陈郡阳夏（今河南太康）人。最初做谢尚的参军，后来担任桓温的记室，并出任东阳太守。因为不满当时已出的几种《后汉书》，继荀悦编著《汉纪》后，他编著了《后汉纪》，并著有《竹林名士传》三卷及《东征赋》《北征赋》《三国名臣颂》等篇。今存《后汉纪》三十卷。

［宏滔］袁宏和伏滔。伏滔（约317—396），字玄度，平昌安丘人。有才学，少知名。州举秀才，辟别驾，皆不就。大司马桓温以为参军，每宴集，必命滔从。桓温平寿阳，滔以功封侯，除永世令。太元中，拜著作郎，后迁游击将军，著作如故。卒于官。

王坦之

江东独步尚为郎，抑老尊儒又废庄。

文度无聊韩伯问，不无两可意茫茫。

【注释】

[王坦之（330—375）] 字文度，太原晋阳（今山西太原）人，东晋名臣，曾任大司马桓温的参军，后与谢安等人在朝中抗衡桓温。桓温死后与谢安一同辅政，累迁中书令、领北中郎将、徐、兖二州刺史。著有《废庄论》。

[韩伯] 字康伯，颍川长社（今河南长葛）人，东晋玄学家、训诂学家。

["文度"二句] 出自《世说新语·言语》。不无两可，无可无不可，道家哲学，指怎样办都行，没有一定的死规矩。

桓伊

清溪侧畔邀吹笛，一往情深世上夸。
听曲出神三弄后，如闻五月落梅花。

【注释】

[桓伊] 字叔夏，谯国铚县（今安徽濉溪）人，东晋将领、名士、音乐家。桓伊善吹笛，有"笛圣"之称，琴曲《梅花三弄》是根据他的笛谱改编的。

范晔

书成后汉不他传，史笔唯公独蔚然。
文苑新增存列女，推崇纪传胜编年。

【注释】

[范晔（398—445）] 字蔚宗，顺阳（今河南南阳）人，南朝宋史学家、文学家。范晔才华横溢，史学成就突出，其《后汉书》博采众书，结构严谨、属词丽密，与《史记》《汉书》《三国志》并称“前四史”。

刘裕

奋起寒微造武功，南朝北伐说英雄。
永嘉乱世中兴后，史上屡歌田舍翁。

【注释】

[“奋起”二句] 北魏崔浩《国史》：“刘裕奋起寒微，不阶尺土，讨灭桓玄，兴复晋室，北禽慕容超，南枭卢循，所向无前，非其才之过人，安能如是乎！”东晋自偏安以来，祖逖、庾亮、殷浩、桓温都曾先后北伐，但无一成功。晋元兴二年（404），刘

裕兴师北伐。两次北伐，前后灭南燕，破北魏，亡后秦，收复山东、河南、关中等地，黄河以南尽入南朝版图，“七分天下，而有其四”，江淮流域得到保障。为刘宋永初和元嘉年间，休养生息，出现“余粮息亩，户不夜扃”的局面提供北部疆域的屏障。

[“永嘉”二句] 在刘裕入朝执政到称帝的二十年中，南方出现了一百多年来没有过的统一，史称“永嘉中兴”，这个分裂时期的大治盛世。当时北魏的崔浩曾把刘裕与曹操相提并论：“刘裕之平祸乱，司马德宗之曹操也。”《宋书·武帝本纪》称其“清简寡欲，严整有法度，未尝视珠玉舆马之饰，后庭无纨绮丝竹之音……财帛皆在外府，内无私藏”，其简朴至此，以致后代子孙孝武帝刘骏称其为“田舍翁”。

陈庆之

受命中年战虎牢，蝉冠组佩世荣高。
善谋以少胜多计，万马千军避白袍。

【注释】

[陈庆之（484—539）] 字子云，义兴国山人，南北朝时期南朝梁将领。少为梁武帝萧衍随从，后为武威将军，有胆略，善筹谋，带兵有方，深得众心。

[白袍] 陈庆之及其部下都身穿白袍，当时人称为白袍军，洛阳有句民谣：“名将大军莫自牢，千军万马避白袍。”

沈约

沈腰潘鬓古今愁，风月非关宦海浮。
一自佐梁图禅后，齐王割舌梦中休。

【注释】

［沈约（441—513）］字休文，吴兴武康（今浙江湖州德清）人，南朝（宋、齐、梁朝时期）文学家、史学家。著有《宋书》《沈隐侯集》辑本二卷。又曾著《四声谱》《齐纪》等。

徐陵

徐妃专为遣忧烦，却是人间最美言。
辑就玉台新咏后，蘼芜孔雀陌桑存。

【注释】

［徐陵（507—583）］字孝穆，东海郡郯县（今山东郯城县）人。南朝著名诗人和文学家，与庾信齐名，并称“徐庾”。今存《徐孝穆集》六卷和《玉台新咏》十卷。

陶渊明

白衣载酒醉东篱，采菊南山尽日怡。
若不桃花流水出，人间多少学陶诗。

【注释】

［陶渊明（352—427）］字元亮，又名潜，私谥“靖节”，世称靖节先生，浔阳柴桑人，东晋末至南朝宋初期伟大的诗人、辞赋家。曾任江州祭酒、建威参军、镇军参军、彭泽县令等职，代表作有：《饮酒》《归园田居》《桃花源记》等。

谢灵运

每以清新绝艳秾，五言初发似芙蓉。
登高留有游山屐，可上凌云陟九峰。

【注释】

［谢灵运（385—433）］原名公义，字灵运，以字行于世，小名客儿，世称谢客。南北朝时期杰出的诗人、文学家、旅行家，山水诗派的开创者。谢灵运酷爱登山，常穿一双木制的钉鞋，上山取掉前掌的齿钉，下山取掉后掌的齿钉，于是，上山下山分外省力稳当，这就是著名的“谢公屐”。

阴铿、何逊

法曹水部说阴何，蜀道艰难不畏过。
雪里早梅清丽句，诗名并重少陵歌。

【注释】

［“蜀道”句］阴铿有咏《蜀道难》诗。

［“雪里”句］阴铿《雪里梅花诗》和何逊《咏早梅》诗。

［“诗名”句］杜甫《和裴迪登蜀州东亭送客逢早梅相忆见寄》：“东阁官梅动诗兴，还如何逊在扬州。”杜甫《与李十二白同寻范十隐居》：“李侯有长句，往往似阴铿。”

萧衍

竟陵八友助先机，俭过刘恒世所稀。
可叹始明终昧后，龙袍不着着僧衣。

【注释】

［萧衍（464—549）］字叔达，小字练儿，兰陵郡武进县东城里人，原是南齐的官员，南齐中兴二年（502），齐和帝被迫“禅位”于萧衍，萧衍建立南梁政权，是为梁武帝。

陈霸先

三年平叛复交州，收拾江南壮志酬。
国号陈朝为己姓，太湖曾驾打鱼舟。

【注释】

［陈霸先（503—559）］字兴国，小字法生，吴兴下若里人，出身低微，通过平定“侯景之乱”，渐渐控制了梁朝的政权。太平二年（557）废梁敬帝，自立为帝，建立大陈，改元永定，是为陈武帝。

江总

宦海浮沉悲押客，可怜江令愧多才。
只缘一曲庭花后，六代台城尽劫灰。

【注释】

［“只缘”二句］陈后主（陈叔宝）朝，江总任宰相，他不理政务，只是每天和后主在后宫饮酒作乐，因此国家日益衰败，君臣昏庸腐败，以至于陈朝灭亡，金陵六朝也随之灰飞烟灭。

吴隐之

清廉操守树家风，禄赐亲朋乐庶穷。
兄弟易身司马敬，贪泉可是惧吴公。

【注释】

［吴隐之（？—414)］字处默，东晋濮阳鄄城人，曾任中书侍郎、左卫将军、广州刺史等职，官至度支尚书，著名廉吏。

［司马］指桓温，曾任东晋大司马、丞相、录尚书事。其子桓玄建立桓楚后，追尊为“宣武皇帝”。

［贪泉］吴隐之《酌贪泉》诗：“古人云此水，一歃怀千金。试使夷齐饮，终当不易心。”

卷二十八

杨坚

死刑三奏史难寻，科举东西跨古今。
薄赋轻徭人称道，祥麟不祚太骎骎。

【注释】

[祥麟不祚] 祥麟不会滥施庇佑。“祚”有赐福、保佑等意。

房玄龄

计出秦王顿解愁，京华夺位演门楼。
凌烟开阁论功赏，何故长孙压上头。

【注释】

[“计出”二句] 房玄龄（579—648）名乔，字玄龄，十八岁时本州举进士，授羽骑尉。投秦王李世民后，为李世民出谋划

策，典管书记，是李世民得力的谋士之一。武德九年（626），他参与玄武门之变，与杜如晦、长孙无忌、尉迟敬德、侯君集五人并功第一。

［凌烟阁］是唐太宗李世民为表彰功臣而建筑的绘有功臣图像的高阁。

李世民

谋定秦王顿解愁，弟兄相残演门楼。
黎民懒识天家事，足食丰衣到白头。

【注释】

［弟兄相残］指玄武门之变，唐高祖武德九年六月初四（626年7月2日），由当时的天策上将、唐高祖李渊的次子秦王李世民，在唐王朝的首都长安城大内皇宫的北宫门玄武门附近，发动的一次流血政变。李世民在玄武门杀死了自己的长兄皇太子李建成和四弟齐王李元吉，被唐高祖李渊立为新任皇太子，并继承皇帝位，是为唐太宗，年号贞观。

萧瑀

五遭罢相耿忠身，皇帝吟诗赋老臣。

板荡疾风名句在，至今记得几多人。

【注释】

［板荡疾风］唐李世民《赐萧瑀》诗："疾风知劲草，板荡识诚臣。勇夫安知义，智者必怀仁。"

马周

浪迹新丰浊酒温，朝闻封事夕黄门。
子牙傅说何堪道，只有长沙可细论。

【注释】

［子牙］姜子牙。姜太公，又称姜尚，字子牙，封于吕（今南阳西），故又从其封称吕尚、吕望。更因文王曾曰："吾太公望子久矣。"故称太公望。

［傅说］傅氏始祖，古虞国（今山西平陆）人，生卒不详，殷商时期著名贤臣，先秦史传为商王武丁丞相，为"三公"之一。

［长沙］贾长沙。贾谊（前200—前168），洛阳人，西汉初年著名政论家、文学家，世称贾生。贾谊少有才名，十八岁时，以善文为郡人所称。文帝时任博士，迁太中大夫，受大臣周勃、灌婴排挤，谪为长沙王太傅，故后世亦称贾长沙、贾太傅。

李绩

煮粥侍姊情无价，赐药剪须恩更高。
拓土开疆悬画阁，民间演义乱嘈嘈。

【注释】

［煮粥侍姊］《隋唐嘉话》：英公（李绩）虽贵为仆射，其姊病，必亲为粥，釜燃，辄焚其须。姊曰："仆妾多矣，何为自苦如此！"绩曰："岂为无人耶！顾今姊年老，绩亦年老，虽欲久为姊粥，复可得乎？"

［赐药剪须］《旧唐书·李靖李绩传》："绩时遇暴疾，验方云，须灰可以疗之。太宗乃自剪须为其和药。绩顿首见血，泣以恳谢。"

［悬画阁］李绩为凌烟阁二十四功臣之一。

薛仁贵

灭国仇人例外尊，抚孤养老感其恩。
白衣喜著因怀念，习俗千秋万代存。

【注释】

［“白衣”二句］薛仁贵在朝鲜的影响甚至延伸到了朝鲜人民的服装上，喜穿白色衣服就是为了纪念白袍薛礼（薛仁贵）。这与《新唐书》记载的薛仁贵在高句丽“抚孤存老、检制盗贼、随才任职，褒崇节义，高丽士众，莫不欣然”是完全一致的。薛仁贵创造了中外历史上为占领国人民建立殊勋的历史奇迹。

刘仁轨

人知天命不知难，驻守新罗未下鞍。
一战白江教醒悟，千年遣使入长安。

【注释】

［白江口之战］龙朔三年（663），倭国攻新罗，刘仁轨、孙仁师率兵联合新罗联军与倭国、百济联军战于白江口，日本大败。此后日本一直数百年间不断派使臣（遣唐使等）向唐朝学习，逐渐形成其一整套政治、经济、文化制度。直到1592年，丰臣秀吉侵略朝鲜，近一千年间，日本未敢再对中国开战。

武则天

诚恐诚惶女为天，至今盘古更无前。

选才治国谋新政，叛道离经史说贤。

【注释】

[武则天（624—705）] 名武曌，中国历史上唯一的女皇帝，作为一个政治家在历史上以知人善任著称，武则天一朝号称“君子满朝”，娄师德、狄仁杰等著名的贤臣均在其列，后来的“开元贤相”姚崇和宋璟也是武则天时期提拔起来的。武则天善于用人还体现在她在用人制度上的改革和创新，她改革科举，提高进士科的地位；举行殿试；开创武举、自举、试官等多种制度，让大批出身寒门的子弟有了一展才华的机会。《资治通鉴》评价武则天：“政由己出，明察善断，故当时英贤亦竞为之用。”

张九龄

空悔贤臣识禄山，萦纡行在栈云间。
诛心语出心无改，梅岭犹思待赐环。

【注释】

[“空悔”句] 开元二十一年（733），范阳节度使张守珪因为副将安禄山讨伐奚、契丹失败，捉拿他到京城，请求按照朝廷典章执行（死刑），但皇上特别赦免了他。张九龄上奏说：“安禄山狼子野心，面有谋反之相，请求皇上根据他的罪行杀掉他，希望断绝后患。”皇上说：“你不要因为王夷甫了解石勒这个旧例，误

害了忠诚善良的人。”于是放安禄山回到藩地（见《新唐书·张九龄传》）。

姚崇

盛世开元立十纲，救时宰相便名扬。
乞铭神道碑犹在，计赚燕公却自伤。

【注释】

［“乞铭”二句］语出蔡东藩：“唐室贤相，前称房杜，后称姚宋，窃谓姚宋之才识有余，而度量不足，观其排挤张说，牵及岐王，假令因此穷治，辗转株连，岂非一场大狱？姚有为，宋有守，固皆良相也。然姚以救时自喜，才具非不可观，而机械迭出，终非正道，即如病殁之后，犹计赚张说，史传上虽未明载，而姚崇神道碑，明明为说所作，稗乘未尝无据，生张说不及死姚崇，泉下有知，崇且自夸得计，然亦何若生前之推诚相与，使人愧服之为愈也。”

［燕公］张说（667—730），字道济，河南洛阳人，唐朝政治家、军事家、文学家。历任太子校书、左补阙、右史、内供奉、凤阁舍人、左丞相，封燕国公。

宋璟

天无私覆天难老，刚正从来本色然。

纵死终生存道义，三番起落识君贤。

【注释】

[宋璟（663—737）] 字广平，河北邢台人。唐开元十七年（729）拜尚书右丞相，授府仪同三司，晋爵广平郡开国公，与姚崇一起促成史称的“开元盛世”。

[天无私覆] 出自《吕氏春秋·去私》：“天无私覆也，地无私载也，日月无私烛也，四时无私行也。行其德而万物得遂长焉。”

李泌

屈伸出处似神仙，黄老纵横智保全。
匡复回天精劝谏，经邦纬俗子房传。

【注释】

[“黄老”句] 南宋胡三省《资治通鉴广注》：“自李泌为相，观其处置天下事，姚崇以来未之有也。史臣谓其出入中禁，事四君，数为权幸所疾，常以智免。好纵横大言，时时谠议，能寤移人主意。然常持黄、老、鬼神说，故为人所讥。余谓泌以智免，信如史臣言矣。然其纵横大言，持黄、老、鬼神说，亦智也。”

[精劝谏] 清谷应泰《筑益堂集》：“处人骨肉，自古其难，汉留、唐邺所由擅美千载也。”

［纬俗］匡正世风。《北史·文苑传序》："用能穷神知化，称首于千古；经邦纬俗，藏用于百代。至哉，斯固圣人之述作也！"子房，汉名相张良。蔡东藩《中国历朝通俗演义》："范蠡沼吴甘隐去，张良兴汉托仙游。功成身退斯为智，唐室更逢李邺侯。"

王忠嗣

一战玉川成去病，三征奚契执金吾。
雁门北望桑乾月，曾照忠贤悲愤无。

【注释】

［王忠嗣（705—749）］华州郑县人，唐朝名将。开元十八年，出任兵马使，在玉川战役中以三百轻骑偷袭吐蕃，斩敌数千，吐蕃赞普仓皇逃走。开元二十六年，北伐奚和契丹，率十万骑兵，北出雁门关，于桑干河三战三捷，由于战功显赫，唐玄宗下诏授予左金吾卫将军。宰相李林甫对王忠嗣嫉恨，诬陷王忠嗣"欲奉太子"。唐玄宗对王忠嗣审讯，打算处以极刑，但在哥舒翰苦求下，将其贬为汉阳太守，一年后抑郁以终，年仅四十五岁。

［奚契］奚和契丹均为中国古代少数民族，在唐太宗时内附唐朝，建立了饶乐都督府、松漠都督府，时附时反。奚人和契丹人同源，拥有共同的远古祖先，所以后来归附契丹人所建的辽，和契丹人并列国族，赐姓萧。

韦皋

力挽狂澜力有余，剑南节度吐蕃除。
盛名况有风流助，一段佳传女校书。

【注释】

［韦皋（746—805）］字城武，京兆万年人，唐代中期名臣。贞元元年（785），韦皋出任剑南节度使，在蜀二十一年，和南诏，拒吐蕃，累加至中书令、检校太尉，封南康郡王。

［女校书］薛涛（约768—832），是一个带有传奇色彩的唐代女诗人，字洪度，长安人。十六岁入乐籍，与韦皋有过恋情，恋爱期间，薛涛自己制作桃红色小笺用来写诗，后人仿制，称“薛涛笺”。韦皋曾拟奏请朝廷授之以秘书省校书郎的官衔，格于旧例，未能实现，但人们往往称之为“女校书”。后世称歌伎为“校书”就是从她开始的。

裴度

还带终成吉相开，淮西出镇栋梁才。
元和长庆中兴后，联句东都晚乐哉。

【注释】

［还带］戏剧《裴度还带》，元关汉卿作。写唐代裴度拾宝不昧因而救人性命，最终得中状元的故事。

［联句］是古代作诗的一种方式，是指一首诗由两人或多人共同创作，每人一句或数句，联结成一篇。宪宗以后，裴度又仕穆宗、敬宗、文宗三朝，为宦官当政，他退居东都洛阳，立第于集贤里，与诗人白居易、刘禹锡酣宴终日，高歌放言，以诗酒琴书自乐，不问政事。

郭子仪

国倾扶柱赖汾阳，盖世勋劳盛远疆。
高阁凌烟人仰望，英灵千古赞忠良。

【注释】

［郭子仪（697—781）］唐朝名将，华州人。官至兵部尚书、太尉兼中书令，曾出任天下兵马副元帅，封汾阳郡王，被德宗李适尊为“尚父”，系天下安危于一身。在平定安史之乱、收复两京、智退吐蕃回纥的战斗中有勇有谋、立下赫赫战功。他居功不傲，宽厚待人，是由武举起家逐步成长起来的闻名遐迩的军事将领。

张议潮

英雄壮举振沙州，陇右河西已报仇。
赖得扫清沦陷路，英名可叹未曾留。

【注释】

［张议潮（799—872）］沙州敦煌人。唐朝节度使，民族英雄。张议潮率领沙州各族人民起义，驱逐了盘踞河西地区上百年的吐蕃，克复瓜、沙等十一州。

［“赖得”二句］张议潮的丰功伟业不在卫青、霍去病之下，可惜历史里，仅用一句“沙洲民众起义”，一笔带过了他和他的军队数十年的血战，将那4000里国土失而复得说得模棱两可。人们多从敦煌莫高窟那幅著名的《张议潮统军出行图》壁画知道这个名字。

颜真卿

世识颜筋称大家，真卿万古义中华。
唐书试览千秋节，许国一身无复加。

【注释】

[颜筋] 颜真卿的书法。颜真卿是唐代中期杰出的政治家、书法家。他创立的“颜体”楷书与赵孟頫、柳公权、欧阳询并称“楷书四大家”，和柳公权并称“颜筋柳骨”。

[“唐书”二句] 新唐书记载颜真卿秉性正直，笃实纯厚，从不阿于权贵，屈意媚上，以忠烈名于时。同时，文武双全，人如其字，刚正威武有气节，最终以死明志。

段秀实

气卑姁姁吐温言，诛逆轻生击笏存。
谀墓碑传人几信，唐书颜段表忠魂。

【注释】

[击笏] 击贼笏。唐德宗时，朱泚谋反，召段秀实议事，秀实以笏击泚，大骂，被杀（见《新唐书·段秀实传》）。后以“击贼笏”称颂忠贞或正气凛然。宋文天祥《正气歌》：“或为击贼笏，逆竖头破裂。”

[“唐书”句] 新唐书。颜段，颜真卿和段秀实。

王审知

群雄并起入闽山，薄赋轻徭节俭艰。

兴学礼贤开盛世，甘棠港外列航班。

【注释】

［王审知（862—925）］字信通，又字详卿，光州固始人，五代十国时期闽国建立者。《新五代史·卷六十八·闽世家第八》载：唐朝末年强盗群起，王审知初与兄王潮跟随王绪，后王潮废杀王绪，诸将便拥戴他为首领。乾宁四年（897）王潮去世，王审知继其位，朝廷任他为武威军节度使、福建观察使，累迁至检校太保、同中书门下平章事，封琅琊王。天祐四年（907），后梁太祖朱温升任王审知为中书令，封闽王。王审知虽出身盗贼，但为人节俭，轻徭薄赋，礼贤下士。王淡，唐朝宰相王溥之子，杨沂，唐朝宰相杨涉之弟，徐寅，唐朝知名进士，都在王审知手下任职。王审知又设学四门，以培养闽中优秀学士。招揽海中蛮夷前来经商。开辟福州的外港——甘棠港，使福州成为东南地区对外贸易的重要港口。

陈元光

垂拱开漳垦火田，军坡惠泽一千年。
八乡十里无桴鼓，二度三冬卉谷妍。

【注释】

［“垂拱”二句］唐垂拱二年（686），陈元光呈请皇帝在泉

州、潮州之间设郡县，以利加强对漳州地区的统治。火田村是陈元光在漳州建立的第一个村落。在火田溪中游，至今残存着一段长约 30 米的水坝，当地百姓称其为“军坡”，已有 1300 多年的历史。这是陈元光率开漳将士屯垦时兴建的水利工程，坝长 120 米，引水渠全长 4000 米，灌溉面积达千亩以上，是福建最早的水利工程之一，历经沧海桑田，至今仍惠泽一方。

[“八乡”二句]《漳州府志·陈元光宦绩》载：陈元光自未弱冠之年即随父率众南下，直至殉职，始终坚守在闽戍地，长达 42 年；治闽有方，开科选才，任用贤士，招抚流亡，烧荒屯垦，兴办学校，劝民读书。经过 40 多年的开发建设，漳州从不毛之地变身民风淳厚、百业兴旺的乐土。“方数千里，无桴鼓之声”，汉蛮和谐共处，少有战事；“花卉三冬绿，嘉禾二度新；俚歌声靡曼，秫酒味温醇”（陈元光诗咏），一派繁荣景象。

冯道

真能板荡识诚臣，蓝本犹循五代遵。
待到千年尘散去，方知华夏有功人。

【注释】

[板荡识诚臣] 出自唐李世民《赐萧瑀》诗：“疾风知劲草，板荡识诚臣。”比喻危急动乱中能识别忠贞。《板》《荡》是《诗经·大雅》中的名篇，后借指政局混乱，社会动荡。

[蓝本] 五代蓝本。冯道（882—954），中国大规模官刻儒家

经籍的创始人。字可道，自号长乐老，五代瀛州景城（今河北交河东北）人。历仕后唐、后晋（契丹）、后汉、后周四朝十君，拜相20余年，人称官场“不倒翁”。主持雕版印书，世称“五代蓝本”，为我国官府正式刻印书籍之始。

吕蒙正

戏曲寒窑忍泪听，洛城伊水饐瓜亭。
清廉直谏为官正，身教言传百载荣。

【注释】

［吕蒙正（944—1011）］字圣功，河南洛阳人，北宋初年宰相。元人王实甫以他为主人公创作戏曲，题名《吕蒙正风雪寒窑记》。

［饐瓜］指腐败变味的瓜。“饐”，食物腐败变味。宋人笔记《邵氏闻见录》：“公在龙门时，一日行伊水上，见卖瓜者，欲得之，无钱可买，其人偶遗一枚，公怅然取食之。后作相，买园洛城东南下临伊水起亭，以饐瓜为名。”

寇准

清廉豪侈两难猜，谁敢牵衣进谏来。

盟约澶渊缘直硬，拂须斥责命中哀。

【注释】

[寇准（961—1023）] 字平仲，华州下邽（今陕西渭南）人，两度入相。皇祐四年（1053），谥“忠愍”，复爵“莱国公”，追赠中书令。故后人多称“寇忠愍”或“寇莱公”。

范仲淹

沃面糜粥犹不苦，易衣奉食遗馨香。
奉公济世从无悔，后乐先忧万古芳。

【注释】

[沃面糜粥]《宋史·范仲淹传》记：范仲淹年轻时寄居亲戚家苦读，食物不足，就煮糜粥吃，“人不能堪，仲淹不苦也。”沃面，以水洗面，可去除疲劳。糜粥，糜，粥的意思，亦有粉碎、捣烂、消耗的意思。古人因家贫米缺，只好食糜。汉代乐府《东门行》：“他家但愿富贵，贱妾与君共哺糜。”

[易衣奉食]《宋史·范仲淹传》载：范仲淹精通六经，尤擅易学，天下学子纷纷前来讨教，一一讲解，不知疲倦。还得解决寒士的饮食问题。因家贫几个儿子以至于想出门得轮换着衣服穿。

[后乐先忧] 范仲淹《岳阳楼记》：“先天下之忧而忧，后天下之乐而乐。”

司马光

儒家典范一完人，品格源于总角身。
资治通鉴安天下，拗公评价最纯真。

【注释】

［“儒家”二句］《宋史·司马光传》载：“光生七岁，凛然如成人，闻讲《左氏春秋》，爱之，退为家人讲，即了其大指。自是手不释书，至不知饥渴寒暑。群儿戏于庭，一儿登瓮，足跌没水中，众皆弃，光持石击瓮破之，水迸，儿得活。其后京、洛间画以为图。”

［拗公］“拗相公”，即宋时人们对王安石的戏称。因为王安石极为固执，不允许任何人反对他，一心想把他的政策实施到底。由于变法期间出现了用人不当、天灾人祸等问题，因此新法给人民带来了很大的灾难。司马光一生反对王安石新法，但与王安石是纯粹君子之争。王安石在痛恨司马光之余，由衷评介司马光：“司马君实，君子人也。”

苏颂

拜相谁能仪象操，纵擒举世领风骚。

声名岂与荆公并，约瑟评论价最高。

【注释】

[苏颂（1020—1101）] 字子容，福建同安人，杰出的天文学家、天文机械制造家、药物学家。官至刑部尚书、吏部尚书，哲宗时拜相，进太子太保，累封赵郡公。苏颂作为历史上的杰出人物，其主要贡献是科学技术方面，特别是医药学和天文学方面。他领导制造世界上最古老的天文钟“水运仪象台”，开启近代钟表擒纵器的先河。著有《图经本草》《新仪象法要》《苏魏公文集》等。

[荆公] 王安石。

[李约瑟] 英国近代生物化学家和科学技术史专家，著有《中国的科学与文明》，称苏颂为“中国古代和中世纪最伟大的博物学家和科学家之一”。

章楶

水龙吟罢东坡次，婉约谁曾识武功。
花甲从戎经略路，夏童不敢牧河东。

【注释】

[章楶（1027—1102）] 字质夫，福建浦城人，北宋名将、诗人，枢密直学士、龙图阁端明殿学士、进阶大中大夫。元祐六年

(1091)，章楶担任环庆路经略安抚使。绍圣元年（1094），章楶出兵西夏，于胡芦河川三战三捷，又奇袭天都山，擒获西夏统军，夏主震骇。

［“水龙”二句］章楶有《水龙吟·杨花词》，苏东坡有《水龙吟·次韵章质夫杨花词》。

狄青

铜面春秋勇有谋，英才鳞集万兜鍪。
昆仑夜袭兼西夏，平叛蛮侬一战休。

【注释】

［狄青（1008—1057）］字汉臣，汾州西河人，北宋著名军事家，面有刺字，善骑射，人称“面涅将军”。勇而善谋，在宋夏战争中，立下了卓越的战功。范仲淹授以《左氏春秋》，狄青因此折节读书，精通兵法。《宋史》：“青起行伍而名动夷夏，深沉有智略，能以畏慎保全终始。”

［“昆仑”二句］《宋史》：“宋至仁宗时，承平百年，武夫警卒遭时致位者虽有之，起健卒至政府，隐然为时名将，惟青与逵两人尔。青在边境昆仑一举，颇著奇隽。考其识量，亦过人远矣。”

［蛮侬］广源州蛮侬智高。皇祐年间，广源州蛮侬智高反叛，攻陷邕州，又攻破了沿江的九个州，包围广州城，岭外一带骚动不安。

吕端

锁阁宫人社稷安，掀帘太子面当观。
忠臣钩直真堪月，大事精明看吕端。

【注释】

[钩直] 形容耿直。语出姜太公钓鱼的故事。唐卢仝《直钩吟》："初岁学钓鱼，自谓鱼易得。三十持钓竿，一鱼钓不得。人钩曲，我钩直，哀哉我钩又无食。文王已没不复生，直钩之道何时行。"

[大事精明]《宋史·卷二百八十一·列传第四十》："真宗之立，闭王继恩于室，以折李后（明德皇后）异谋，而定大计；既立，犹请去帘，升殿审视，然后下拜，太宗谓之'大事不糊涂'者，知臣莫过君矣。"

曹玮

鄂王追谥与其同，温酒曾经斩华雄。
年少守边三代后，令名已逼宋高公。

【注释】

[曹玮（973—1030）] 字宝臣，真定灵寿（今属河北）人，北宋名将。死后获赠侍中，谥号“武穆”，后世遂称其为“曹武穆”，配享仁宗庙庭，绘像昭勋崇德阁，为昭勋阁二十四功臣之一。

[宋高公] 高怀德（926—982），北宋开国功臣，死后追封渤海郡王，谥号“武穆”。高怀德墓位于今河南省巩义市芝田镇蔡庄村，俗称驸马坟。墓前立有石碑一通，书“宋渤海郡王·武穆高公墓”。

虞允文

力挽狂澜采石矶，书生意志武功巍。
还将进退忠贞辨，八百年来世所稀。

【注释】

[虞允文（1110—1174）] 字彬父，隆州仁寿县（今四川省眉山市仁寿县）人，南宋名臣。绍兴三十一年（1161），以参谋军事犒师采石，指挥三军大破金帝完颜亮。

岳飞

精忠报国更无求，万丈豪情咏不休。

一死恨难经百战，九评荣耀励千秋。

【注释】

［“万丈”句］岳飞《满江红·写怀》：“怒发冲冠，凭栏处、潇潇雨歇。抬望眼、仰天长啸，壮怀激烈。三十功名尘与土，八千里路云和月。莫等闲，白了少年头，空悲切。　靖康耻，犹未雪；臣子恨，何时灭。驾长车，踏破贺兰山缺。壮志饥餐胡虏肉，笑谈渴饮匈奴血。待从头、收拾旧山河，朝天阙。”

［九评荣耀］毛泽东主席一生曾九次对岳飞给予极高的评价。

孟珙

绝代英雄破蔡州，曾传尝后快恩仇。
虽无武穆令名显，却耗蒙元五十秋。

【注释】

［蔡州］隋置于今河南省汝南县。宋绍定六年（1233）十月至宋端平元年（1234）一月，蒙宋联军攻灭金军固守的蔡州，金朝遂亡。

［武穆］“武”和“穆”都是中国古代谥法常用字。“武穆”曾用于多位帝王将相的谥号，其中以岳飞的谥号最为人知，这里指岳飞。

文天祥

受命危亡耿耿忠，毁家纾难几人同。
零丁惶恐犹南向，日月山河亦动容。

【注释】

［零丁惶恐］语本宋文天祥《过零丁洋》："辛苦遭逢起一经，干戈寥落四周星。山河破碎风飘絮，身世浮沉雨打萍。惶恐滩头说惶恐，零丁洋里叹零丁。人生自古谁无死，留取丹心照汗青。"

陈文龙

忠肃衣冠遗落地，尚书水部迹犹存。
琉球出使先崇祀，千古流芳闽海魂。

【注释】

［陈文龙（1232—1276）］福建兴化人，初名子龙，字刚中。度宗为之改名文龙，赐字君贲，号如心，抗元名将，民族英雄，谥忠肃。元军南下，在各地守将纷纷投降的背景下，招降使者两次至兴化劝降文龙，均被其焚书斩杀。后城破被捕，押送杭州途中开始绝食，经杭州谒拜岳飞庙时，气绝而死，葬于杭州西湖智

果寺旁。明朝诏封文龙为福州府城隍，福州人称文龙为“尚书公”。在福建境内建有“历代奉旨祀典”的陈庙十余座。其中，以福州阳岐的尚书祖庙时间最早。相传当年阳岐村民在乌龙江边拾到陈文龙遗落的官袍，便自发集资在阳岐凤鸣山下建庙。明永乐六年（1409），朝廷加封陈文龙为“水部尚书”、“镇海王”，保佑航运和渔民。明清时期，每三年科举后，历朝皇帝都委派新科状元率册封团赴琉球、台湾册封当地官员。册封团在海上行船为祈求平安，将陈文龙立于船中祭拜。

真德秀

仙阳隔代夕朝熏，理学传承耳目闻。
靖海平波丝路幸，泉州两度记逢君。

【注释】

［真德秀（1178—1235）］字希元，号西山。福建浦城仙阳人。南宋后期著名理学家，学宗朱熹，所修《大学衍义》，被称可作《大学章句》之佐，为继朱熹之后的理学正宗传人，与魏了翁齐名，创“西山真氏学派”，学者称其为“西山先生”。庆元五年（1199），进士及第，理宗时擢礼部侍郎、直学士院。史弥远惮之，被劾落职，二度起知泉州。

白玉蟾

金丹草创便南宗，道教诗书树一峰。
失足谁言千古恨，洗心修得仰高踪。

【注释】

［白玉蟾（1194—?)］南宋人，内丹理论家。南宗的实际创立者，创始金丹派南宗，金丹派南五祖之一。原名葛长庚，字如晦，号琼管，自称神霄散史、海南道人、琼山老人、武夷散人。

郑虎臣

当年误国议论中，贬逐遐方对手逢。
谁为苍生诛似道，吴中闽粤不相同。

【注释】

［遐方］远方，即遥远的地方。唐白居易《题郡中荔枝》诗："已教生暑月，又使阻遐方。"清曹寅《粤中丞送孔雀》诗："绝峤龙闲能致远，遐方珍贡自乘时。"

［"吴中"句］谓各方对郑虎臣诛杀贾似道，为苍生乎，为己乎，看法不一。

陆秀夫

雨狂风大浪淘沙，一路南奔底处家。
海上坚持臣子泪，崖山百载又中华。

【注释】

["海上"句]《宋史》：德祐二年（1276）君臣流亡海上，大小政事都疏于治理，杨太妃垂帘听政，与臣下说话自称为奴。每当群臣朝会的时候，陆秀夫仍端持着手板，俨然像过去上朝一样，有时在行程途中，凄然泪下，用朝衣拭泪，衣服都湿透了，左右的人为他所感染都无不悲痛欲绝。景炎三年（1278）初，赵昰死，庙号端宗。群臣多欲散去，陆秀夫勉励群臣，再立赵昺为帝，改元祥兴，迁居崖山。陆秀夫任左丞相，与张世杰同执朝政。祥兴二年（1279），元张弘范攻崖山，宋军大败。陆秀夫对赵昺说："德祐皇帝辱已甚，陛下不可再辱。"毅然背赵昺跳海牺牲。

张世杰

千古忠臣志不移，明知无益却情痴。
连船相贯尤歌泣，义士危难坠海时。

【注释】

[张世杰（？—1279)］涿州范阳（今属河北范阳）人。宋末抗元名将，民族英雄，与陆秀夫、文天祥并称“宋末三杰”。先后拥立南宋二帝，誓不降元，最终兵败崖山海战，因飓风毁船，溺死于平章山下。蔡东藩《宋史通俗演义》诗赞：“一代沧桑洗不尽，幸存三烈尚流芳。”

郑思肖

遗族南翁誓不臣，铁函心史证其真。
绝交孟頫兰无土，报国书成梅又春。

【注释】

[南翁］郑思肖（1241—1318)，宋末诗人、画家，福建连江人。原名不详，宋亡后改名思肖，因肖是宋朝国姓赵的组成部分。字忆翁，号所南，表示不忘故国；日常坐卧，要向南背北。元军南侵时，曾向朝廷献抵御之策，未被采纳。后客居吴下，寄食报国寺。有诗集《心史》《郑所南先生文集》《所南翁一百二十图诗集》等。

[孟頫］赵孟頫（1254—1322)，字子昂，号松雪道人。浙江吴兴人。南宋末至元初著名书法家、画家、诗人，宋太祖赵匡胤十一世孙、秦王赵德芳嫡派子孙。至元二十三年（1286)，赵孟頫被行台侍御史程钜夫举荐，觐见元世祖忽必烈。历任集贤直学士等职。累官翰林学士承旨、荣禄大夫。

［兰无土］郑思肖擅长作墨兰，花叶萧疏而不画根土，意寓宋土地已被掠夺。

蒲寿庚

善贾来回海上楼，出逃帝子闭门愁。
刺桐溅血天良尽，保护胡言岂可羞。

【注释】

［蒲寿庚（1205—1290）］又称蒲受畊，号海云，宋末元初人，阿拉伯（色目）商人后裔，蒲开宗之子（参见《泉州人名录·蒲开宗》）。任泉州市舶司三十年，是宋元时期“蕃客回回”的代表人物。后叛宋降元，终生显赫。《宋史·瀛国公本纪》景炎元年（1276）十二月条：“蒲寿庚提举泉州舶司，擅番舶利者三十年。”

［“出逃”句］明阳思谦《泉州府志》记：“宋幼主过泉州，宋宗室欲应之，守郡者蒲寿庚闭门不纳。”明何乔远《闽书》记：“景炎入海，航泉州港，分淮兵二千五百人，命寿庚将舟以从。寿庚闭门拒命，与州司马田真子上表降元。”

［“刺桐”二句］郑思肖《心史》：“（景炎）二年丁丑（1277），泉州素多宗子，闻张少保至，宗子纠集万余人出迎王师。叛臣蒲受畊闭城三日，尽杀南外宗室数万人。”《泉州府志·纪兵》说：“尽害宗室千余人及士大夫与淮兵之在泉者，备极惨毒。”

卷二十九

郑和

西洋七下史称雄，出使张骞便不同。
若是舟师东向发，岂留倭寇患无穷。

【注释】

［郑和（1371—1433）］明朝太监，原姓马，名和，小名三宝，又作三保，云南昆阳宝山乡人。明朝航海家、外交家。1405到1433年，郑和七下西洋，完成了人类历史上伟大的壮举，宣德八年（1433）四月，在印度西海岸古里国去世，赐葬南京牛首山。

［张骞（前164—前114）］字子文，是丝绸之路的开拓者，被誉为“第一个睁开眼睛看世界的中国人”。他将中原文明传播至西域，又从西域诸国引进了汗血马、葡萄、苜蓿、石榴、胡麻等物种到中原，促进了东西方文明的交流。

王景弘

七下西洋襄助功，令名三宝亦相同。
御诗褒奖宣宗赐，将命当时尔最忠。

【注释】

［王景弘］福建漳平人，生卒不详，洪武年间入宫为宦官，人称王三保。偕同郑和七下西洋，郑和病逝于印度古里，王景弘率队归返。宣德九年（1434），王景弘受命以正使身份率船队出使南洋诸国，第八次下西洋。船队先到苏门答腊，后到爪哇。回国时，苏门答腊国王遣其弟哈尼者罕随船队到北京朝贡。他同郑和一样是我国历史上伟大的航海家、外交家。

［“御诗”二句］在第七次出洋前，明宣宗为其撰写过长诗《赐太监王景弘》诗，称其“昔时将命尔最忠”。

于谦

谁分社稷重君轻，盖世功高两袖清。
至察至清何太息，石灰吟出最强声。

【注释】

[至察至清]“水至清则无鱼，人至察则无徒”，源于《大戴礼记·子张问入官》和《汉书·东方朔传》，后人多用此告诫人们指责人不要太苛刻、看问题不要过于严厉，否则，就容易使大家因害怕而不愿意与之打交道，就像水过于清澈养不住鱼儿一样。

[石灰吟]“千锤万凿出深山，烈火焚烧若等闲。粉骨碎身浑不怕，要留清白在人间。”是于谦一首托物言志诗。于谦是一位与岳飞齐名的民族英雄，又是一位廉洁、正直的清官。作者以石灰做比喻，抒发自己坚强不屈、洁身自好的品质和不同流合污的情怀。

李如松

壬辰失败白江愁，历史重来不自由。
倘若如松还在世，谁知是否有芦沟。

【注释】

[李如松（1549—1598）]字子茂，号仰城，辽东铁岭卫人，明朝名将。壬辰抗倭援朝战争中，以其抗倭成就名垂千古。

[白江]白江口之战，参见本书《刘仁轨》。

杨慎

三国开篇不贯中，于今礼议也能红。

朱熹被斥阳明批，独立精神世比崇。

【注释】

［贯中］罗贯中。《临江仙·滚滚长江东逝水》是明代文学家杨慎所作《廿一史弹词》第三段《说秦汉》的开场词，后毛宗岗父子评刻《三国演义》时将其放在卷首。

［礼议］大礼议，是指发生在嘉靖年间的一场规模巨大、旷日持久的关于皇统问题（谁才是皇帝的父亲）的争论。明世宗即位，杨慎被召至京师，任经筵讲官。嘉靖三年（1524），“大礼议”爆发，杨慎与王元正等二百多人伏于左顺门，撼门大哭，自言“国家养士百五十年，仗节死义，正在今日”。世宗下令将众人下诏狱廷杖，当场杖死者十六人。十日后，杨慎及给事中刘济、安磐等七人又聚众当廷痛哭，再次遭到廷杖。

［“朱熹”二句］指杨慎对集理学之大成的朱熹和明代中后叶风靡一时的阳明心学的批判。

徐光启

归化耶华事可疑，从来致用是真知。
几何原本名天下，西学横空独越时。

【注释】

［徐光启（1562—1633）］字子先，号玄扈，松江人，明代著

名科学家、政治家。官至崇祯朝礼部尚书兼文渊阁大学士、内阁次辅。徐光启毕生致力于数学、天文、历法、水利等方面的研究，勤奋著述，尤精晓农学，译有《几何原本》《泰西水法》，著有《农政全书》。同时，他还是一位沟通中西文化的先行者，为十七世纪中西文化交流做出了重要贡献。

［耶华］指耶和华。

周起元

浮梁廉惠里人歌，十府苏松爱戴多。
木柜投钱乡党愿，有情月港海无波。

【注释】

［周起元（1571—1626)］字仲先，号绵贞，福建海澄人。任江西浮梁知县，以廉惠著称。天启三年，以右佥都御史巡抚苏松十府，指控织造太监李实贪恣不法，又为苏州同知杨姜辩冤，遭魏忠贤恨，被诬为乾没帑金十万两，逮入狱中，拷掠至死。

［浮梁］位于江西省东北部，举世闻名的瓷都景德镇在历史上长期隶属于浮梁县管辖。唐白居易《琵琶行》:“商人重利轻别离，前月浮梁买茶去。”

［苏松］指苏州、松江等地。

［月港］位于福建漳州，是明朝中后期“海舶鳞集、商贾咸聚、农贸杂半、走洋如市、朝夕皆海、酬醉皆夷产”的著名外贸通商港口。

谭纶

兵法精深饱读书，台州御寇下仙居。
防边大计陈良策，铸就长城力不余。

【注释】

[谭纶（1520—1577）] 字子理，号二华，江西宜黄谭坊人。明代抗倭名将、杰出的军事家、戏曲家，官至兵部尚书、太子少保。与戚继光、俞大猷、李成梁齐名。

[“台州”句] 嘉靖二十九年（1551）倭寇屡袭浙江沿海，谭纶受命任台州知府，在当地招募乡勇千人，练兵御倭。嘉靖三十六年（1557），谭纶率兵在台州大挫倭寇。嘉靖三十七年（1558），倭寇再率数万人侵扰台州仙居、临海，谭纶再亲率死士与倭寇大战，三战三捷，使军威大振。嘉靖四十二年（1563），受任福建巡抚，剿灭福建倭寇，收复兴化。

[“防边”二句] 隆庆二年（1568），谭纶出任蓟辽保定总督，负责京畿防务。自居庸关到山海关，修建防御台三千座，加强东北防务。史称其“历兵间三十年，计首功二万一千五百有奇，亦一时干城矣”。

陈璘

彪炳功勋史少传，广东剿匪说张琏。

三韩又陷倭人祸，北上先锋艾服年。

【注释】

［陈璘（1532—1607）］字朝爵，号龙崖，韶州翁源县（今广东省韶关市翁源县）人，明代将领、抗倭英雄。陈璘先于嘉靖末年屡平广东贼兵，万历二十六年（1598），陈璘出征朝鲜，于露梁海战中痛击日军，大败岛津义弘，立下援朝第一功。

袁可立

如山执法久弥珍，名贵青天斩弄臣。
节钺登莱扶既倒，推官入祀祭昏晨。

【注释】

［袁可立（1562—1633）］字礼卿，号节寰，河南睢州（今河南省睢县）人。历经万历、泰昌、天启、崇祯四帝，为“四朝元老”，为官不阿权贵，敢于为民请命，是明代后期著名的清官廉吏和抗清名臣。

侯方域

舍身瑶草落孤坟，掘口朝宗祭祀勤。

扇里桃花都乱坠，东林流毒至今闻。

【注释】

［瑶草（约1591—1646）］马士英，字瑶草，贵州贵阳人，明末凤阳总督、南明弘光朝内阁首辅。明王朝覆灭后，马士英与兵部尚书史可法、户部尚书高弘图等拥立福王朱由崧建立南明弘光政权。因“拥兵迎福王于江上”有功，升任东阁大学士兼兵部尚书，都察院右副都御史，成为南明弘光王朝首辅，南京城破后不降，继续抗清，后事败被清廷所害。有清一代，其为人颇遭指责，特别是变节投降的东林党人和复社成员对其极尽诬蔑之能事。时唯有夏允彝、夏完淳父子《幸存录》对其持论公允。

［侯方域（1618—1655）］字朝宗，明朝归德府（今河南商丘）人，明末清初散文三大家之一、明末“四公子”之一、复社领袖。明朝灭亡后，侯方域流落江南。入清后参加科举，为时人所讥：“两朝应举侯公子，忍对桃花说李香。”2005年7月，商丘市睢阳区为其建造纪念馆，然其为人颇有伪君子之嫌，将出仕之过推于女子之因，乃大丈夫所为耶？

郑成功

鲁王圹志还清白，国姓忠诚岂可污。
历史胡言终贯例，几多伪造使人愚。

【注释】

[鲁王] 朱以海，封地山东兖州，1644 年，清军攻占后流亡南方，被明朝遗民拥立为监国，退守金门依附郑成功。1959 年，金门发掘一古墓，有“皇明监国鲁王圹志”石碑。

[“历史”二句]《清史稿》：“久之，居金门，郑成功礼待颇恭。既而懈，以海不能平，将往南澳，成功使人沉之海中。”

李定国

黄口从军少小强，亲提廿骑夺襄阳。
凛然大义前嫌释，湘桂神奇蹶两王。

【注释】

[李定国（1620—1662）] 字宁宇，陕西榆林人。明末农民起义领袖，南明将领，抗清英雄。出身贫寒的农家子，十岁时不堪明廷欺压，投张献忠转战于四川、湖北，屡立战功，曾带二十六骑兵奇袭襄阳，擒明朝亲藩襄王。南明隆武二年，清顺治三年（1646），清军入川，张献忠战死，李定国等从川入黔。后以云南为根据地，举起“联明抗清”大旗，长达 15 年之久。黄宗羲称：“逮夫桂林、衡州之捷，两蹶名王，因此天下震动，此万历以来全盛之天下所不能有，功垂成而物败之，可望之肉其足食乎屈原所以呵笔问天！”

黄道周

直谏陈言天下事，临危舍命国难纾。
忠贞可与梁溪似，取义文山亦不虚。

【注释】

[黄道周（1585—1646）] 字幼玄，号石斋，福建漳浦铜山（现东山县铜陵镇）人。明末学者、书画家、文学家、儒学大师、民族英雄。天启二年进士，历官翰林院修撰、詹事府少詹事。南明隆武时，任吏部兼兵部尚书、武英殿大学士（首辅）。抗清失败，被俘殉国，谥忠烈。

[“忠贞”二句] 清代著名学者蔡世远概括黄道周一生：严谨的治学精神和渊博的学问可比邵雍，忠贞为国直言敢谏可比李纲，慷慨赴难从容就义可比文天祥。

[梁溪] 李纲（1083—1140），字伯纪，号梁溪先生，祖籍福建邵武。北宋末、南宋初抗金名臣，民族英雄。

[文山] 文天祥（1236—1283），字履善，又字宋瑞，号文山，吉州庐陵（今江西吉安县）人。南宋末大臣、文学家、民族英雄。

袁崇焕

边塞谈兵自不疑，双宁大捷解京危。

是非成败从何说，能阻胡尘只督师。

【注释】

[袁崇焕（1584—1630）] 字元素，明朝末年蓟辽督师。在抗击清军（后金）的战争中先后取得宁远大捷、宁锦大捷。于崇祯二年（1629）击退皇太极，解京师之围后，魏忠贤余党以“擅杀岛帅（毛文龙）”“与清廷议和”“市米资敌”等罪名弹劾袁崇焕，皇太极又趁机实施反间计，袁崇焕最终被朱由检认为与后金有密约而遭凌迟处死。袁崇焕虽为抗清名将，但也是一位争议较大的人物。

洪承畴

杀身亨九先皇悼，保命承畴后代憎。
自古中华崇气节，六离夜立母填膺

【注释】

[洪承畴（1593—1665）] 字彦演，号亨九，福建泉州南安霞美人，明朝重臣，松山之败后降清。乾隆因洪承畴叛明降清列于贰臣甲等，入《清史·贰臣传》。

[六离] 六离门。福建民间的许多老房子有一大奇观，即在大门外加制六扇矮门，似乎为的是拒畜生于门外。其实，这里隐藏着一个鲜为人知的故事。明万历年间，南安人洪承畴中进士，

因镇压李自成、张献忠农民起义军有功，封为延绥巡抚、陕西三边总督，崇祯时官至兵部尚书，后又调任蓟辽总督，率师抵御关外清兵。崇祯十四年（1641），在松山与清军激战被俘，随即变节投敌，为清兵南下献策献力，杀害爱国志士、同乡黄道周与年仅十七岁的著名抗清义士夏完淳。洪承畴被清军俘虏时，外界误传殉国。消息传到明朝廷，崇祯皇帝亲自为他写祭文、建祠堂、赐谥号。他的老家洪府，也被称为“忠烈之门”，上自老母，下至妻儿，身着白衣，以示悼念。正当全家人为洪承畴做“忌日”的时候，突报洪承畴回故里探亲，衣锦还乡。洪母不信，经再三探明，证实儿子确实未死，且已投敌。于是，洪母大义凛然，当即命人在大门外迅速加制六扇矮门，拒逆子于家门之外。洪承畴被阻而不得入，问其母为何不开门，洪母说：“你知道此门吗？此六扇矮门，叫作六离门，凡卖国求荣者，母不以为子，妻不以为夫，子不以为父，六亲不认，众叛亲离！”洪承畴听罢狼狈而逃。这就是“六离门”掌故的由来，闽剧传统剧目《六离门》说的就是这个故事。

许铁堂

怀梦文公奉诏行，城隍海陆导旗旌。
谁能省识因何梦，三百年留赫赫名。

【注释】

［许铁堂（1614—1671）］名珌，字天玉，号铁堂，福建福州

府侯官县人，崇祯十二年（1639）已卯中科乡试。春秋经元，于康熙四年（1665）已巳二月选授安定县知县，六年丁未十二月解组。康熙十年（1671）卒，时贫不能归榇，葬于东山之麓。民间传说，在康熙四年（1665）二月，许铁堂被朝廷任命为安定知县，赴任途中先从福建省闽侯下海乘船，看见前面行进的一条船上竖立着一面安定城隍的旗帜，他很是纳闷，这船和他乘坐的船保持一定的距离，他们走，这船走，一直到河南黄河边的孟津渡上岸走陆路。在他换乘车马后，又看见前面行进的车马，也竖着安定城隍的旗帜，他风餐露宿，总是不上不下，一直过西安，踏上西行之路，经平凉到定西，到青岚山突然不见了前面的车马和旗帜。他怀疑遇上赴任安定城隍的民族英雄文天祥的灵魂。后来他在一客栈忽然做梦梦见文天祥相邀一道赴安定县，并告知他也已录为安定县城隍。许铁堂到任后，将此梦广为宣传，并筹集银两扩建了城隍庙，教化民风。从此，在定西养成了悼念民族英雄文天祥的习惯。每年农历五月十八，百姓扶老携幼赶庙会，纪念文天祥至今不衰，这完全是许铁堂树立的良好风气。

陈廷敬

完人几近严操守，两块铜钱自愧中。
法度固能开盛世，品格却可荡清风。

【注释】

［陈廷敬（1638—1712）］字子端，号说岩，晚号午亭。泽州

府阳城人。清顺治十五年（1658）中进士，历任内阁学士、礼部侍郎、工部尚书、户部尚书、刑部尚书、吏部尚书，直至康熙四十二年（1703），拜文渊阁大学士，为官正直清廉。为《佩文韵府》《康熙字典》的总阅官。

金学曾

庙名先薯纪奇功，传习千秋稼穑丰。
遥想当年平倭策，扶桑早纳汉家中。

【注释】

[先薯] 先薯祠，位于福州乌石山，清道光十四年（1834）建，主祀明万历间巡抚金学曾，教民种薯救荒，配以明长乐处士陈振龙，得薯种于外番。金学曾还在总结陈振龙父子经验的基础上，写成中国第一部有关番薯的专著《金薯传习略》。从此，番薯逐渐推广到全国各地。

[扶桑] 古国名，在中国之东，因用以代指日本。《南史·东夷传》记载："扶桑在汉国东二万余里。其上多扶桑木，故以为名。"《辞海》："我国对日本的旧称。"叶剑英《登祝融峰》："四顾渺无际，天风吹我衣。听涛起雄心，誓荡扶桑儿。"

叶名琛

时乖国运害能臣，六不难堪总督身。

谁受马公如此赞，首阳山上再传人。

【注释】

［叶名琛（1807—1859）］字昆臣，湖北汉阳人，官至两广总督擢授体仁阁大学士。第二次鸦片战争中被俘，自诩“海上苏武”，人称“六不总督”：不战、不和、不守，不死、不降、不走。

［“谁受”句］1857年1月23日出版的《纽约每日论坛报》上，马克思赞扬了叶名琛，文中写道：“确实，这个中国人如此信服地把全部问题都解决了，面对英国人的蛮横无理，中国官吏心平气和，冷静沉着，彬彬有礼。”叶名琛被俘后，不卑不亢，连英国士兵都佩服他，对他脱帽敬礼。他坚决不吃英国人的食物，吃完自己带的食物后，绝食而亡。临死时留下四个字：死不瞑目。叶名琛生前壮志未酬，死后还被人误解，实为悲哀！

［首阳山］位于甘肃渭源县，因其列群山之首，阳光先照而得名。商末周初孤竹国君之二子伯夷、叔齐相让嗣君，相偕至周，后闻武王伐纣，叩马谏阴。因武王不听，遂愤而不食周粟，西行至首阳山，采薇而食，后饿死于首阳山，封建社会把他们当作抱节守志的典范（见《吕氏春秋·诚廉》《史记·伯夷列传》）。

胡林翼

年少才高老丈知，纵情声色也无奇。
回头一刹兵书出，十倍曾公是润芝。

【注释】

［胡林翼（1812—1861）］字贶生，号润芝，晚清中兴名臣，湘军重要首领，湖南益阳人。八岁时，随祖父在益阳修志馆编修志书，刚好将赴任川东兵备道的陶澍顺路回老家益阳探亲，见到胡林翼，就惊为伟器，说："我已得一快婿。"遂订下娃娃亲，将自己五岁的女儿许配给他。十九岁时，胡林翼与陶澍之女完婚。道光十六年（1836）进士，授编修。咸丰四年（1854）迁四川按察使，次年调湖北按察使，升湖北布政使、署巡抚。抚鄂期间，注意整饬吏治，引荐人才，协调各方关系，曾多次推荐左宗棠、李鸿章、阎敬铭等，为时人所称道，与曾国藩、李鸿章、左宗棠并称为"中兴四大名臣"。著有《胡氏兵法》。曾国藩曾说："润芝（胡林翼）之才胜我十倍。"

郭嵩焘

众口铄金宁屈身，当时独醒指迷津。
舜尧毕竟人间少，治国焉能倚圣人。

【注释】

［郭嵩焘（1818—1891）］字筠仙，号云仙、筠轩，别号玉池山农、玉池老人，湖南湘阴城西人。晚清官员，湘军创建者之一，中国首位驻外使节。

李鸿章

时困方知不世才，丧权辱国两相摧。
中堂也有辛酸泪，可惜无人写怨哀。

【注释】

［李鸿章（1823—1901）］晚清名臣，洋务运动的主要领导人之一，安徽合肥人，官至直隶总督兼北洋通商大臣，授文华殿大学士，世人多尊称李中堂。

左宗棠

塞防海御众纷纭，青史名臣高下分。
杨柳新栽三万里，春风度得玉门熏。

【注释】

［“塞防”二句］光绪元年（1875），朝廷上争议出兵收复新疆，引起“海防”与“塞防”之争。李鸿章等人力主海防，主张放弃塞防，将“停撤之饷，即匀作海防之饷”。左宗棠则是塞防派，指出西北“自撤藩篱，则我退寸而寇进尺”，尤其招致英、俄渗透。从全局来看，不战而丢新疆的后果，对内必将严重有损

国威，丧失民心；对外也必将助长列强的侵略气焰，不利于海防。李鸿章的主张乃是误国，绝不可行。

[“杨柳”二句] 左宗棠再次率部西征，一路进军，一路修桥筑路，沿途种植榆杨柳树。不出几年工夫，从兰州到肃州，从河西到哈密，从吐鲁番到乌鲁木齐，凡湘军所到之处所植道柳，除戈壁外，皆连绵不断，枝拂云霄，这就是被后人所称的“左公柳”。

沈葆桢

善诱林公必况裁，成名广信识良才。
两江兼领台湾牧，船向南洋倭寇哀。

【注释】

[“善诱”句] 有一次，沈葆桢月夜饮酒，诗兴来了，就写了两句咏月的诗：一钩已足明天下，何必清辉满十分。这两句话的意思是说，弯弯的一钩残月已照亮了大地，何必要那银盘一样的满月呢？沈葆桢让林则徐看诗。林则徐看后，思考片刻，拿过笔随手把“何必”的“必”字改为“况”字，使诗句成了：一钩已足明天下，何况清辉满十分。沈葆桢看后，十分羞愧，因为虽然是一字之差，但意思却大相径庭，由自满的口吻变成了壮志凌云的生动写照。从此以后，沈葆桢变得谦虚好学。

严复

发蒙船政渡重洋，西学引来福泽长。
若说译坛今日盛，还看信达雅犹香。

【注释】

［严复（1854—1921）］字几道，福建侯官县人，近代著名的翻译家、教育家。先后毕业于福建船政学堂和英国皇家海军学院，曾担任过京师大学堂译局总办、上海复旦公学校长、安庆高等师范学堂校长，清朝学部名辞馆总编辑。在北洋水师学堂任教期间，培养了中国近代第一批海军人才，并翻译了《天演论》、创办了《国闻报》，系统地介绍西方民主和科学，宣传维新变法思想，将西方的社会学、政治学、政治经济学、哲学和自然科学介绍到中国，提出的“信、达、雅”的翻译标准，对后世的翻译工作产生了深远影响。

王国维

独立精神辫子连，人生三境界开天。
千年也学沈湘后，问死缘由大可怜。

【注释】

［独立精神］1928年6月3日，王国维逝世一周年忌日，清华立《海宁王静安先生纪念碑》，碑文由陈寅恪撰。碑铭云："惟此独立之精神，自由之思想，历千万祀，与天壤而同久，共三光而永光。"

［人生三境界］语出王国维《人间词话》：古今之成大事业、大学问者，必经过三种之境界："昨夜西风凋碧树。独上高楼，望尽天涯路。"此第一境也。"衣带渐宽终不悔，为伊消得人憔悴。"此第二境也。"众里寻他千百度，蓦然回首，那人却在灯火阑珊处。"此第三境也。

蔡锷

仗剑南天战鼓传，讨袁护国力当先。
共和再造中华泽，岂独知音小凤仙。

【注释】

［蔡锷（1882—1916）］原名艮寅，字松坡，是民国初年杰出的军事领袖。蔡锷一生中，做了两件大事：一件是辛亥革命时期在云南领导了推翻清朝统治的新军起义；另一件是四年后出兵云南打响了反对袁世凯称帝、维护民主共和国政体的护国军起义第一枪。

［小凤仙］传说她曾是名动公卿的名妓，曾帮助共和名将蔡锷将军逃离袁世凯的软禁，更因为与蔡锷的那段至死不渝的爱情

而被人传颂，二十世纪八十年代，这段爱情被拍成名叫《知音》的电影。

陈绍宽

遮兰海战立功勋，铨叙施规振海军。
浴血江阴拼尽力，胪雷乡下避纷纭。

【注释】

［陈绍宽（1889—1969）］字厚甫，福建省闽县人，曾任民国海军部部长、海军总司令，国民革命军陆军、海军一级上将。

［遮兰海战］1917 年，北洋政府决定参加协约国，对德、奥宣战，身在英国的陈绍宽立即加入英国海军潜艇队参战。在英德遮兰海战中，奋不顾身，荣立战功，得到英国海军当局的嘉奖和英国女王颁发的“特别劳绩勋章”一枚。

［铨叙］旧社会政府审查官员的资历，确定级别、职位。

［浴血江阴］1937 年江阴保卫战。

［“胪雷”句］陈绍宽以“抗战后海军元气尚未恢复，且绍宽在抗日期中报效无多，已愧对国人，若再参加内战，内疚殊大”，借口舰只需修理和急需增拨油费，毅然率“长治”舰南下台湾视察。后隐居故里福州胪雷乡，每日粗茶淡饭，读书看报，拒绝参加内战。

陈季良

东北江南逐浪奔，如归视死铸军魂。
改名一样英雄气，两段人生报国门。

【注释】

［陈季良（1883—1945）］福建福州人，海军名将。毕业于江南水师学堂，任海容舰大副。武昌起义中支持革命军，任江亨舰长兼江防舰队分舰队领队长。在东北支持苏联红军对日作战，发生中日庙街事件。事后改名继续在海军任职，历海容舰长、海军第一舰队司令、海军部常务次长。抗日战争时期，组织江阴保卫战，打破日本“三个月灭亡中国”的美梦。1945年去世，追赠海军上将。

林遵

雪耻从军报国仇，布雷击寇誓无休。
太平舰向南沙岛，又向南京壮举酬。

【注释】

［林遵（1905—1979）］曾用名林准，又名林尊之。福建福州

人，系民族英雄林则徐侄孙。1924年入烟台海军学校学习。1929年赴英国，先后入格林威治皇家海军学院、朴茨茅斯专科学校学习。1937年赴德国学习潜水艇技术。1939年回国后，任国民党海军第5游击布雷大队大队长，参加抗日战争。林遵和他的布雷大队屡屡给日军沉重的打击，先后获甲种乙等陆海空军奖章、甲种二等光华奖章和陆海军一等奖。

[“太平”二句] 1946年7月，林遵作为总指挥率领舰队接收南沙群岛和西沙群岛。1949年4月，率海防第2舰队舰艇25艘、官兵1200余人，于南京笆斗山江面起义，参加中国人民解放军。

侯德榜

受命时危无反顾，死拼创业世人尊。
不申专利苍生利，卸甲滩头报国魂。

【注释】

[侯德榜（1890—1974）] 名启荣，字致本，福建闽侯人，著名化学家，侯氏制碱法的创始人，中国重化学工业的开拓者，近代化学工业的奠基人之一。

[卸甲] 卸甲甸，位于南京大厂，东临长江，南与浦口区接壤，西临江北大道。传说楚霸王项羽曾在此地卸甲休息，1936年侯德榜在卸甲甸建设永利硫酸铵厂。

卷三十

卓文君

文君放诞最风流，千古佳传说自由。
一曲白头虽附会，两情不负更何求。

【注释】

［卓文君（前175—前121）］西汉临邛人，古代四大才女之一。卓文君姿色娇美，精通音律，善弹琴，有文名，与汉代著名文人司马相如的一段爱情佳话至今被人津津乐道。卓文君的经历为后代的知识女性树立了自主恋爱的榜样。而文君夜奔相如的故事，则流行民间，并为后世小说、戏曲所取材。

［“一曲”句］据《西京杂记》卷三记载：卓文君作《白头吟》，此说似不足信。《白头吟》最早见于《玉台新咏》，《乐府诗集》将其载入《相和歌·楚调曲》。另据《宋书·乐志》载，它与《江南可采莲》同属于乐府古辞，带有浓厚的民歌色彩。《乐府诗集》和《太平御览》也都把它作为“古辞”。

班昭

孤芳出自汉扶风，续写春秋更不同。
女诫七章存异议，才高不废古今雄。

【注释】

[班昭（约45—约117）] 又名姬，字惠班，扶风安陵（今陕西咸阳）人。东汉史学家、文学家、史学家班彪之女、班固之妹。班昭博学高才，其兄班固著《汉书》，未竟而卒，班昭奉旨入东观藏书阁，续写《汉书》。其后汉和帝多次召班昭入宫，并让皇后和贵人们视为老师，号“大家”。班昭作品存世七篇，《东征赋》和《女诫》等对后世有很大影响。

蔡文姬

三从四德使人寒，节烈胡言乱责难。
十八胡笳悲愤在，风华绝代气如兰。

【注释】

[蔡文姬（177—249）] 名琰，字文姬，一字昭姬，陈留人，蔡邕女儿，博学有才，通音律，据称能用听力迅速判断古琴的第

几根琴弦断掉，是建安时期著名的女诗人。代表作有《胡笳十八拍》《悲愤诗》等。

[“三从”二句] 朱熹曾说：“蔡文姬受辱虏庭，诞育胡子，文辞有余，节烈不足，又另当别论。”

娄昭君

许嫁英才自托人，观成大局太妃身。
贤名留史传奇远，犹说三为太后辛。

【注释】

[娄昭君（501—562）] 代郡平城（今山西大同）人，鲜卑族，北魏真定侯娄提的孙女，赠司徒娄内干之女，北齐奠基人高欢的妻子，北齐文宣帝高洋、孝昭帝高演、武成帝高湛的生母。谥号神武明皇后。

冼夫人

岭南教化到天涯，化外情怀有国家。
四海回归重现日，便将百越返中华。

【注释】

[冼夫人] 广东高凉人氏，后嫁于当时的高凉太守冯宝。公元558年，冯宝卒，岭南大乱，冼夫人平定乱局，被册封为石龙郡太夫人。隋朝建立，岭南数郡共举冼太夫人为主，尊为“圣母”。后冼夫人率领岭南民众归附，隋朝加封谯国夫人，去世后追谥“诚敬夫人”。

[百越] 越是指当时长江下游至南海交州湾沿海居民的泛称，因其种姓繁多，故称之为“百越”。这里主要指两广及越南。

杜秋娘

缕衣歌尽惜时欢，一段繁华夜已阑。
老去红颜悲日落，牧之长咏杜秋叹。

【注释】

[缕衣] 指杜秋娘的《金缕衣》诗。杜秋（约791—?），《资治通鉴》称杜仲阳，后世多称为“杜秋娘”，唐代金陵人。《金缕衣》：“劝君莫惜金缕衣，劝君惜取少年时。花开堪折直须折，莫待无花空折枝。”

[“牧之”句] 杜牧的《杜秋娘诗》。作者以深切的同情，叙述了杜秋一生的坎坷不幸，刻画了鲜明生动的人物形象，抒发世事沧桑和人生无常。

王昭君

出塞终成千古名，画工所误失公平。
平沙雁落琵琶怨，谁欠昭君一辈情。

【注释】

[王昭君（前52—前18）] 名嫱，字昭君，古代四大美女之一的“落雁”，晋朝时为避司马昭讳，又称“明妃”，汉元帝时期宫女，秭归人。《后汉书》卷八十九《南匈奴传》：王昭君在汉元帝时以“良家子”的身份入选掖庭。

貂蝉

月下焚香为主忧，秋波妩媚使人愁。
连环计出成佳话，并作羞花闭月柔。

【注释】

[貂蝉] 甘肃临洮人，古代四大美女之一的“闭月”。貂蝉的生活年代约在东汉末年，出生死亡年月均不可考。貂蝉的事迹大多出现在说书话本的故事当中，最后由《三国演义》作者罗贯中整理创作出一个完整的形象。历史研究者对此人物的真实性存有争议。

杨玉环

多姿婀娜尽妖娆，羽服霓裳舞绞绡。
长恨马嵬终不免，梨花犹放海棠凋。

【注释】

［杨玉环（719—756）］字太真，祖籍蒲州永乐，生于蜀郡成都。她先为寿王李瑁的王妃，后为唐玄宗李隆基的贵妃。杨玉环姿质丰艳，善歌舞，通音律，其音乐才华在历代后妃中鲜见，被后世誉为古代四大美女之一的“羞花”。

西施

响屧廊上翩跹舞，娃阁吴宫袅娜行。
家国兴亡论女色，浣纱溪有不平声。

【注释】

［西施］名夷光，春秋时期越国苎萝人，出生死亡年月均不可考。西施是古代四大美人之一的“沉鱼”，又称西子。

薛涛

校书宠后便忘形，罚配松州泪欲潸。
若不十离诗感动，平添薄命怨红颜。

【注释】

［薛涛］唐代著名女诗人，入乐籍，因其才情美貌而名动蜀中，后被当时任剑南节度使的韦皋所赏识，让她做自己的校书，参与做一些案牍处理的工作。

鱼玄机

芳心暗许空年少，难得易求郎有情。
莫道杨花逐逝水。一生至爱是飞卿。

【注释】

［鱼玄机］晚唐诗人，长安人，字蕙兰。咸通初年（860）嫁与李亿为妾，后被弃。咸通七年（866），出家为咸宜观女道士，改名鱼玄机。鱼玄机姿色倾国，天性聪慧，才思敏捷，好读书，喜属文。

［“芳心”二句］鱼玄机约十岁，与温庭筠相识，并吟诗作

对。后鱼玄机孤零一身，无可奈何地发出“易求无价宝，难得有心郎”(《赠邻女》)的痛苦而又绝望的心声。

［飞卿］为晚唐诗人温庭筠的号。

李冶

架却蔷薇终是谶，相思尝尽苦追寻。
未经沧海能识水，女冠才高八至深。

【注释】

［李冶］字季兰(《太平广记》中作“秀兰”)，乌程(今浙江吴兴)人，后为女道士，是中唐诗坛上享受盛名的女诗人。

［“架却”句］李冶容貌俊美，天赋极高，从小就显露诗才，六岁那年，曾写下一首咏蔷薇诗：“经时未架却，心绪乱纵横。”“架却”，谐音“嫁却”。她父亲认为此诗不祥，小小年纪就知道待嫁女子心绪乱，长大后恐为失行妇人，不幸而被言中。

［八至］李冶《八至》诗：“至近至远东西，至深至浅清溪。至高至明日月，至亲至疏夫妻。”

刘采春

元稹风流又泛情，传闻岂得浪虚名。

几多心曲商人妇，都在江南小调声。

【注释】

［刘采春］唐时歌妓，生卒年不详，淮甸（今江苏淮安一带）人。一说越州（今浙江绍兴县）人。伶工周季崇之妻。善歌，一唱《啰唝曲》，闺妇行人，莫不凄然泪下。《全唐诗》存其《啰唝曲》六首。

［“元稹”二句］元稹相识薛涛以后才认识刘采春的，一见钟情，乐不思蜀，其《赠刘采春》与《赠薛涛》如出一辙，致使薛涛为此大为伤感。可见刘采春并不亚于薛涛。尤其她写的六首《啰唝曲》（即《望夫歌》），多被选家青睐，称为诗中珍品。

柳如是（六首）

子龙英气满昆仑，如是风华谁与论。
试得鸳湖郎有意，楼船冬日作春温。

【注释】

［子龙］陈子龙（1608—1647），明末官员、文学家，字卧子，号大樽，南直隶松江华亭人。清兵陷南京，他和太湖民众武装组织联络，开展抗清活动，事败后被捕，投水殉国。他是明末重要作家，诗歌成就较高，诗风或悲壮苍凉，充满民族气节，被公认为“明诗殿军”。陈子龙亦工词，为婉约词名家、云间词派

盟主，被后代众多著名词评家誉为“明代第一词人”。

［“试得”二句］陈子龙与柳如是一度相恋，清代虽已有人谈及，但经陈寅恪先生《柳如是别传》抉微更进而彰显。据《柳如是别传》考证，崇祯八年春夏之季，陈与柳曾短暂同居，两人感情相当深挚。

［鸳湖］嘉兴南湖，也称鸳鸯湖。

其二

京口详勘二月霜，曾经红玉抗金场。
欲成安国亲桴鼓，酹酒英雄怕水凉。

【注释】

［京口］今镇江。

［红玉］梁红玉（1102—1135），原籍安徽池州，生于江苏淮安，宋朝著名抗金女英雄，封为安国夫人，在建炎四年（1129）长江阻击战中亲执桴鼓，和韩世忠共同指挥作战，将入侵的金军阻击在长江南岸，从此名震天下。

［怕水凉］《柳如是别传》：“钱谦益因贪生怕死推说水凉不肯投湖自尽，以死全节。”

其三

雉羽戎装出塞姿，名流变节北行时。
朱衣不畏降臣惧，惆怅杨朱泣路歧。

【注释】

［杨朱泣路岐］指对别人误入岐途而感伤。战国赵荀况《荀子·王霸》："杨朱哭衢途：'此夫过举跬步而觉跌千里者夫！'"唐李商隐《荆门西下》诗："洞庭湖阔蛟龙恶，却羡杨朱泣路岐。"

其四

扁舟儒服访诗豪，白发红颜万里翱。
西子东山同一笑，绛云楼似紫云高。

【注释】

［"扁舟"二句］柳如是是明清易代之际的著名歌妓才女，个性坚强，正直聪慧，魄力奇伟。幼即聪慧好学，但由于家贫，从小就被掠卖到吴江为婢，妙龄时坠入章台，改名为柳隐，在乱世风尘中往来于江浙金陵之间。留下的作品主要有《湖上草》《戊寅草》与《尺牍》。此外，柳如是有着深厚的家国情怀和政治抱负，徐天啸曾评价"其志操之高洁，其举动之慷慨，其言辞之委婉而激烈，非真爱国者不能。"与复社、几社、东林党人交往，常着儒服男装，与诸文人纵谈时势、和诗唱歌。于崇祯十四年（1641）二十余岁时，嫁给了年过半百的东林党领袖、文名颇著的钱谦益。

其五

茸城结帨画船中，书剑恩仇日月同。

红豆绛云金屋是，却抛血雨与腥风。

【注释】

［茸城］古代松江因草地肥沃，绿茵上野鹿奔驰，故又称茸城。茸乃鹿也。

［结帨］是古代嫁女仪式之一，泛指成婚。《仪礼·士昏礼》：“母施衿、结帨，曰：‘勉之敬之，夙夜无违宫事。’”郑玄注：“帨，佩巾。”

［红豆绛云］红豆山庄和绛云楼。钱氏娶柳后，为她在虞山和西湖盖了壮观华丽的“绛云楼”和“红豆馆”。

其六

残山剩水对茫茫，三尺绫罗更可伤。
扼腕人间奇女气，柳花身世久回肠。

寇白门

秋夜浓妆花轿非，短衣匹马秣陵归。
还君一诺千金死，红泪诗成易染衣。

【注释】

［寇白门］名湄，字白门，1624年出生于金陵，“秦淮八艳”之一，人称“女侠”。十八岁时嫁给明朝声势显赫的功臣保国公

朱国弼。《板桥杂记》："白门娟娟静美，跌宕风流，能度曲，善画兰，粗知拈韵，能吟诗，然滑易不能竟学。"

卞玉京

冰心一片在梅村，弗解应知欲为婚。
感旧琴河羞与恨，缠绵哀婉写歌魂。

【注释】

［"冰心"二句］吴梅村在苏州时与卞玉京相逢，各自的志趣和才情使他们一见倾心，梅村为此而吟咏下数阕情意缠绵的《西江月》和《醉春风》。面对卞玉京热情而勇敢的爱情，梅村却没有勇气承接，他只能"长叹凝睇"，"固若弗解者"。

［"感旧"二句］1650年秋，吴梅村在常熟钱谦益家得知卞玉京也在尚湖寓居，极欲求见。在钱氏的撮合下，卞玉京姗姗而来，但随即登楼托词需妆点后方见，继而又称旧疾骤发，请以异日造访，面对咫尺天涯、同样也有着难言之痛的卞玉京，吴梅村黯然神伤，挥笔写下了"缘知薄幸逢应恨，恰便多情唤却羞"的四首《琴河感旧》诗和七言歌行《听女道士卞玉京弹琴歌》，淋漓尽致地表达了他的这些复杂难言的情感。

董小宛

半塘薄醉倾心后，才子如皋射雉时。

病眼看花人易悴，影梅庵忆语迟迟。

【注释】

[半塘] 苏州半塘河。董小宛居住的地方。

[“病眼”句] 语本董小宛《绿窗偶成》诗：“病眼看花愁思深，幽窗独坐抚瑶琴。”

[影梅庵忆语] 《影梅庵忆语》，明末清初学者、诗人冒襄（字辟疆，如皋县人）所撰的一部散文小品，词句清丽，感情真切，与沈复的《浮生六记》齐名。

李香君

血溅桃花扇里人，聘之妙笔最传神。
风流名士终难信，唯有青楼义气真。

【注释】

[“血溅”二句] 指孔尚任《桃花扇》剧本中人物李香君。孔尚任（1648—1718），字聘之，山东曲阜人，孔子六十四代孙，清初诗人、戏曲家。1699年，经过他十余年苦心创作的传奇剧《桃花扇》脱稿。该剧以复社名士侯方域与秦淮名妓李香君的爱情故事为主线，广泛而深刻地反映了南明王朝灭亡的历史，“借离合之情，写兴亡之感”，以巨大的艺术感染力，吸引了众多的读者和观众。王公显贵争相传抄，清宫内廷与著名昆曲班社竞相

演出，一时轰动了京城。当时与《长生殿》作者洪昇有“南洪北孔”之称。

陈圆圆

梨园独冠断人魂，倾国红颜世上论。
落尽繁花终寂寞，劫尘了却是空门。

【注释】

[“梨园”句] 陈圆圆色艺双绝，名动江左，善演弋阳腔戏剧，扮演《西厢记》中的红娘，人丽如花，似云出岫，莺声呖呖，六马仰秣，台下看客皆凝神屏气，入迷着魔，每一登场演出，明艳出众，独冠当时，“观者为之魂断”。

马湘兰

一世真情付稚登，蕙兰湘竹两并称。
仲姬子固堪传世，人是高标画上乘。

【注释】

[稚登] 王稚登（1535—1612），字百谷，吴门（今苏州）人。嘉靖末年入太学，因写“色借相君袍上紫，香分太极殿中

烟”的牡丹诗名扬京师。清钱谦益《列朝诗集》云：“（稚登）名满吴会间，妙于书及篆、隶。闽粤之人过吴门者，虽贾胡穷子，必踵门求一见，乞其片缣尺素然后去。”万历时与汪道昆、王世贞等组织“南屏社”，广交朋友，人称“侠士”，曾结交名妓马湘兰、薛素素等。

[仲姬] 管道升（1262—1319），字仲姬，浙江吴兴人。至元后随夫入京，封魏国夫人。工诗文书画，擅画梅、兰、竹，笔意清绝。著《墨竹谱》，传世作品有《水竹图卷》《秋深帖》《山楼绣佛图》《长明庵图》等。

[子固] 曾巩（1019—1083），字子固，建昌军南丰（今江西省南丰县）人，后居临川，北宋散文家、史学家、政治家。曾巩文学成就突出，位列唐宋八大家，世称“南丰先生”。

顾横波

风月秦淮第一流，江南雅士诩眉楼。
罗敷岂被东风误，一见钟情到白头。

【注释】

[顾横波（1619—1664）] 名媚，字眉生，号横波，工诗善画，善音律，尤擅画兰，能出己意，所画丛兰笔墨飘洒秀逸。其画风追步马湘兰，而姿容胜之，推为南曲第一（南曲，泛指卖艺不卖身的江南名妓），自然广受风流名士们的青睐，以致眉楼门庭若市，几乎宴无虚日，常得眉楼邀宴者谓“眉楼客”，俨然成

为一种风雅的标志，而江南诸多文宴，亦每以顾眉生缺席为憾。

［“罗敷”二句］龚鼎孳年方二十四，来到眉楼，一见顾横波，为之倾倒不已。龚鼎孳为顾画“佳人倚栏图”，并题诗：“腰妒垂杨发妒云，断魂莺语夜深闻；秦楼应被东风误，未遣罗敷嫁使君。”

苏小小

松柏西陵湖畔路，几人油壁香车顾。
香消无物结同心，啼眼可堪幽露处。

【注释】

［“松柏”二句］《玉台新咏·苏小小歌》：“妾乘油壁车，郎跨青骢马。何处结同心，西陵松柏下。”语本此。

［“香消”二句］唐李贺《苏小小墓》：“幽兰露，如啼眼。无物结同心，烟花不堪剪。”语本此。

梁红玉

未有青楼飒爽风，英雄款曲美人通。
红颜摧敌亲桴鼓，百里星驰召世忠。

【注释】

［世忠］韩世忠（1089—1151），字良臣，延安人，南宋抗金名将，与岳飞、张俊、刘光世合称南宋“中兴四将”。

李师师

辇毂繁华事已休，当时歌扇后庭楼。
谁言商女不知恨，取义捐生未了仇。

【注释】

［李师师（1090—1129）］，北宋末年青楼歌姬，东京开封府（今河南省开封）人。多见于野史、笔记小说。

班婕妤

德才难敌掌中轻，何必秋风怨不平。
还让寒鸦犹带影，终留团扇写愁情。

【注释】

［掌中轻］喻赵飞燕。赵飞燕创“掌中舞”，因舞蹈体态轻盈，仿佛可以置于掌中，故得名。此舞后成了赵飞燕的一个独有标志，亦可比喻女子舞姿轻盈。

[“还让”句] 语本唐王昌龄《长信秋词》：“奉帚平明金殿开，且将团扇暂徘徊。玉颜不及寒鸦色，犹带昭阳日影来。”

[“终留”句] 汉班婕妤《团扇歌》(《怨歌行》)：“新裂齐纨素，鲜洁如霜雪。裁为合欢扇，团团如明月。出入君怀袖，动摇微风发。常恐秋节至，凉飙夺炎热。弃置箧笥中，恩情中道绝。”

谢道韫

咏絮才高天下知，联姻王谢嫁凝之。
青绫幢幕人深致，自若横刀不惧危。

【注释】

[“青绫”句] 魏晋时代，清谈之风大炽，一炷香，一盏清茶，一杯醇酒，便可以海阔天空地谈论不休，大家闺秀有时也参加讨论。由于汉代以来儒家地位独尊，当时男女授受不亲的礼防也渐受重视，所以大家闺秀参与清谈，常张设青绫幕幢以自蔽，使对谈的男性客人，只闻其声而不见其娇面。

穆桂英

巾帼英雄孺妇闻，民间女将演杨门。
悬崖滴泪埋忠骨，千载讴歌民族魂。

【注释】

[“悬崖”句] 穆桂英和其他杨门女将战死的传说甘肃、宁夏各地都有。古浪峡中确有杨门女将坟和滴泪崖，是当地的受保护古迹。滴泪崖前现有一座牌坊，牌坊下面据说就是安葬穆桂英等杨门女将的坟。牌坊上的对联为“滴泪悬崖埋忠骨，天波巾帼丧西征”。

樊梨花

西征大漠舞金戈，勒石燕然奈我何。
独立梨花香自远，英名世代响沙坡。

【注释】

[勒石燕然] 燕然，今蒙古境内的杭爱山。勒即刻。勒石燕然就是刻石记功，引申为打仗取得胜利。典出东汉时大将窦宪率军攻打北匈奴，直至燕然，然后在山上刻石记功而返。

花木兰

少年难忘木兰辞，替父从军朔漠驰。
铁马金戈同十载，无人道是女儿姿。

【注释】

［花木兰（412—502）］北魏宋州（今河南商丘虞城县）人，中国古代巾帼英雄。花木兰忠孝节义，代父从军击败入侵之敌的故事流传千古。

李清照

词崇婉约易安师，十四连环叠字词。
可叹才高逢乱世，童言道尽女儿悲。

【注释】

［“词崇”句］李清照（1084—1155），号易安居士，齐州章丘（今山东章丘）人。宋代女词人，婉约词派代表，有“千古第一才女”之称。李清照在词坛中独树一帜，形成了自己独特的艺术风格“易安体”。

［“十四”句］李清照《声声慢》开头连用“寻寻觅觅，冷冷清清、凄凄惨惨戚戚”十四个叠字，具有独创性，做到了自然朴素，不见凿痕。

［“童言”句］陆游《夫人孙氏墓志铭》“夫人幼有淑质。故赵建康明诚之配李氏，以文辞名家，欲以其学传夫人。时夫人始十余岁，谢不可，曰：‘才藻非女子事也。’”。

朱淑真

文辞幽婉尽缠绵，红艳诗名市井怜。
人约黄昏梢上月，断肠劫后有余篇。

【注释】

［“文辞”二句］朱淑真（1135—1180），号幽栖居士，南宋女诗人，是唐宋以来留存作品最丰盛的女作家之一。其诗词多抒写个人爱情生活，如“但愿暂成人缱绻，不妨常任月朦胧”，“娇痴不怕人猜，和衣睡倒人怀”。后世人称之为“红艳诗人”，作品艺术上成就颇高，常与李清照相提并论。

［“人约”句］朱淑真流传颇广的《生查子》：“月上柳梢头，人约黄昏后”一阕，长期以来被认为欧阳修所作，其实是当时怕坏了女子的风气，才将作者改为了欧阳修的。

［“断肠”句］朱淑真过世后，传其父母将其生前文稿付之一炬。现存《断肠诗集》《断肠词》传世，是劫后余篇。

上官婉儿

评定诗文风气开，簪花人压大宗才。
右丞一脉田园体，都是昭容亲手裁。

【注释】

［上官婉儿（664—710）］又称上官昭容，陕州人，唐代女诗人、政治家。十四岁时因聪慧善文为武则天重用，掌管宫中制诰多年，有“巾帼宰相”之名。唐中宗时，封为昭容，权势更盛，在政坛、文坛有着显要地位，从此以皇妃的身份掌管内廷与外朝的政令文告。曾建议扩大书馆，增设学士，在此期间主持风雅，代朝廷品评天下诗文，一时词臣多集其门，《全唐诗》收其遗诗三十二首。

［右丞］王维，以诗名盛于开元、天宝间，尤长五言，多咏山水田园，唐肃宗乾元年间任尚书右丞，故世称“王右丞”。著有《王右丞集》《画学秘诀》等。

苏惠

冠绝神州奇女才，璇玑文字至今猜。
愿君解尽循环意，织就千诗盼汝回。

【注释】

［璇玑图］相传是前秦时期秦州（今甘肃天水）刺史窦滔之妻苏惠所作的回文诗章。苏蕙的“璇玑图”总计八百四十一字，纵横各二十九字，纵、横、斜、交互、正、反读或退一字、迭一字读均可成诗，诗有三、四、五、六、七言不等，甚是绝妙，广为流传，最多有人解读出7958首诗。她为寻回真爱作诗的故事也流传到现在。

绿珠

繁华散尽自逢秋，流水无情不解愁。
若是春归无著处，落花人似坠高楼。

【注释】

［绿珠（？—300）］今广西博白双凤绿罗人，歌女，西晋石崇的宠妾。古代美女之一。绿珠为感激石崇之厚恩，跳楼自杀以保节。宋乐史《绿珠传》："盖一婢子，不知书而能。感主恩，愤不顾身。其志烈懔懔，诚足使后人仰慕歌咏也。"

李夫人

倾城倾国叹如何，金阙银台汉武歌。
解识君恩憔貌远，甘泉长挂画娥娥。

【注释】

［"倾城"二句］指汉李延年《佳人歌》："北方有佳人，绝世而独立。一顾倾人城，再顾倾人国。宁不知倾城与倾国，佳人难再得！"和汉刘彻《李夫人赋》："美连娟以修嫭兮，命樔绝而不长。饰新官以延贮兮，泯不归乎故乡……"该赋以浓墨重彩的手

法，真实而多层面地传达了汉武帝对李夫人的深切怀念，表达了对美好生命逝去的无尽悲哀。

罗敷

陌上桑多三月时，携筐采叶喂蚕饥。
罗敷虽是如花女，五马毋留碍绿枝。

【注释】

［罗敷］传说中的古代美女。

祝英台

朝夕三年耳鬓知，相思一点万般期。
从来天意多难晓，待到痴情化蝶时。

【注释】

［祝英台］是《梁祝》传说中的女主角，生于公元 377 年。梁祝传说产生于晋朝。现存最早的文字材料是初唐梁载言所撰的《十道四蕃志》。到了晚唐，张读所撰的《宣室志》作了文学性渲染，可见其大致轮廓。此后比较重要的文献记载，还有明代冯梦龙的《李秀卿义结黄贞女》，清代邵金彪的《祝英台小传》，后者出现了化蝶的结局。

王朝云

浓淡相宜西子初，红颜知己称心余。
相濡以沫炎荒老，樊素杨枝总不如。

【注释】

[“浓淡”二句] 唐苏东坡《饮湖上初晴后雨》：“水光潋滟晴方好，山色空蒙雨亦奇。欲把西湖比西子，淡妆浓抹总相宜。”诗写西湖旖旎风光，实际上寄寓了苏东坡初遇王朝云时为之心动的感受。

[“樊素”句] 唐孟棨《本事诗·事感》：“白尚书（居易）姬人樊素善歌，妓人小蛮善舞，尝为诗曰：樱桃樊素口，杨柳小蛮腰。”唐白居易《别柳枝》：“两支杨柳小楼中，袅娜多年伴醉翁。明日放归归去后，世间应不要春风。”苏东坡《朝云诗》：“不似杨枝别乐天，恰如通德伴伶玄。阿奴络秀不同老，天女维摩总解禅。经卷药炉新活计，舞衫歌板旧姻缘。丹成逐我三山去，不作巫山云雨仙。”

樊通德

红袖添香夜读书，灯前拥髻话当初。

盛衰说到昭阳事，野草荒田不胜沮。

【注释】

［樊通德］樊通德故事典出汉江东都尉伶玄撰的《赵飞燕外传》内附的一篇《伶玄自叙》。

梅妃

疏影一枝春带雪，惊鸿舞罢舞霓裳。
楼东赋比长门赋，自许梅花付素香。

【注释】

［惊鸿舞］唐代汉族舞蹈，是唐玄宗早期宠妃梅妃的成名舞蹈。唐玄宗曾当着诸王面称赞梅妃“吹白玉笛，作《惊鸿舞》，一座光辉”。《霓裳羽衣舞》是唐代宫廷著名的舞蹈，传说是唐玄宗李隆基所作，由他宠爱的贵妃杨玉环作舞表演。

［楼东赋］出自《梅妃传》（陶宗仪《说郛》卷三十八），传为梅妃所写的一篇骚体赋。《长门赋》是汉代文学家司马相如受汉武帝失宠皇后陈阿娇的百金重托而作的一篇骚体赋。

花蕊夫人

笙歌夜夜不由身，纸醉金迷度几春。

亡国诗成男子愧，伤心又作息夫人。

【注释】

［花蕊夫人］后蜀主孟昶的费贵妃，五代十国女诗人，青城人。幼能文，尤长于宫词。得幸蜀主孟昶，赐号花蕊夫人。

［亡国诗］花蕊夫人作《述亡国诗》："君王城上树降旗，妾在深宫哪得知；十四万人齐解甲，更无一个是男儿。"

［息夫人］妫姓，陈氏，春秋四大美女之一，为陈国君主陈庄公之女，陈国宛丘人，因嫁给息国国君，故亦称息妫。

秋瑾

酹酒西泠湖畔桥，当年洒血迹难消。
金瓯有缺谁能补，胆识英雄是细腰。

【注释】

［秋瑾（1875—1907）］中国女权和女学思想的倡导者，近代民主革命志士。第一批为推翻清朝政权和数千年封建统治而牺牲的革命先驱。

卷三十一·诗钟、对联

古、幽七唱

子山辞赋高还古，元亮诗歌远且幽。
桂树千年传月古，瑶池万里说天幽。
孔注诗经知意古，萧编文选体情幽。

“而立”蝉联格

自古忠诚方可立，而今信誉不流行。
处世随天忠信立，而身行道孝廉扬。
明季清官夸可立，而今贼子说元根。

柳、边二唱

篱边颜色秋天好，岸柳风光春季多。

有柳风情终岁远，无边光景一时新。
论柳陈公如是说，镇边左帅更须传。

奇、好六唱

化雨春风成好景，融冰大地展奇姿。
搞活放开成好事，鼎新革故建奇功。
绿水青山铺好树，文坛艺苑展奇怀。
双筑百年全好梦，数谋卌载尽奇篇。
往年衣食都奇缺，今日诗书却好多。
铁树千年生好果，琼枝一夜放奇花。
图强奋发夸奇志，敢闯担当续好春。
联产承包开好局，转型改制建奇勋。

放、开一唱

放手绘来新伟业，开头布下大宏图。
放水出渠清几许，开山种树绿千层。
放怀高唱迎佳节，开局深谋布好篇。

“大学习”碎锦格

学圣常思行大道，做人反省习微观。
学风端正多良习，善愿能成大爱心。
学问精修恢大业，文章勤习养英才。

“高爽天”碎锦格

风紧雨来迎爽夜，月高鸟息纳凉天。
诗成一句神犹爽，史读三天性乃高。
雄心掷地皆言爽，豪气冲天试比高。

“瑞来春”碎锦格

红梅瑞雪迎春到，黄菊清风抱节来。
春信迎来新雨到，秋声送走瑞云归。
丝路重来迎瑞景，春天又到见祥云。

“螺江颂”碎锦格

江郎雅颂惊天去，螺女佳传动地来。
月色明江连马祖，风光颂水靓螺洲。
江曲谱成夸马尾，山歌颂出赞螺洲。

“尊老吟”碎锦格

尊师美德当长颂，敬老高情必久吟。
老酒三尊邀共酌，新诗数首盼齐吟。

愿、衷二唱

凭愿楫三生可度，诉衷肠一世因缘。
唯愿糟糠千载共，于衷脏腑一生牵。
乡愿须当防伪善，宸衷必定察真情。
夙愿难成因志短，初衷不改总情深。
素愿空悬凭汝诉，苦衷尽说与谁听。
宏愿易酬因德厚，曲衷难解况情幽。

眼、意一唱

眼见实情言不假，意猜虚处写难真。
眼见实情言乃慎，意猜残局补焉圆。
眼尖老鹘犹能搏，意拙宾鸿每自嗟。
眼看十纪犹存月，意注千般不赌天。
眼中媚或幽情送，意下疑因绮梦牵。
眼前频现融和景，意尽犹余馥郁香。
眼开且莫微名误，意立应当大局怀。
眼快犹电瞄乃捷，意明如雨洗何清。
意晦繁文还未识，眼明胜景已先收。

月、潮六唱

踱影林中知月起，泛舟江上看潮生。
人静倚栏观月色，夜阑欹枕听潮音。
佳境怡心生月白，微风醉面泛潮红。
星箭空游登月背，丝绸海送立潮头。
心若融通期月泻，事能透亮不潮流。

年、世二唱

丰年再绘春秋画，盛世重逢岁月歌。
有年好景春常在，处世愁情岁不还。
忘年尤喜谈恩意，出世应知进谏章。

悠、寂七唱

六代繁华何以寂，九州昌盛必能悠。
身外功名终寂寂，心中理想定悠悠。
岁月蹉跎情已寂，春秋经典事当悠。
人到百年皆是寂，功成一事定能悠。
雨过千山飞鸟寂，潮生四海卧龙悠。
四座喧哗人入寂，一江澄澈水流悠。

寒、微一唱

寒守清廉符世态，微言大义动人情。
微月照人情黯淡，寒风吹面意凄凉。

争、取六唱

男足一门难取胜，女排三冠已争誉。
大道难成多取巧，前车易鉴每争强。

回、出四唱

云归月出千山白，鸟息人回万户红。
真情易出明天爱，假意难回昨日情。
好事千回犹可见，丑闻一出不堪听。

青、高三唱

绿水青山金不换，深沟高岭路能通。
平楚青禾才出水，长堤高柳已飞绵。
直上青云人易跌，徘徊高碧雁难前。

高、远六唱

近火何能依远水，严霜岂可压高枝。
虚怀若谷居高处，大度如春溥远方。
为有清风书远志，还将正气树高标。
去国忧愁多远念，归宗愿望总高情。
猿啼冷月回高峡，雁叫霜天过远山。

近、遥二唱

路近不能由马跑，天遥方可任鹏翱。
身近难安如怖鸽，心遥不隔似灵犀。
居遥有意常联系，处近无情不往来。
月近梢头花隐约，云遥槛外鸟分明。
岛遥海上神仙景，山近门前隐士情。

生、作六唱

风大作寒还作暖，云多生雨又生晴。

老妻扫叶思生火，稚子看图学作文。

亲情持重春生意，名利看轻大作为。

事大如天难作出，情深似海易生成。

熟虑深思金作品，精雕细刻玉生涯。

花到全开堪作景，月于圆满倍生情。

初、小五唱

未严霜叶初秋意，已畅春风小雨情。

辉煌不忘初心在，落拓还应小志存。

稻粱生意初春雨，桑梓交阴小夏天。

若无晦雨小猜月，便是晴空初见时。

塞北雁归初雪月，江南梅绽小寒天。

幼稞应厌初霜冻，熟麦更愁小雨浇。

清、明三唱

未可清高薄入世，应须明亮厚对人。

月感明晰难息鸟，水忧清澈不容鱼。

已颂清风吹大地，还期明月照九州。

填词清照离人恨，弹曲明妃去国愁。
无命明诚留旧谱，有才清照创新词。

低、绝五唱

应知走路低头看，更喜下棋绝手招。
通街易见低头族，全局难逢绝手棋。
股场走绿低迷市，楼价飘红绝好家。
谨记做人低调点，须知成事绝佳些。
微言总在低声处，薄命常于绝色时。
江湖常有低潮景，人世难当绝代名。

前、下五唱

人从正道前程好，事倚阴谋下策难。
相逢何必前缘续，分别还应下辈牵。
盛年不忆前尘事，残局犹思下步棋。
鱼龙舞出前年月，竹马骑来下课时。
故交重聚前年酒，新友初逢下午茶。

心、物六唱

郑翁已著伤心史，曾子初提格物论。
事难岂可因心想，情易终能被物牵。
总想价廉还物美，却能景好每心怡。
万类运行皆物理，一时喜乐囿心情。
情疏必定成心远，志短皆因与物亲。
雁归漠北伤心泪，人到江南感物华。

碧、鸡二唱

残碧犹思红叶好，老鸡应学大肚容。
闻鸡半夜刀能舞，知碧三年血化成。
深碧桂堂犹昨夜，小鸡竹马似当年。
小鸡一月能看大，残碧三天已入冬。
小鸡欲唱微声出，好碧应逢老手雕。
看碧森林常好景，护鸡翅膀只亲情。

波、光三唱

千里波涛连海上，万家光浪映天空。
人少光环应好事，江多波浪必精心。
可以波纹传世界，能从光影见人形。
浪峰波谷船行日，裕后光前屋起时。
电信波长穿远地，诗钟光大学前人。

波、光一唱

光来玉兔天刚暗，波涌金乌海已红。

谈、笑三唱

顾盼谈他言闪烁，聆听笑你泪晶莹。
万事谈开无不可，一钱笑纳岂能为。
挂肚谈开成霾散，释怀笑抱是天明。
人多笑点精神好，天少谈此事业兴。
不成笑话因能补，终究谈资岂可轻。

荷、月一唱

荷临晚夏无穷碧，月到中秋分外圆。
月上梢头情有尽，荷浮水面景无穷。
荷色映天红胜火，月光泻地白如霜。
月桂播光犹带影，荷花出水不沾泥。

墨、云三唱

喜闻墨子天中器，醉别云英掌上身。
胥吏云师唯谨慎，文人墨客竞风流。
水殿云屏惊柳舞，瓦盆墨海见龙飞。
授课云根传美德，批评墨卷树清廉。

施、说三唱

联产施开农业活，承包说出庶民声。
未必施难其次想，不应说易最先言。
易直施行唯一贯，孔明说做必三思。

精彩说书人岂困，平和施策事能成。
培土施肥花竞放，提壶说事水难开。

静、凉五唱

季凌谱就凉州曲，太白吟成静夜诗。
月可解江凉意境，风宁知树静心情。
岂可小材凉水泼，必然大器静心成。
知暖翻从凉处想，养生须去静方寻。
两岸桥横凉爽夜，一轮月上静幽天。

存、失五唱

烈士舍身存道义，贪官趋利失良知。
倾巢岂可存个体，为国应无失小家。
树影横斜存月色，花姿零乱失风光。
难判高低存念想，不知好歹失交情。
达理通情存品味，抱残守缺失风流。

“项羽、二乔”分咏

卷土过江看父老，称王拜将有连襟。

“齐天大圣、自来水笔”分咏

花果终回缘故土，鹅毛岂可认前身。

“重阳、书法”分咏

放鸢赏菊怡情好，泼墨挥毫写意多。

纸鸢蔗杖传千载，柳骨颜筋学大家。

米粿九重留古意，文房四宝表今情。

宝、富一唱

宝岛孤悬终一统，富方群力尽三分。

宝塔山头怀德胜，富春江上忆严光。

宝贝岂能随便叫，富民总是不时呼。
宝可遣怀终雅致，富能遗爱有良知。

思、念一唱

念友存心留不易，思乡睹物去犹难。
念起私心终不远，思为大事始必难。
念到前程天远大，思来往事夜无穷。

晚、新三唱

五彩晚霞铺彼岸，一钩新月照离筵。
一江晚照春波绿，满院新霜秋气凉。
一口新声堪振奋，满眸晚景倍凄凉。

从、是二唱

自从两地伤离别，总是孤眠梦未圆。
应是清高夸品格，不从谄媚见精神。
可从细节看成败，却是宏言惹抑扬。

舍、求六唱

梦短无非轻舍弃，病长岂可急求成。
事有近期当舍己，人无远虑必求神。
丧志如还应舍物，凭心可渡不求人。
有害人生应舍去，自强愿景岂求来。

诗、酒七唱

意迷乱处须饮酒，情到浓时便咏诗。
陶令金英思载酒，杜公海棠不题诗。
桓玄放达欣温酒，李白豪情好赋诗。
桃花春雨三杯酒，枫叶秋风四野诗。

古、流三唱

西风古道长亭外，逝水流年故国前。
可考古文明历史，不依流誉鉴人才。
人成古怪沟通少，事要流行引导多。

漫写古风怀赤壁，且随流水到桃源。

风、气四唱

一展雄风追日月，凭将浩气写春秋。
人无志气前途渺，家有清风事前兴。
劲吹寒气千山静，频送春风万物苏。
渐凉天气知秋始，逼近台风感雨狂。

泉、石一唱

泉台寿诞何堪用，石火光阴大有为。
泉流历下名才显，石采田间价更珍。
石刻文章谁出手，泉鸣啸咏我藏身。
石润脂凝藏寿邑，泉温水滑出榕城。

泉、石二唱

昙石遗风闽祖证，苔泉古井蔡公留。
巨石还须惶李将，贪泉可是敬吴公。

衔石西山娃女忘，涌泉北岭法师恩。

一石何能称海角，万泉却可汇天涯。

金石文章谁出手，林泉啸咏我藏身。

泉、石七唱

红包乱送如投石，清泪频流似涌泉。

何、未三唱

百年未有雄心树，一世何能壮志成。

老路何须悲往事，前程未尽想余年。

钓誉何难皮养厚，立名未可脸看轻。

知、理四唱

但得良知通大路，犹存真理系全身。

为官更理民间苦，做事应知百姓难。

察事明知还故问，体情得理却无争。

景、情七唱

言能及义真诚景，笑不由衷造作情。
千叶交阴初夏景，百花争艳仲春情。
十年苦读无穷景，万象欣书不了情。
有心万物皆成景，无意千言不表情。
伐桂吴刚成月景，赋梅柳隐说风情。

柳、榆一至三唱

柳下贤人尊展获，榆中闯将话鸿基。
杨柳春风防得意，桑榆晚景奋图强。
纷扰柳枝飞旧絮，安闲榆树发新芽。

标、忆三唱

谋事标新须谨慎，怀人忆旧不模糊。
往事忆来犹震撼，难题标出再推敲。
故土忆牵游子梦，先贤标领后人怀。

言、德四唱

逆耳忠言应景仰，怡心高德必欢迎。
中外箴言人鉴识，古今大德世尊崇。
不废微言明大义，须从美德树高标。

“白露寒”碎锦格

紫燕归巢知露重，白鸥戏水感天寒。
白苹逐暖随风去，黄菊凌寒抱露来。
知汝秋寒愁白日，为谁夜露悔中宵。

新、巧一唱

巧佞谄谗常饰过，新知欣喜遂相欢。
巧匠技精承造化，新苗才显尚雕磨。
巧思炼字成佳句，新学谋篇出藻章。

光、明一唱

光调玉烛千门乐，明举金尊万户迎。

“菊月狂”碎锦格

月因苏轼名尤盛，菊到黄巢意更狂。
酒里月邀狂李白，山中菊采乐陶潜。
庭院菊香能自艳，楼台月满为谁狂。

牛、马三唱

说我牛头传已尽，笑他马嘴接乃频。

梅、雪二唱

画梅俊逸夸元肃，咏雪高标数退之。
大雪丰姿山亮白，小梅疏影月昏黄。

瑞雪滥觞新旧韵，寒梅著蕊古今情。

儒、侠一唱

儒师博雅房乔赞，侠客英豪剧孟誉。

侠行天下襟怀泻，儒教人间道义传。

儒可斯文人羡慕，侠能仗义世尊崇。

“高楼”魁斗格

高卧西湖风入阁，低徊左海月临楼。

高情每念澄澜阁，雅韵还吟镇海楼。

高调示臣悬画阁，低声问婿下妆楼。

楼朝大海豪情远，亭拥崇山逸兴高。

高潮海路寻灯塔，寒雨天街上酒楼。

妙、真三唱

三重妙构千年韵，一句真言永世情。

雪、风一唱

雪吟梅韵春初到，风送稻香夏已归。

钱、米三唱

乞讨钱捐书大爱，荣思米负谱深情。

虎、鱼二唱

画虎总兵民敬仰，悬鱼太守吏推崇。

闲、雅四唱

空间高雅宜谈兴，日子轻闲好写怀。
曲终奏雅成佳话，文始偷闲列笑谈。
事无新雅难精彩，人总清闲易索然。

振、承五唱

夙愿不忘承理想，初衷须记振精神。
弘扬正气承先辈，树立清风振后人。
不应丧志承平久，唯有凝心振起强。

“淘江渡”鼎峙格

础石可淘搜左海，渡船能载出闽江。
山洪毁渡高涛涌，江水冲沙大浪淘。
月临官渡涛声滞，江别灞桥柳影淘。
风过官渡征声送，江宿枫桥旅思淘。

“改开”比翼格

改树新风成大志，开除旧习养高怀。
能改契机凭伟略，当开良遇靠雄韬。
城乡改貌宜居美，老少开颜乐事多。
遂行深改宏图展，次第高开大局成。

但得新风开必易，不除积习改尤难。
人到难时宁改志，事成易处亦开怀。
吟成雅韵幽情改，谱出新声胜景开。

清、平一唱

平楚烟寒飞鸟没，清溪水暖浴凫浮。
清淡人生迎淑气，平和世界享韶光。
清凉天气神犹爽，平静时光性乃高。
平淡神奇中化出，清闲辛苦里迎来。

平、静五唱

尚可解忧平入定，若能消苦静修禅。

雪、莺三唱

迎春雪化松姿劲，破曙莺飞柳色柔。

“包公、梨花”分咏

须眉偶像君留史，巾帼英雄汝命名。

人、物二唱

斯人已去成君忆，何物还来慰我思。

戒人修养明真伪，格物知行辨正邪。

体物须从低处入，寻人必到上方来。

手、腰三唱

岂难手掌翻来去，不可腰肢舞是非。

梅、雪二唱

寄梅渡水权当信，邀雪穿林恰拟花。

浮、浅三唱

挽住浮云催好雨，引来浅水集深潭。
展眉浮想联翩处，回首浅吟低唱时。
不可浮夸应实干，岂能浅学必真研。

唱、清二唱

可清浊水无遗力，能唱新风必尽心。

兰、梅三唱

无根兰草遗民恨，老干梅花处士欢。

“顾情”蝉联格

才传玄德成三顾，情断灵均作九歌。
理多在我还相顾，情浅由他不可交。

南、白三唱

凝望南云情易结，誓言白水志难移。
插帜白门传劲旅，扬鞭南苑阅雄师。
却喜南冠人未老，应知白首事还新。

“雪木”蝉联格

蜡梅更喜迎朝雪，木棉犹欣醉晚霞。
风送秋寒惊落木，雪融春暖讶开花。

祥、瑞六唱

破晓人间迎瑞气，升曦天上送祥光。

掷、移三唱

杂念掷开无北辙，痴心移去不南墙。

迷犹掷果佳人念，骗乃移花谋士招。
光阴掷易须珍惜，信仰移难必守恒。

高、古五唱

松虽老干高情远，竹有虚怀古意幽。
抵制虚华高且远，弘扬精粹古为今。
学贤每识高标意，崇圣应怀古道情。

年、夜六唱

火树银花元夜景，春华秋实大年情。
春风已送丰年景，瑞雪犹传缟夜情。
羞提好汉当年事，愧对佳人昨夜情。

“淡淡、弯弯”联珠格

弯弯新月浮闽水，淡淡青云绕博山。
淡淡杏风春意暖，弯弯柳岸月情幽。

诚、实五唱

惜友论交诚意蕴，忧民体察实情求。

从、在四唱

情岂曲从须淡定，理无专在勿强加。
家规见在乾坤大，国法遵从岁月祥。
花繁可在丫枝发，林秀应从小树培。

春、月一唱

春浓大地繁花放，月白千山众鸟归。
月明天上诗情蕴，春启人间画意生。
春归上国尤其绿，月到元宵格外明。

红、喜五唱

好曲频传红古国，祝词几送喜佳人。
彩胜贴窗红照眼，银灯绕树喜开颜。

“钟韵传三省”五杂组格

钟磬清音传五省，笙箫雅韵奏三台。

春、社二唱

结社三秦歌盛世，回春赤县庆丰年。

刀、烛四唱

尤厌梦刀频拍马，可钦秉烛少吹牛。

“新春、电视剧”分咏

闾里欢歌排酒宴，清宫戏说乱荧屏。

统、归一唱

归零自始宏图展，统一当今大势趋。

“笑临眉”鸿爪格

慰我眉愁临展处，喜君心笑正开时。

仁、义六唱

易水寒风扬义气，长平腥血暗仁风。

助学倾资存义举，扶贫竭力著仁声。

侧身天地唯仁厚，回首风尘只义方。

合、作一唱

合力当能成大事，作为岂不在良时。
作且善终功不没，合乎常理事当期。
合适凭心贪乃戒，作成靠手巧尤夸。

“上元”魁斗格

上人大德留千载，盛代新功写纪元。
上国祥和辞旧岁，下方喜庆纳新元。
上方送出晴朗月，中土迎来硕果元。

“梦随心圆”碎锦格

梦逐心花归美满，意随眉月盼团圆。
随缘心共今宵好，祈梦情如此月圆。
夜长梦短心难寄，花好月圆眼易随。

“味年”魁斗格

味解思乡归老境，声留忧国入新年。

“锁情”辘轳格

锁景烟霞留晚照，纵情山水赋新词。
利锁心迷终苦累，名缰情乱更悲哀。
忠贞锁志常忧国，变节移情总误人。
且抛枷锁境能远，但解缰绳情更高。
世态能防锁愁易，人心叵测动情难。
城府深时尤锁意，胸怀宽处最含情。

始、终五唱

利禄从轻终不悔，功名看淡始无愁。
云淡风轻终见月，桃红李白始迎春。
有缘异地终能见，无意同城始不期。
白发忧民终不怨，丹心为国始无惭。

喜、新四唱

雪中送喜唯添炭，年末迎新共举觞。
事成双喜精神振，境达全新气象开。
人从随喜情宁厚，事出标新意乃高。

奥、疑七唱

破尽砂锅方解奥，尝过梅子岂传疑。
只得一鳞焉探奥，未窥全豹尚存疑。
乱引原文终究奥，不看出处岂能疑。

“山不在高”碎锦格

高志不酬须蹈海，雄心犹在岂归山。
明月已归高柳不，夕阳犹在乱山无？
愚公志不移山尽？精卫情在填海高。

秉、持一唱

秉铎一方唯教范，持球三秒已违规。

秉笔凭心书正道，持竿随意钓清江。

持戒读经明事理，秉彝守道辨民情。

谈、读二唱

夜读对床回首忆，日谈隐几入心存。

清谈务实须兼顾，精读存疑可互通。

饱读群书今古事，少谈拙见往来人。

病、才七唱

诗律不严堪诟病，文章未鉴岂遗才。

初知浅尝疑通病，博识多闻似异才。

筹昔守成依老病，当今创造看英才。

“钟韵悠”鼎峙格

韵写三山千巷古，钟传两塔一江悠。

府、谷一唱

府上家规当律己，谷中道法岂求人。

“经常”五、四卷帘格

难言早岁经南浦，犹忆平常历北疆。

吟、访五唱

情富方能吟圣迹，缘悭岂可访仙源。
已触愁情吟故国，又怀惬意访新家。
史颂丰功吟亮节，诗题伟业访荣光。

春、月二唱

嬉春意仿花间句，望月情如水调词。

仲春雨夜常无梦，二月花朝倍有情。

一春绮梦花相似，二月浓情水样流。

兰、竹三唱

秋风竹笛离人怨，夜雨兰釭往事情。

自古兰亭招雅士，从来竹屋隐幽人。

香自兰花高士节，声疑竹叶直臣情。

“榕城月夜吟”孤雁入群格

夜吟两塔榕山月，晨赏三江柳岸城。

瑞、庆一唱

瑞气随风敷大地，庆云化雨润万民。
瑞签写就迎春贴，庆典谋成择日开。
庆赏银花红火夜，瑞迎爆竹彩灯年。

岭、南一唱

岭先放眼看蛇口，南最扬眉忆虎门。
南国先开风气盛，岭人独领浪潮长。
岭表雄心开孔道，南中伟业定边疆。

“春分日”汤网格

日出江南红一片，春来塞北绿三分。

“诗人节”汤网格

诗写底层应有节，人居高位岂无情。

多、有六唱

忧民白发还多事，为国丹心更有情。
言情不必争多少，立德宁能可有无。
落笔应知天有意，著书更想地多情。

新、一一唱

新来春燕南疆暖，一去秋鸿北国寒。
一国岂能无法律，新家更要有规章。
新月清辉才洒下，一江碧水总流东。

闻、洗五唱

守信岂愁常洗污，持诚应喜每闻过。

云、鹤一唱

鹤子能称皆隐士，云根未解是谜团。

开、泰七唱

有梦终能期国泰，不劳岂可想天开。

生、死三唱

犹期死去如山重，岂想生来比絮轻。
能孝生前传美德，应尊死后载高标。
怯胆生逃堪笑柄，横心死战必书碑。

暮、春一唱

春雨山中耕事急，暮烟江上钓情悠。
暮色风中千嶂暗，春情雨后百花明。
暮霭长亭迷去辙，春潮野渡送归舟。

“海阅”蝉联格

尝过坎坷情如海，阅尽艰辛志比天。

汤、镜一唱

能守金汤应牢固，可成玉镜必清明。

远、图二唱

不图非分人常乐，能远无端事必期。

万、一一唱

万壑松声传碧浪，一溪月韵泛清辉。

清、海一唱

清风拂翠山生意，海水拖蓝月送幽。

“新时代”汤网格

新生一曲歌当代，老调三章忆旧时。

五、羊一唱

五指山游寻旧爱，羊皮卷出启新欢。
羊城别去怀新友，五岳归来忆故人。

“云古”云泥格

瑞雪纷飞迎古事，祥云缭绕入新年。
寒雨乌啼鸣古木，暮云猿啸响空山。

友人书房联

弱冠挂席，大洋航行邀日月；花甲读书，斗室阅览纳乾坤。

友人厅堂嵌字联

华堂锦绣，裕后光前酬夙愿；胜日辉煌，远亲近邻话明天。

裕华环顾堂中，光新院宇；远志长依帘外，春满山村。

友人书房嵌字联

气闲可度裕和日；心静堪酬远际春。
裕日更须行孝道；远航莫过读好书。
两字精神辉徐宅；一园花木誉周边。
裕续家声书正德；远思祖训谱新章。

改革开放联

联产承包，致富不分你先我后；竞争协作，放开何说姓社名资。

缅怀项公联

虚怀竭智应时，锐意革新谋发展；大道集思累日，激情开放为图强。

左海贤人，一任未全都见效；屏山骏业，四年已满尽成功。

改革壮山河，八闽巨变；英灵同日月，万古

长存。

公仆无私，踏遍青山情未老；生民透亮，望穿秋水影如新。

天若有情，赤胆须将还故土；人谁不死，英魂必定护家山。